Isabelle Klemen

Der ewige Sommer

Roman

Bibliografische Information der Deutschen Nationalbibliothek:
Die Deutsche Nationalbibliothek verzeichnet diese Publikation in der Deutschen Nationalbibliografie; detaillierte bibliografische Daten sind im Internet über http://dnb.dnb.de abrufbar.
© 2021 Isabelle Klemen, Lektorat: Ulrike Wittmann
Covergestaltung: Isabelle Klemen
Quellenverzeichnis: Seite 125:
„Wonderwall": Titel: Wonderwall, Interpret: Oasis, Autor: Noel Gallagher, Label: Creation Records
„Nothing else matters": Titel: Nothing else matters, Interpret: Metallica, Autoren: James Hetfield & Lars Ulrich, Label: Elektra
Herstellung und Verlag: BoD – Books on Demand, Norderstedt
ISBN: 978-3-7557-3538-0

PROLOG

Ich sollte nicht ständig träumen. Aus dem Fenster sehen, zum Beispiel beim Kaffeetrinken am Nachmittag. Meine Gedanken abschweifen lassen, der Gegenwart entfliehen, in Erinnerungen schwelgen, mir Situationen vorstellen, die wahrscheinlich nie eintreten werden. Mit Begeisterung denke ich mir Geschichten aus, die sich wie ein Film in meinem Kopfkino vor mir abspielen oder die ich wirklich gerne selber lesen würde. Ich kann den Erzähler richtig hören und die Dialoge fallen mir ganz spontan ein; ich könnte sie sofort niederschreiben.

Doch ich sollte vielmehr mit beiden Beinen im Leben stehen, produktiv sein, mir den Tag in vierundzwanzig Stunden einteilen und effizient alles abarbeiten, was zu tun ist. Es gibt so vieles Sinnvolleres, was ich stattdessen tun könnte, und wenn es bloß etwas für die Arbeit oder den Haushalt ist.

Aber ich muss gestehen: Ich liebe es. Denn wer wären wir, ohne unsere Träume?

Isabelle Klemen, November 2021

EMILY

Endlich scheint der Frühling zu kommen. Für Sommermenschen wie mich ist der Winter jedes Jahr schlimm; er kommt mir so trostlos und endlos vor. Die Kälte, der Schnee und die früh einsetzende Dunkelheit machen mich wirklich ein wenig depressiv. Manchmal überlege ich ernsthaft, irgendwo hinzuziehen, wo es das ganze Jahr über wärmer ist, so sehr verabscheue ich das Winterwetter. Doch heute Morgen, als ich die Vorhänge im Schlafzimmer zur Seite ziehe, finde ich, dass es draußen ungewohnt schön aussieht, und bin sofort gut gelaunt. Und das, obwohl Montag ist und ich befürchte, dass ich einiges in der Arbeit zu tun haben werde.

Ich lasse mir Zeit und nehme verschiedene Kleidungsstücke aus dem Kleiderschrank, voller Vorfreude darauf, dass ich heute keine Strumpfhose brauchen werde. Wie jeden Tag krame ich so lange in meiner Unterwäschelade, bis ich das passende Unterteil zu dem BH gefunden habe. Die Unordnung in der Lade ist mir vollkommen egal, aber ich muss immer zusammenpassende Unterwäsche anhaben, das ist ein kleiner Tick von mir.

Tatsächlich bin ich ein ordnungsliebender Mensch geworden, dafür, dass ich als Teenager so chaotisch und schlampig war. Irgendwie habe ich mir das wohl angewöhnt.

Ich schnappe mir meine Kleidungsstücke und gehe damit ins Bad, wo ich mich zuerst wasche und dann anziehe. Den weißen, dünnen Rock habe ich erst letzten Sommer gekauft und jetzt schon viele Monate nicht angehabt, darum freut es mich umso mehr, dass ich nun wieder öfter die Gelegenheit dazu haben werde. Zum Glück passt er noch wie angegossen und ich habe scheinbar nicht zugenommen.

Ich war immer schon recht groß und schlank und das hat sich auch nicht geändert, als ich erwachsen wurde. Darüber bin ich sehr froh, denn ich mache nur ungern Sport und es wäre mir auch zuwider, wenn ich auf Süßes verzichten müsste, um dünn zu bleiben. Ein paar Mal habe ich mir eingebildet, dass ich eine Diät ausprobieren muss, und habe es dann aber doch nie länger als eine Woche geschafft, mich an einen strikten Ernährungsplan oder ein Sportprogramm zu halten. Bei so etwas habe ich einfach keinen Ehrgeiz und Freude macht es mir schon gar nicht.

Vor dem Spiegel frisiere ich meine Haare und überlege, ob ich sie jetzt im Frühling nicht verändern soll. Seit Jahren habe ich sie hellblond gefärbt, was ich an sich auch beibehalten will, da es zu mir passt. Als Kind war ich strohblond, doch mit der Zeit sind die Haare dunkler geworden, weshalb ich sie jetzt schon seit Langem regelmäßig blondiere. Momentan sind sie ziemlich lang, sie reichen mir bis zur Brust und sind auch nur vorne stufig geschnitten, ansonsten hängen sie glatt herunter. Manchmal mache ich mir einen Zopf oder stecke ein paar Strähnen mit Haarnadeln zurück, aber dazu habe ich heute keine Lust.

Ich schminke mich wie immer ganz leicht – bloß einen Kajal-Strich und Mascara – schließlich habe ich außer Arbeiten nichts vor. Dann gehe ich hinunter, um mir einen Kaffee zu machen.

Während die Maschine läuft, bereite ich mir ein Müsli zu und beginne schon im Stehen in der Küche zu essen. Mit dem Kaffee setze ich mich an den Tisch und löffle die Schüssel leer, dann genieße ich noch die letzten Schlucke und die Ruhe, bevor ich gehen muss. Das Geschirr räume ich in den Geschirrspüler, danach überprüfe ich kurz mein Spiegelbild, nehme meine Handtasche, kontrolliere schnell, ob das Wichtigste drin ist, und verlasse anschließend das Haus.

Auf dem Weg zum Bus ist mir in meinem Outfit schon etwas kühl, aber der Sonnenschein macht mich jedenfalls glücklich. Heute beeile ich mich lieber, ich habe zwar keinen Termin, aber montags ist eigentlich immer viel zu tun und ich will mir so schnell wie möglich einen Überblick über die neu eingetroffene Arbeit verschaffen, damit ich sie mir einteilen kann. Bei der Bushaltestelle suche ich mir einen Platz in der Sonne aus, um dort zu warten. So ist es schon sehr angenehm.

Als Anwältin in einer Kanzlei habe ich meistens viel zu tun. Ich arbeite im Bereich des Markenrechts, was die meisten Leute eher langweilig finden, das ist es aber gar nicht. Sicher, ich beschäftige mich nicht mit Mordfällen und Gewaltverbrechen, habe nur wirklich selten einen Termin vor Gericht oder viel Kontakt zu Klienten, doch das will ich auch nicht. Ich war froh, dass ich diesen Job bekommen habe, gleich nach der Ausbildung ist es immer schwierig, eine Stelle zu finden. Da mir die Tätigkeit Spaß macht und das Gehalt stimmt, werde ich sicher fürs Erste bleiben.

Man kann sagen, dass ich die ganze Zeit in der Kanzlei sitze, vor einem Berg von Akten, und mich mit Markenrechtsverletzungen beschäftige. Ich schaffe es eigentlich immer, nicht allzu spät heim zu kommen, und nehme mir grundsätzlich keine Arbeit nach Hause mit. Dafür bin ich aber in der Kanzlei rund um die Uhr beschäftigt und mache kaum Pausen, schaue auch nicht aus dem Fenster oder suche Rezepte im Internet, wie einige Sekretärinnen bei uns. Wir sind eine ziemlich große Kanzlei und ich kenne gar nicht alle Mitarbeiter beim Namen. Mit den meisten habe ich auch überhaupt keinen Kontakt. In unserem Team sind wir fünf Anwälte und zwei Sekretärinnen, wobei ich mit meinen sechsundzwanzig Jahren die Jüngste bin und die anderen Juristen über mich gestellt sind, das heißt, dass ich die Arbeit für sie aufbereite und sie sich dann um die lästigen Klienten und Verhandlungen kümmern.

An diesem Montag kann ich meinen Arbeitsplatz schon kurz vor sechzehn Uhr verlassen. Ich bin sehr glücklich, den einen mühsamen Akt so schnell erledigt zu haben und dass die befürchtete Welle an neuen Fällen sich in Grenzen gehalten hat. Gut gelaunt verabschiede ich mich von den Kollegen, die noch da sind, und räume meinen Schreibtisch auf, bevor ich gehe.

Als ich die vielen Stufen vor der Kanzlei hinuntersteige, überlege ich, ob ich mich jetzt in ein Café in die Sonne setzen oder lieber gleich einkaufen und heimfahren soll. Nun ist es schon viel wärmer und ich tendiere in Gedanken eher zu dem Kaffee, als ich Richtung Bushaltestelle schlendere.

Ich bin keine zehn Schritte gegangen, da muss ich abrupt anhalten. Die Sonne blendet mich im Gesicht und ich halte mir eine Hand an die Stirn, um besser zu sehen.

Nein, das kann nicht sein, denke ich zuerst, jetzt halluziniere ich schon. Doch ich kann nicht aufhören, in den gegenüberliegenden Park zu starren. Die Sekunden vergehen und mir wird klar, dass es kein Trugbild meiner Gedanken ist. Wie ferngesteuert bewegen sich meine Füße weiter und meine Knie beginnen zu zittern. Ich überquere die Straße, ohne groß auf herankommende Autos zu achten, und beiße mir vor Nervosität auf die Lippen.

Am Beginn der Grünfläche, direkt neben der ersten Parkbank, steht er. Er hat mich längst entdeckt und lächelt mich an. Sofort ist mir klar, dass das keine zufällige

Begegnung ist, so wie er dasteht, wirkt es, als hätte er auf mich gewartet. Wie um alles in der Welt kommt er hierher?

Er hat sich nicht sehr verändert. Immerhin haben wir uns jahrelang nicht gesehen, und doch habe ich ihn praktisch im Vorbeigehen erkannt. Sicher, er ist gewachsen, aber nicht einmal so viel, er war schon immer eher klein. Seine Haare sind jedenfalls länger, dunkelbraun wie früher, und sie fallen ihm ein wenig ins Gesicht. Er trägt Jeans und T-Shirt und ich sehe, dass auf der Parkbank neben ihm eine Lederjacke und seine alte Gitarrentasche liegt. Ja, das ist er, ganz sicher.

Irgendwie lenken mich meine Füße verlässlich über die Straße, bis ich nur noch wenige Schritte vor ihm stehe. Ich bin so verwirrt, dass ich kein Wort herausbringe.

Mit den Händen in den Hosentaschen steht er da und ich bemerke, dass er, obwohl er lächelt, extrem aufgeregt ist. Jetzt erkenne ich, dass er einen Dreitagebart trägt, den hatte er früher nicht. Es wirkt ungewohnt, aber es passt zu ihm. Wenn ich ihn mir genau ansehe, ist er vielleicht ein paar Zentimeter größer als ich, mehr nicht, und er sieht so erwachsen aus, ich fasse es kaum. Meine Güte, damals waren wir ja noch Kinder. Seine braunen Augen strahlen mich an, genau wie früher, und ich rechne im Kopf schnell nach, wann ich ihm das letzte Mal begegnet bin.

Mehr als zehn Jahre habe ich ihn nicht gesehen, den Jungen aus der Nachbarschaft, meinen ersten Freund und Vertrauten, meinen Seelenverwandten, meine Jugendliebe, meinen Milo.

MILO

Seit vorgestern Abend bin ich in Hartford, habe mich umgesehen, mir einen Stadtplan besorgt, bin durch die Straßen der Innenstadt gegangen und habe in einem Waschsalon meine gesamte Wäsche gewaschen. Dann habe ich nur ungeduldig und angespannt darauf gewartet, dass es Montag wird und ich sie bei der Arbeit abpassen kann.

Morgens muss ich sie verpasst haben. Ich war ab circa halb neun hier in dem netten, lichtdurchfluteten Park, saß auf einer Bank mit gutem Blick auf das steinerne Kanzleigebäude und spielte Gitarre. Die Menschen hier sind wirklich großzügig; ich habe allein am Vormittag zwölf Dollar aus meiner alten, abgenutzten Gitarrentasche geholt. Das ist für mich sehr erfreulich, meine nächsten Mahlzeiten sind jedenfalls gesichert. Nette Menschen und eine schöne Gegend, ich fühle mich bereits jetzt wohl in dieser Stadt.

Als ich hörte, dass Emily Anwältin geworden ist, war ich schon ziemlich überrascht. Das habe ich gar nicht erwartet, es klingt nach langweiliger, eintöniger Arbeit und nichts für einen so quirligen Menschen wie Emily, die kaum ruhig sitzen kann. Genauer gesagt: konnte. Ob sie sich stark verändert hat? Mich würde interessieren, was sie dazu bewegt hat, Rechtswissenschaften zu studieren.

Ich habe sicher hunderte Fragen an sie. »Warum bist du weggezogen? Wieso hast du mir nicht mehr geschrieben? Was hast du die letzten Jahre gemacht?«

Erst wird es zwölf, dann eins und zwei und drei. Ich überlege schon, ob es vielleicht einen anderen Eingang zu der Kanzlei gibt, und ich sie deshalb verpasst habe. Allerdings habe ich bereits so viele Leute hier ein und aus gehen gesehen, dass es mir unwahrscheinlich vorkommt. Vermutlich arbeitet sie einfach länger. Das ist mir egal, ich werde hier auf sie warten. Nach etwa acht Jahren, die vergangen sind, seit ich sie suche, und ungefähr zwölf, seit unserer letzten Begegnung, kommt es auf die paar Stunden wirklich nicht an.

Irgendwann kann ich nicht mehr sitzen und durch das ständige Schauen zu dem Kanzleigebäude habe ich Nackenschmerzen bekommen. Also erhebe ich mich und gehe ein wenig auf und ab und dann im Kreis herum. Jedoch nicht weit weg, weil meine Sachen auf der Bank liegen und ich den Eingang im Auge behalten will. Mit meinen schmutzigen Schuhen scharre ich ein bisschen in den Kieselsteinen. Und dann, als ich sie schließlich aus der Ferne sehe, erkenne ich sie sofort und mein Herz schlägt so heftig, dass ich es spüre. Ich bleibe automatisch stehen, wo ich gerade bin, ein paar Meter neben der Parkbank.

Ich kann es kaum glauben. Nach jahrelanger, mühsamer Suche habe ich sie nun tatsächlich gefunden. Zwischendurch war ich ein paar Mal kurz davor aufzugeben, es gut sein zu lassen. Doch ich schaffte es einfach nicht. Ich hätte nicht gewusst, was ich sonst machen sollte.

Den ganzen Morgen über bin ich so aufgeregt gewesen und habe alle paar Minuten auf die Uhr gesehen, als ob mir das weiterhelfen würde. Hunger hatte ich gar keinen und meine Wasserflasche ist auch noch nahezu unberührt.

Am Morgen bin ich vielleicht nervös gewesen, doch jetzt drehe ich fast durch vor Anspannung. Seit Stunden überlege ich, was ich zuerst sagen soll oder wie ich sie begrüßen werde. Man sollte meinen, dass ich mir das genau zurechtgelegt habe, schließlich warte ich schon jahrelang auf dieses Wiedersehen, aber nein. Was wäre eine angemessene Begrüßung, wenn man sich so lange nicht gesehen hat? Was ist die wichtigste Frage an sie, die ich unbedingt loswerden muss? Ich weiß es nicht, momentan kann ich gar nicht klar denken.

Tatsächlich starre ich sie bloß an und als sie mich erblickt, muss ich einfach nur lächeln. Ich bin total erstaunt, dass sie mich gleich bemerkt hat. Wie hat sie mich nur erkannt, wir haben uns doch so lange nicht gesehen? Ich frage mich, ob sie genauso oft an mich gedacht hat, wie ich an sie.

Emily hat sich verändert, aber unser letztes Treffen liegt auch Jahre zurück. Gewachsen ist sie noch ein gutes Stück und sie trägt jetzt außerdem Schuhe mit Absatz. Über ihre Kleidung muss ich schmunzeln: ein weißer Rock, ein graues Top und darüber ein blauer Blazer. So etwas hat Emily früher natürlich nie getragen, schließlich sind wir ja damals noch zur Schule gegangen.

Als sie mich entdeckt, wirkt sie geschockt. Aber nicht unbedingt im negativen Sinn, einfach verblüfft. Sie hat ihren Blick nicht von mir abgewandt, seit sie mich entdeckt hat, ist erst einen Moment auf dem Gehweg stehen geblieben und geht jetzt zielstrebig in meine Richtung. Und nun, da sie auf mich zukommt, weiß ich gar nicht, wie mir geschieht.

Während der paar Augenblicke, die es braucht, bis sie vor mir stehen bleibt, sehe ich vor meinem inneren Auge lauter Erinnerungen an unsere gemeinsame Zeit.

Dann steht Emily vor mir. Ihre Haare wirken blonder und sie sind anders geschnitten. Ihr Gesicht ist aber genau gleichgeblieben, nur stärker geschminkt, als ich es gewohnt bin, und ich entdecke auch noch ein paar Sommersprossen. Damals hat sie fast nie Make-up verwendet. Sie sieht so wunderschön und noch immer so jung aus, mit ihren großen blauen Augen, die mich ungläubig anschauen. Schließlich zuckt sie kurz mit den Schultern und sagt leise: »Hi!«

Unwillkürlich muss ich seufzen, dann ist mir klar, was ich machen werde.

Wie selbstverständlich gehe ich die letzten zwei Schritte zu ihr, nehme ihr Gesicht langsam und vorsichtig in meine Hände und küsse sie auf den Mund. Ganz zärtlich und voller Leidenschaft, die der lange unterdrückten Sehnsucht nach ihr endlich nachgibt. Ein Moment, in dem ich das Gefühl habe, dass die ganze Welt sich langsam um uns beide dreht, wie in einem Film. Ich halte ihre Wange fest, nehme ihren Geruch wahr und küsse sie liebevoll und gierig zugleich. Am liebsten will ich sie überall berühren, mit den Fingern durch ihre Haare fahren, sie fest umarmen und nie wieder loslassen.

Ich empfinde sofort eine große Erleichterung, es ist wirklich so, als würde mir ein Stein vom Herzen fallen. Dass die Suche nach ihr vorbei ist und das Ganze einen Sinn gehabt hat. Ich bin von dem Gefühl so überwältigt und ich bin mir sicher, von jetzt an wird einfach alles gut werden. Mir fällt auf, dass ich leicht zittere und meine Augen feucht werden vor Freude.

Doch plötzlich löst Emily ihre Lippen von meinen und während ich überglücklich strahle, blickt sie mich geschockt an und schiebt mich vorsichtig an den Schultern zurück.

Ich will nach ihrer Hand greifen, aber sie zieht sie an sich, senkt ihren Kopf und ich habe Angst, dass meine Begrüßung vielleicht doch zu stürmisch war. Unsicher komme ich wieder näher und versuche, ihren Blick zu deuten, und unsere Augen treffen sich für einen Moment.

Sie sieht traurig aus und ich strecke meine Hand aus, um sie am Arm zu berühren. Ohne dass sich unsere Augen verlieren, sagt sie dann nach einer gefühlten Ewigkeit, so leise, dass es fast nur ein Flüstern ist: »Ich bin verheiratet!«

EMILY

Das letzte Mal, dass ich Milo sah, war im September, als wir vierzehn Jahre alt waren. Es war nach dem unbeschreiblich schönen Sommer, als wir ein Paar waren, in St. Bastian, einem winzigen Ort in South Carolina, wo wir aufwuchsen. Die Schule hatte gerade wieder angefangen, ich glaube es war vielleicht die zweite Septemberwoche, als er eines Morgens nicht bei unserem Treffpunkt stand und ich alleine zur Schule ging. Ich weiß noch, ich kam zu spät, weil ich so lange wartete, ob er nicht doch auftauchen würde, schließlich gingen wir immer gemeinsam, seit wir klein waren. Er ließ sich den ganzen Vormittag nicht blicken und ich war sehr beunruhigt. Wir hatten die letzten Wochen einfach jede Minute zusammen verbracht und ohne ihn war ich auf einmal planlos und machte mir gleich große Sorgen. Erst in der Mittagspause kam er und er hatte einen, selbst für seine Verhältnisse, ernsten Blick aufgesetzt.

Ich wusste sofort, dass etwas nicht stimmte. Wenn er krank gewesen wäre, wäre er trotzdem zur Schule gegangen, so wie die letzten Jahre auch, und am Tag zuvor war noch alles in Ordnung gewesen. Es musste also etwas anderes, etwas Gravierendes passiert sein.

Er sagte nur, er würde es mir nach der Schule sagen, und da in dem Moment die Schulglocke zur nächsten Stunde läutete, konnte ich auch schwer widersprechen.

Als die letzte Stunde vorbei war, wartete ich schon ungeduldig an unserem üblichen Treffpunkt, einer kleinen Baumgruppe am Rande der Grünfläche des Schulparks, bis er endlich aus dem Schulgebäude trat. Er kam ganz langsam mit gesenktem Blick zu mir und ich hielt es kaum aus vor Nervosität.

Unsicher begrüßte ich ihn, gab ihm einen Kuss wie sonst auch und fragte umgehend, was los sei.

Er druckste wie immer, wenn ihm etwas unangenehm war, ewig herum, bis er schließlich zur Sache kam. Milo wich meinen Blicken aus und wir machten uns auf den Heimweg, als er endlich zu reden begann. Er erzählte mir auch keine Details, bis heute weiß ich nicht genau, was geschehen war.

Milo berichtete nur, dass sein Dad am Vorabend, wie immer betrunken, ausgerastet wäre, als Milo noch bei mir war. Einen Grund dafür gab es vermutlich nicht, aber eigentlich gab es den nie. Er machte irgendwas mit Milos kleiner Schwester Katie und als Milo dann heimkam, war sie verschwunden. Katie war Richtung Wald davongelaufen und blieb die ganze Nacht über weg. Als Milo sie nach stundenlanger Suche schließlich gefunden hatte, versuchte er, sie zu überreden, wieder nach Hause zu kommen. Sie weigerte sich, klammerte sich an einen Baum und weinte nur. »Sie sah schlimm aus, ich habe mich so erschreckt«, sagte er damals.

Was ihr Dad gemacht hatte, weiß ich nicht. Ich habe nur gefragt, ob er sie geschlagen hat, denn ich wusste, dass er das manchmal tat, auch wenn wir nicht oft darüber redeten, und er meinte zögerlich: »Ja, auch.« Da fragte ich nicht mehr weiter, aber ich konnte mir selbstverständlich einiges vorstellen.

»So kann es nicht weitergehen«, sagte Milo dann ernst und wütend.

Ich versuchte, ihn zu beruhigen, wie immer. Es passierte zwar ab und zu, dass sein Vater gewalttätig wurde, doch ich dachte eigentlich, es wäre in letzter Zeit besser gewesen. Wahrscheinlich lag das aber nur daran, dass bis vor Kurzem Ferien waren und Katie meistens bei einer Freundin und Milo mit mir unterwegs war. Eigentlich schafften die beiden es ganz gut, ihm aus dem Weg zu gehen.

Ich habe ihren Dad nicht sehr oft gesehen und ich hatte ziemliche Angst vor ihm. Es ärgerte mich so, dass alle wussten, wie er war und dass er sich nicht gut um Milo und Katie kümmerte, und niemand etwas dagegen unternahm. Auch meine Eltern meinten immer nur: »Was sollen wir denn tun, er ist nun mal ihr Dad!« Das verstehe ich bis heute nicht.

Milo war komplett neben sich und ich hielt seine Hand und drückte sie aufmunternd.

»Es dauert nicht mehr lange, bis du erwachsen bist und ihr ausziehen könnt. Ein paar Jahre noch«, meinte ich mitfühlend, doch er schüttelte nur stumm den Kopf. So hatte ich ihn noch nie erlebt.

In den nächsten Tagen sah ich ihn kaum, er kam nicht mehr regelmäßig zur Schule, was für ihn total ungewöhnlich war. Er war zwar nicht der beste Schüler, doch er ging immer zum Unterricht und erledigte die Hausaufgaben. Am Nachmittag besuchte er mich manchmal, jedoch oft nur für ein paar Minuten. Auf meine Fragen, was er tue oder was er vorhabe, antwortete er nur ausweichend, wenn überhaupt. Katie bekam ich gar nicht mehr zu Gesicht.

Ich war schon ziemlich verzweifelt, denn so ein Gehabe sah ihm nicht ähnlich. Sonst, wenn irgendetwas mit seinem Dad war, verbrachten Katie und er die nächsten Tage einfach viel Zeit bei uns. Milo war immer traurig und wollte nicht darüber reden und ich versuchte, ihn zu trösten und eine gute Freundin zu sein. Nach einer Weile ging es ihm besser und er war wieder fröhlicher. Aber dieses Mal nicht.

Gegen Ende der Woche hörte ich ihn dann in der Nacht vor meinem Fenster meinen Namen rufen. Ich ließ ihn herein und merkte, wie erschöpft er wirkte.

»Was ist denn los?«, fragte ich ihn zum hundertsten Mal diese Woche und diesmal bekam ich erstmals eine Antwort.

»Ich habe eine Lösung gefunden«, sagte er zögernd, während wir auf meinem Bett saßen. »Meine Mom hat einen Bruder, er lebt in Kalifornien. Ich habe ihn noch nie gesehen, aber ich konnte seine Telefonnummer herausfinden und habe ihn angerufen. Er und seine Familie sind bereit, Katie und mich bei sich aufzunehmen.«

»Das geht doch nicht!«, rief ich, einerseits erschrocken, andererseits empört. »Ihr geht doch hier zur Schule. Du kannst doch nicht einfach wegziehen! Was sagt dein Dad dazu? Und was ist mit mir?«

»Von der Schule habe ich uns heute Morgen abgemeldet«, erzählte er leise mit gesenktem Blick. »Meinem Dad habe ich einen Brief hinterlassen und wir beide sehen uns sicher bald wieder. Vielleicht kann ich in den nächsten Ferien herkommen? Das sind nur ein paar Monate bis dahin.«

»Du hast ihm einen Brief hinterlassen? Wann fliegt ihr denn?«, fragte ich weinerlich und bemühte mich nun gar nicht mehr, leise zu sein, um meine Eltern nicht zu wecken.

»Wir fliegen nicht, wir fahren mit dem Bus. Mit mehreren, um genau zu sein, ist billiger. Morgen«, kündigte er traurig an und griff nach meiner Hand, um sie zu halten.

Das traf mich wie ein Schlag ins Gesicht. Ich war wütend und traurig zugleich. Sofort fing ich an zu weinen und war mir gar nicht sicher, ob ich mich von ihm trösten lassen wollte.

»Es ist ja nur für ein paar Jahre! Wir können uns doch in den Ferien sehen und wir telefonieren und schreiben uns«, versuchte er, mich aufzumuntern, doch ohne Erfolg. Ich war am Boden zerstört und schluchzte bitterlich. Er umarmte mich, wollte mir klarmachen, dass es notwendig sei, und ich wollte es nicht wahrhaben.

»Du kannst mich aber nicht verlassen«, jammerte ich und merkte sofort, dass es ihm einen Stich versetzt.

»Ich verlasse dich nicht, ich muss nur mit Katie für ein paar Jahre verschwinden. Ich bleibe dein Freund, ich liebe dich doch, und wir sehen uns zwischendurch ganz oft, ich verspreche es dir«, meinte er, doch er wirkte auch nicht mehr so überzeugt und war den Tränen nahe.

Milo blieb die ganze Nacht bei mir, irgendwann schliefen wir wohl doch ein. Ich weiß nur noch, wie ich ganz verheult mit dem Kopf auf seinem Oberkörper lag und er mir stumm über die Haare streichelte. Früh am Morgen weckte er mich, um sich zu verabschieden. Es war dunkel und ich war noch ganz verschlafen, als er mich sanft wachrüttelte. Ich wollte ihn nicht gehen lassen, ich fing wieder an zu weinen und er sah mir traurig in die Augen.

»Es geht nicht anders«, erklärte er erneut.

Ich war wütend auf seinen Dad, auf seine Mom, weil sie gegangen war, auf Katie, obwohl sie natürlich nichts dafürkonnte, auf Milo, weil er immer seine Schwester beschützen wollte, und auf mich selbst, weil ich so egoistisch war, Milo für mich zu beanspruchen.

Wir umarmten uns noch minutenlang, küssten uns und hielten uns lange an der Hand, bis er wirklich gehen musste.

»Geh nicht!«, bettelte ich und er schüttelte nur wortlos den Kopf.

Ich beobachtete ihn, wie er geschickt aus dem Fenster kletterte, durch den Garten lief und dann über den Zaun sprang. Er drehte sich um und winkte mir noch einmal zu, die Lippen zusammengepresst, ein Lächeln brachte er nicht zustande, bevor er die Straße hinaufrannte und verschwand.

MILO

»Ich bin verheiratet!«

»Ich bin verheiratet! Ich bin verheiratet! Ich bin verheiratet!«

Diese drei Worte schwirren mit rasender Geschwindigkeit in meinem Kopf herum und ich bemerke erst nach einigen Augenblicken, dass ich unbewusst die Luft angehalten habe. Geräuschvoll nehme ich einen tiefen Atemzug und sobald meine Lungen sich mit Sauerstoff füllen, macht sich auch ein beklemmendes Gefühl in mir breit. Die Hand, die ich nach ihr ausgestreckt hatte, senke ich nun wieder ab.

Emily hat sich in der Zeit gar nicht bewegt. Den Kopf hat sie etwas zur Seite geneigt und ihre Stirn liegt in Falten, so schaut sie mich erst ungläubig, dann besorgt an.

»Milo?«, fragt sie zögernd, das erste Mal, dass sie mich direkt anspricht.

Eine noch nie da gewesene Traurigkeit, Zerschlagenheit überkommt mich. Sie ist verheiratet. Sie hat nicht auf mich gewartet. Es war alles umsonst.

»Emily«, wispere ich und räuspere mich dann. Ich habe mich so darauf gefreut, ihren Namen zu sagen, doch jetzt tut es einfach nur weh.

»Was machst du denn hier, Milo?«, will sie nun wissen und wirkt schon viel gefasster. Sie mustert mich genau, ihre Blicke huschen über meinen ganzen Körper.

Ich hingegen weiß noch immer nicht weiter. Keine einzige Sekunde habe ich auch nur daran gedacht, dass sie vielleicht einen Freund hat oder gar verheiratet ist. Wie konnte ich nur so dumm sein. So naiv. Ganz benebelt antworte ich ihr, kann ihr dabei aber nicht in die Augen schauen.

»Hm, ich habe nach dir gesucht. Olivia hat mir gesagt, dass du in Hartford als Anwältin arbeitest, so habe ich dich gefunden.« Es hört sich bescheuert an.

»Wirklich? Na das ist ja eine Überraschung!«, findet Emily und ein Lächeln huscht über ihr Gesicht.

Sie scheint sich zu freuen, mich zu sehen, wieso auch immer. Ich habe das Gefühl, dass gerade meine Welt zusammengebrochen ist.

»Erzähl, wie geht's dir, was hast du die letzten Jahre gemacht? Und wie geht's Katie?«, fragt sie weiter und ihre Stimme hört sich aufrichtig und neugierig an. Nur den Namen von meiner Schwester spricht sie ungewohnt besorgt aus.

Irgendwie habe ich gar keine Lust, ihr von meinen Erlebnissen und Abenteuern zu erzählen. Das klingt vielleicht absurd, aber so sehr ich die vergangenen Monate und Jahre nur zu ihr wollte, so sehr will ich jetzt von ihr weg. Plötzlich habe ich Kopfschmerzen bekommen und mir ist auch schwindelig. Ich fühle mich wie im falschen Film und möchte nur noch raus.

Während ich vor ein paar Sekunden so unfassbar traurig war, fühle ich nun, wie auch Wut in mir aufsteigt. Wieso hat sie nicht auf mich gewartet? Das hätte ich wirklich nicht gedacht. Ich kann mir nicht vorstellen, dass sie jetzt zu einem anderen Mann gehört, bei dem Gedanken werde ich ganz wahnsinnig.

»Was ist mit dir?«, entgegne ich, ohne auf ihre Fragen einzugehen. »Du bist verheiratet! Wie kommt's?«, fahre ich sie an und meine Stimme klingt schärfer, als ich es beabsichtigt habe.

Schlagartig hört sie auf zu lächeln. Einen Augenblick lang schaut sie mich nur prüfend an, dann sagt sie leise: »Was soll die Frage?«

»Du weißt ganz genau, was das soll!«, zische ich zwischen den Zähnen hervor und es tut mir eigentlich schon wieder leid, gleich nachdem ich es gesagt habe.

Sie schüttelt den Kopf.

»Milo, das ist doch Ewigkeiten her. Wir haben seit Jahren keinen Kontakt mehr. Ich dachte, wir würden uns nie wiedersehen«, erklärt sie und wirkt dabei überraschend traurig.

»Wir hatten keinen Kontakt, weil du ihn abgebrochen hast!«, werfe ich ihr beleidigt vor. »Es tut mir leid, dass ich hergekommen bin, es war ein Fehler«, füge ich bestimmt hinzu. Dann wende ich den Blick von ihr ab, gehe zur Bank zurück und packe meine Gitarre ein. Meine Hände zittern leicht, sodass ich die Tasche nicht auf Anhieb zubekomme. Bloß weg hier.

»Jetzt warte doch mal!«, ruft Emily empört und kommt auf mich zu, doch ich habe die Gitarrentasche schon geschultert, die Jacke über dem Arm und bin bereit aufzubrechen.

Doch einmal muss ich sie noch anschauen. Irgendwie will ich nicht vergessen, wie sie jetzt aussieht. Zu lange konnte ich mich nicht an die Einzelheiten ihres Gesichts erinnern, weil die Erinnerungen verblasst sind und ich nichts hatte, das mich am Vergessen hindern konnte.

Ich drehe mich um und sehe, dass Emily schon direkt hinter mir steht und die Hand nach mir ausgestreckt hat. Jetzt zieht sie sie langsam zurück. Ihre Haare sehen im Sonnenlicht so schön aus, genauso wie damals im Sommer, wenn wir an unserem Teich waren. Sie glänzen richtig, als wären sie aus

Gold. Als ich in ihre blauen, vorwurfsvollen Augen schaue, treffen sich unsere Blicke.

»Warum willst du jetzt gehen? Wir haben uns doch gerade erst wiedergesehen?«, fragt sie leise und verwirrt.

Was denkt sie nun von mir? Erst überfalle ich sie und dann haue ich gleich wieder ab – sie muss mich für verrückt halten. Komischerweise ist mir das in dem Moment absolut egal.

Ich zögere kurz. Immer, wenn sie traurig ist, verunsichert mich das, ich kann sie so gar nicht ansehen. Allerdings habe ich auch das Gefühl, dass ich jeden Augenblick explodieren könnte, so angespannt bin ich gerade.

»Warum sollte ich bleiben?«, erwidere ich, doch ich gebe ihr gar keine Zeit zu antworten. Ich habe mich entschieden, ich kann das jetzt einfach nicht. Mit gesenktem Blick gehe ich schnell an ihr vorbei und murmle ein trostloses »Mach's gut«, wobei sie das vermutlich schon gar nicht mehr gehört hat.

Ohne mich auch nur einmal umzudrehen – wozu auch – durchquere ich zügig den ganzen Park und biege in die nächste Straße ein, wo mein Auto steht. Am liebsten wäre ich gerannt, aber das wollte ich dann doch nicht. Da sie mir nicht nachgerufen hat, scheint es, als würde sie mir sowieso nicht folgen. Ich krame im Gehen meinen Autoschlüssel hervor, sperre auf, lege meine Sachen auf die Rückbank und steige dann auf der Fahrerseite ein. Bevor ich starte, fasse ich mir an die Stirn und schließe für einen Moment die Augen.

Noch einmal muss ich feststellen, dass ich niemals damit gerechnet habe, dass unser Wiedersehen so ablaufen würde, wie es gerade passiert ist. Das Ganze hat vielleicht nur fünf Minuten gedauert, doch jetzt fühle ich mich wie ein anderer Mensch. Als hätte ich vierzig Grad Fieber und dazu ein Schädelhirntrauma.

Ich überlege, ob das Treffen anders abgelaufen wäre, wenn ich sie nicht gleich geküsst hätte, aber ich glaube nicht, dass das einen entscheidenden Unterschied gemacht hätte. Vielleicht hätten wir ein, zwei Minuten über etwas anderes gesprochen, ich hätte ihr genauestens geschildert, wie ich sie gesucht und was ich dabei erlebt habe, und sie hätte etwas von der Uni oder von St. Bastian erzählt, bis sie mir dann eröffnet hätte, dass sie irgendwann in den letzten Jahren geheiratet hat. Ab dem Zeitpunkt hätte ich auch nur noch verschwinden wollen. Obwohl jetzt schon einige Augenblicke vergangen sind, bin ich nach wie vor schockiert. Der Klumpen in meinem Hals ist riesig und schwer, sogar das Schlucken tut weh.

Ich fand den Kuss schön und die verschiedenen Gefühle, die er in mir ausgelöst hat, trösten mich kurz darüber hinweg, dass das der letzte war. Bereuen tue ich ihn jedenfalls nicht.

Kurz mache ich einen Blick in den Rückspiegel, irgendwie kann ich nicht anders. Wenn sie mich zum Bleiben überredet hätte, wäre ich geblieben, das weiß ich. Man kann ihr wirklich fast nichts abschlagen, wenn sie einen so traurig ansieht. Ich sehe hinter mich zu dem Gehweg und in den Park. Sie ist mir nicht gefolgt, die ganze Straße ist menschenleer.

Entschlossen schnalle ich mich an und stecke den Schlüssel an. Dann starte ich den Motor und fahre los.

EMILY

Um ehrlich zu sein, ich bin ganz schön durcheinander. Ich habe eigentlich nicht damit gerechnet, ihn je wiederzusehen, geschweige denn so. Für mich war er einfach der Junge von damals, zu dem ich keinen Kontakt mehr habe. Es war zwar schön, ab und zu an ihn zu denken, denn wir kannten uns ja viele Jahre und wir haben einander wirklich sehr nahegestanden, aber dass wir uns nochmals begegnen würden und dass er mich ganz und gar nicht abgeschrieben hatte, das hat mich komplett überrumpelt. Wenn mich am Morgen jemand gefragt hätte, was heute alles passieren würde, dann wäre das so ziemlich das Letzte gewesen, auf das ich gekommen wäre. Mein Kindheitsfreund taucht aus heiterem Himmel bei mir auf und küsst mich, so als wären die vergangenen zwölf Jahre komplett unbedeutend, wie ausgelöscht.

Ich stehe noch ein paar Minuten in dem Park und starre in die Richtung, in die er verschwunden ist. Kurz ist mir sogar schwindelig und ich setze mich auf die Parkbank, auf der zuvor seine Sachen lagen. Irgendwie warte ich unbewusst darauf, dass er zurückkommt. Schließlich hat er sich auf die Suche nach mir begeben, warum sollte er gleich nach dem Wiedersehen wieder verschwinden? Er tut es jedenfalls.

Dass ich verheiratet bin, war scheinbar ein Schock für ihn. Aber was hat er erwartet? Wir haben uns nicht gesehen, nicht voneinander gehört.

Natürlich weiß ich noch, dass er damals sagte, dass wir, wenn wir uns wiedersehen, für immer zusammenbleiben werden. Nur waren wir da erst vierzehn Jahre alt. Man nimmt sich in diesem Alter viel vor, aus dem nichts wird. Und wir hatten ja gar keinen Kontakt. Keine Briefe, keine Anrufe. Außerdem hat er sich nicht mehr gemeldet, nicht ich. Wie kann er also von mir erwarten, dass ich auf ihn warte? Zwölf Jahre lang!

Obwohl ich eindeutig im Recht bin, habe ich trotzdem Schuldgefühle, als ich mit dem Bus nach Hause fahre. Sein Blick war so traurig. Er wirkte wirklich verletzt, und das tut mir leid. Ich würde ihn jetzt gerne wiedersehen.

Zu Hause mache ich mir als Erstes einen Kaffee, wie sonst auch, doch statt fernzusehen oder die Zeitung zu lesen, bleibe ich einfach damit auf der Couch sitzen und grüble weiter vor mich hin.

Jetzt wünsche ich mir, ich hätte ihn aufgehalten. Es würde mich sehr interessieren, wie es ihm die letzten Jahre ergangen ist und wie er mich gefunden hat.

Milo hat erwähnt, dass Olivia ihm gesagt hätte, wo ich arbeite. Dass ich Olivia getroffen habe, ist mindestens ein Jahr her. Hat sie nicht erwähnt, dass ich verheiratet bin? Habe ich ihr das damals überhaupt gesagt? Die Begegnung war recht kurz und Olivia ist so eine, die viel redet und dabei wenig zuhört, darum kann es gut sein, dass sie es gar nicht mitbekommen hat. Außerdem bin ich mir ziemlich sicher, dass Olivia zurzeit in Boston wohnt und arbeitet, also muss Milo sie scheinbar dort getroffen haben. Wie lange war er wohl in

Boston, schließlich habe ich bis vor Kurzem auch dort gelebt, wir hätten uns ja einmal über den Weg laufen können.

Es ist verwirrend und ich halte es kaum aus, nicht zu wissen, was mit Milo ist. Ich sehe schon, ich werde den ganzen Tag an nichts anderes denken können.

Als ich mit dem Kaffee fertig bin, kümmere ich mich gleich um die Wäsche. Ich schalte eine Maschine ein, nehme die bereits getrocknete Kleidung vom Wäscheständer ab und lege sie zusammen.

Meine liebste Hausarbeit ist das Wäschewaschen. In Wahrheit macht sie sich nämlich sowieso von selbst in der Waschmaschine und ich muss sie nur auf- und später abhängen. Außerdem liebe ich den Geruch von frisch gewaschener Wäsche. Leider habe ich auch hierbei Zeit, mir den Kopf über Milo zu zerbrechen.

Es fühlt sich so seltsam an, was da heute passiert ist. Irgendwie ist es, als hätte ich einen schweren Stein im Bauch, ein ungutes Gefühl, wie ein schlechtes Gewissen. Ich frage mich schon, was ich anders hätte machen können, aber mir fällt nicht viel ein.

Ich musste ihm ja wohl sagen, dass ich verheiratet bin, nach dem Kuss hatte ich keine Wahl. Viel mehr haben wir danach nicht geredet, weil er verschwunden ist. Wahrscheinlich hätte er gar nicht gewollt, dass ich ihn aufhalte, er sah sehr entschlossen aus zu gehen. Ich fühle mich ziemlich mies, ich dachte, wenn wir uns tatsächlich einmal wiedersehen, würde es schön sein und wir würden uns noch immer so gut verstehen wie damals.

Während ich im Bad bin, bemerke ich, wie schmutzig die Duschwand ist, also fange ich an, sie zu putzen. Dann auch gleich das Waschbecken, den Spiegel und zum Schluss wasche ich den ganzen Boden auf.

Putzen hat eine beruhigende Wirkung, finde ich. Wenn ich einmal schlecht gelaunt bin, hilft mir das wirklich, mich abzureagieren, und es hat den Vorteil, dass danach alles sauber ist und glänzt.

Ich verlasse das Badezimmer und betrete erschöpft die Küche, um mir ein Glas Wasser zu holen, und mir fällt ein, dass ich vergessen habe, Lebensmittel einkaufen zu gehen. Die Begegnung hat mich wirklich vollkommen aus dem Konzept gebracht. So vergesslich bin ich sonst eigentlich nicht, obwohl ich schon eher eine Tagträumerin bin.

Ich krame im Kühlschrank herum, durchsuche alle Fächer und finde glücklicherweise genug Brauchbares, um daraus ein Essen zu machen. Ein Blick auf die Wanduhr im Wohnzimmer verrät mir, dass ich noch eine gute halbe Stunde Zeit habe, bevor ich mit dem Kochen anfangen sollte.

Ich schnappe mir den Staubsauger und sauge das ganze Haus komplett durch. Ausgepowert aber zufrieden fange ich dann an zu kochen. Der Haushalt ist mein Sport.

Mich hat Kochen nie sonderlich interessiert, aber irgendwann wurde es notwendig, wenn ich nicht verhungern wollte. Später habe ich dann auch gerne gekocht, neue Rezepte ausprobiert, gebacken oder etwas für Freunde zubereitet. Es macht aber einen Unterschied, wenn man es jeden Tag tun muss. Ich glaube, wenn ich allein leben würde, gäbe es viel öfter nur Brot oder Salat zum Essen und ich würde mir nicht jeden Abend große Mühe geben. Andererseits denke ich mir immer, dass es gar nicht so mühsam ist und in der Zeit, in der man darüber jammert, könnte man schon damit fertig sein.

Ich muss wieder an Milo denken. Damals konnte er ganz gut kochen, so wie ich das in Erinnerung habe. Hat er hier überhaupt eine Wohnung oder ist er in einem Hotel? Wie lange er wohl schon in Hartford ist? Es würde mich interessieren, ob er mich zuerst daheim gesucht hat. St. Bastian ist für mich noch immer »zu Hause«, obwohl ich schon lange nicht mehr dort wohne. Seit dem Auszug war ich kein einziges Mal in der Stadt, obwohl das vielleicht nett gewesen wäre, aber es hat sich einfach nicht ergeben. Ich habe keine Verwandten oder engen Freunde dort, alle wollten damals nur raus aus South Carolina. Ob überhaupt noch jemand aus meiner Schule im Ort lebt, weiß ich nicht. Meine Eltern wohnen schon lange in Florida und meine Schwester Ellie hat es nach Kanada verschlagen. Unser Haus haben wir damals verkauft und eine Familie mit einem Jungen hat es gekauft, keine Ahnung, ob sie noch immer darin wohnen.

Das Haus von Milo gehörte bei meinem Umzug noch immer seinem Dad. Er ließ sich nie blicken und wenn, dann beim Einkaufen. Üblicherweise sprach er mit niemandem, sah immer griesgrämig drein und war oft schon vormittags betrunken. In der Stadt kannte ihn selbstverständlich jeder und alle hielten sich von ihm fern. Irgendwie kann ich mir gar nicht vorstellen, dass er noch lebt. Ob Milo etwas von ihm weiß? Ich werde es wohl nie erfahren.

Das übergehende Nudelwasser holt mich in die Gegenwart zurück. Schnell lege ich das Messer zur Seite, ziehe einen Kochhandschuh an und hole den Topf von der Herdplatte. Ich reduziere die Hitze, stelle ihn vorsichtig zurück und schneide anschließend weiter die Tomaten für den Salat. Die Salatblätter zupfe ich so klein wie möglich, damit sie dann leichter zu essen sind, und wasche sie unter fließendem Wasser. Das Dressing bereite ich extra zu, suche mir dafür eine Menge Kräuter aus meinem Vorrat aus und schmecke es so lange ab, bis ich komplett zufrieden damit bin. Als ich den Salat schließlich in die Schüssel gebe und damit übergieße, höre ich, wie ein Schlüssel ins Schloss gesteckt wird.

Michael kommt nach Hause.

MILO

Eigentlich erinnere ich mich gar nicht mehr daran, wann wir uns das erste Mal gesehen haben. Wir wuchsen beide in der gleichen Gegend in einer Kleinstadt namens St. Bastian in South Carolina auf, besuchten den gleichen Kindergarten, dann die gleiche Schule, so kannte man sich irgendwie. Wann wir das erste Mal miteinander gesprochen haben, weiß ich allerdings noch.

Es war im Winter und wir gingen damals in die Grundschule. Der Wintereinbruch kam dieses Jahr sehr überraschend und eines Morgens lag auf einmal überall eine beachtliche Menge Schnee. Normalerweise schneite es kaum in St. Bastian, geschweige denn so viel. Am Morgen schaffte es der Bus gerade noch so durch das Chaos in den Straßen bis zur Schule, und das auch nur mit dreißig Minuten Verspätung. Nach Schulschluss hatte der Bus wohl einen Unfall, denn uns wurde mitgeteilt, dass er ausfiel.

Mir blieb also nichts anderes übrig, als den Heimweg zu Fuß anzutreten. Bei schönem Wetter wäre das auch überhaupt kein Problem gewesen, aber ich war auf die Kälte und den Schnee nicht vorbereitet gewesen und hatte Sportschuhe, eine viel zu dünne Jacke und weder Haube, Schal noch Handschuhe an. Frierend machte ich mich auf den Weg und nach einer Weile hörte ich, wie jemand meinen Namen rief.

Überrascht drehte ich mich um und sah Emily, die auf mich zulief. Als sie bei mir ankam, war sie außer Atem und keuchte.

»Ich habe mir gedacht, wir können ja zusammen nach Hause gehen«, sagte sie und blickte mich erwartungsvoll an.

Verwirrt fragte ich: »Woher weißt du denn, wie ich heiße?« Ich war mir ganz sicher, dass wir zuvor kein Wort miteinander gewechselt haben.

»Na, du heißt Milo. Sicher weiß ich das. Du wohnst doch nur ein paar Straßen weiter. Wir waren im selben Kindergarten und jetzt gehen wir auf dieselbe Schule. Du weißt doch auch, wer ich bin, oder?«, erklärte sie mir, als wäre das selbstverständlich.

»Ach so«, murmelte ich schüchtern. »Du heißt Emily. Wir haben aber noch nie miteinander geredet.«

»Ja, stimmt«, fuhr sie unbeirrt fort, »aber das können wir ja jetzt tun! Gehen wir?«

So kam es, dass wir uns gemeinsam einen Weg durch die verschneiten Straßen bahnten. Sie überrumpelte mich ganz schön, denn ich war es gewohnt alleine zu sein. Ich hatte keine guten Freunde und war eher ein schweigsamer Junge. Das schien sie aber nicht im Geringsten zu stören.

Emily fing an zu plaudern und hörte nicht mehr auf. Sie redete fröhlich von der letzten Mathematik-Klassenarbeit, dem Buch, das sie gerade zu lesen begonnen hatte, und wie sehr sie den Werkunterricht verabscheute. Dann erzählte sie von ihrer Familie, ihrem letzten Urlaub und dass sie gerne ein Pferd hätte.

Schweigend schaute ich sie von der Seite an, denn irgendwie faszinierte sie mich. Nach einer Weile begann sie, mich nach meiner Familie und meinen Hobbys zu fragen und ob ich auch Bücher mochte.

Also erzählte ich ihr schüchtern von meiner kleinen Schwester Katie, dass wir bei unserem Dad und unserem

Grandpa wohnen würden und dass ich leider gar nicht gut lesen könne und wir keine Bücher daheim hätten. Ich verriet ihr, dass ich gerne Gitarre spielte und mein Grandpa es mir beibringe, und dass ich mir oft mit ihm Schallplatten anhören würde.

Emily wollte einfach alles über mich wissen und weil ich sie nett fand, erzählte ich ihr auch mehr. Sie meinte, es sei gar nicht schlimm, dass ich nicht gut lesen könne, und sprach mir aufmunternd zu, dass ich es bald lernen würde.

Mir war das sehr unangenehm, ich wusste, dass die anderen in meiner Klasse schon viel besser waren als ich, und ich betete immer, dass die Lehrerin mich nicht zum Vorlesen drannahm.

»Vielleicht solltest du zu Hause mehr üben«, schlug sie vor. »Setz dich irgendwohin, wo du deine Ruhe hast, und lies laut vor, so klappt das bestimmt. Oder du fragst deinen Dad, ob du ihm vorlesen kannst, wenn er Zeit hat!«

Ich sagte ihr, mein Dad hätte nie Zeit, er würde lange arbeiten und am Abend wolle er immer alleine sein. Sie verstand es nicht wirklich, aber hatte gleich eine Lösung parat.

»Dann übst du eben mit deinem Grandpa, der hat doch sicher Zeit«, warf sie ein. »Wenn du willst, kannst du auch mir vorlesen, ich glaube, ich bin eine sehr gute Lehrerin«, fand sie gut gelaunt, doch ich war mir unsicher. Sie war zwar liebenswert, aber auch ziemlich aufdringlich.

Emily fragte mir Löcher in den Bauch und ich verlor bald die Scheu, antwortete ihr gerne und wollte dann auch Dinge über sie wissen. Ihre Familie schien nett zu sein und ich war mir sicher, dass sie es in ihrer Klasse besser hatte als ich in meiner.

Irgendwann bemerkte sie dann, dass ich fror, und fragte mich: »Wieso hast du denn keine wärmere Kleidung an?«

Sie trug einen rosafarbenen Mantel, eine Mütze, einen langen Schal und Handschuhe, war also voll ausgestattet und spürte die Kälte nicht.

Ich meinte, dass ich nicht gewusst hätte, dass es so kalt werden würde, und deshalb nichts Warmes angezogen hätte. Aber in Wirklichkeit hatte ich keine Ahnung, wo meine Winterkleidung war und ob ich überhaupt eine passende Jacke hatte. Niemand hatte mir gesagt, dass ich sie herrichten sollte, oder sie für mich bereitgelegt.

»Kein Problem«, sagte Emily, zog sich den rechten Handschuh aus und gab ihn mir. »Hier, zieh den an der rechten Hand an!«

Ein wenig zögernd tat ich, was sie sagte, schließlich war der Handschuh lila und ich begutachtete ihn, ob er nicht zu mädchenhaft aussähe.

Kaum hatte ich ihn angezogen, griff sie mit ihrer rechten Hand nach meiner linken. Nun hatte jeder einen Handschuh an und die nackten Hände hielten wir ineinander. So war mir ein kleines bisschen wärmer. Hand in Hand gingen wir weiter, bis wir bei ihrem Haus angekommen waren. Emily borgte mir den zweiten Handschuh auch noch für meinen restlichen Weg und ich nahm ihn gerne an.

»Vergiss morgen deine Wintersachen nicht«, rief sie fröhlich zum Abschied. »Ich borg dir das Buch, wenn ich fertig bin. Wir sehen uns morgen!«

Ich sah ihr nach, wie sie durch das Gartentor ging und ihre Mutter die Tür öffnete, als hätte sie die ganze Zeit darauf gewartet, dass Emily heimkam. Vermutlich war das auch so. Neugierig beobachtete ich sie noch kurz, bis sie die Tür hinter sich schloss und verschwand.

Ich nahm mir vor, gleich wenn ich nach Hause kam, lesen zu üben, ich war auf einmal richtig entschlossen, es jetzt zu lernen. Meinem Grandpa wollte ich davon aber nichts erzählen, ich hielt meine Leseschwäche vor ihm geheim, weil ich Angst hatte, dass mein Dad es herauskriegen könnte, und weil ich es lieber alleine schaffen wollte. Oder mit Emilys Hilfe.

Am nächsten Tag sahen wir uns gleich morgens wieder. Winkend kam Emily auf mich zu, als ich bei der Busstation stand. Ich gab ihr ihre Handschuhe zurück und war froh, diesmal wärmere Kleidung zu haben.

Sie erkundigte sich gleich, wie es mit dem Lesen liefe, und ich erzählte ihr beinahe stolz von meinem Lesetraining. Emily lobte mich und trug mir auf, konsequent weiterzumachen, und als der Bus dann kam, setzten wir uns nebeneinander und ich war, glaube ich, erstmals gut gelaunt am Weg zur Schule.

Seit diesem Tag trafen wir uns täglich morgens in der Straße unserer Busstation und unterhielten uns miteinander. Auf einmal saßen wir wie selbstverständlich im Bus zusammen und ich freute mich immer, wenn ich sie sah.

Emily war immer so nett zu mir und ich fragte mich manchmal wirklich, warum eigentlich. In der Schule redeten wir in der Pause im Hof miteinander und dann schlenderten wir, wenn wir um dieselbe Zeit Schulschluss hatten, gemeinsam zum Bus und fuhren heim. Emily ging nie der Gesprächsstoff aus und ich war froh, dass ich zum ersten Mal jemanden hatte, den ich als Freund bezeichnete.

Ich konnte ihr von zu Hause erzählen und wusste, dass sie nicht darüber urteilen würde; ich musste mich nicht verstellen oder überlegen, was ich ihr anvertrauen könnte und was nicht. Sie hütete meine Geheimnisse und war mir gegenüber immer nur freundlich und wohlwollend. Je besser ich sie kennenlernte, desto mehr mochte ich sie. Es dauerte nicht lange und sie war mir wirklich ans Herz gewachsen.

Damals merkte ich schon, dass sie etwas Besonderes ist.

EMILY

Michael kommt wie immer zwischen halb sechs und sechs am Abend nach Hause. Nur sehr selten muss er wegen irgendetwas länger in der Firma bleiben muss, höchstens ein IT-Notfall, der sich nicht so leicht lösen lässt, oder wenn sehr spät etwas Dringendes auf seinem Arbeitsplatz landet, aber das passiert wirklich nicht oft. So viel tut sich bei seiner Arbeit nicht.

Er zieht sich seine Schuhe im Vorzimmer aus, legt seine Tasche daneben auf den Boden und kommt dann zu mir, um mir einen Kuss zu geben.

»Riecht schon gut«, meint er mit einem Blick auf den Herd. »Ich gehe vorher noch unter die Dusche, okay?«, verkündet er und zieht sich am Weg zu den Stufen schon den Pullover aus.

»Ja, ist gut!«, rufe ich ihm hinterher, rühre bei meinem Gemüse um und fange an, den Tisch zu decken.

Wir haben ein Porzellan-Service für zwölf Personen zu unserer Hochzeit bekommen, ein Geschenk von Michaels Eltern. Es ist orange mit bunten Blumen am Rand, so schrill und hässlich, dass ich jedes Mal das Gesicht verziehe und seufzen muss, wenn ich einen Teller davon aus dem Schrank nehme und den Tisch damit decke. Ich gehe auch nicht besonders sorgfältig damit um, habe schon oft Teller oder Tassen – unabsichtlich oder nicht – an die Tischkante geknallt, doch dem Geschirr scheint das nichts auszumachen, nicht einmal einen Kratzer hat es abbekommen. Wie viele Teile müsste ich wohl kaputtmachen, um den Kauf eines neuen Porzellans notwendig aussehen zu lassen? Ich mache mir sowieso keine Hoffnung, dass das in den nächsten Jahren geschieht, dennoch hätte ich gerne ein anderes Geschirr, eines, das ich mir selbst aussuche.

Das Essen ist so gut wie fertig. Das Huhn macht sich von allein im Ofen und die Nudeln warten im Wasser. Beim Gemüse rühre ich noch um und schmecke es mit ein paar Gewürzen ab. Da ich höre, wie das Wasser oben läuft, weiß ich, dass Michael noch duscht, also nutze ich die Zeit, um die ersten Dinge abzuwaschen. Dann mache ich den Salat fertig, ich rühre noch mehrmals um, bevor ich die Schüssel auf den Tisch stelle. Schließlich lege ich noch Untersetzer für die Töpfe auf und fülle Servietten in den dafür vorgesehenen Halter, da kommt Michael die Stufen hinunter. Seine blonden Haare sind noch nass und verstrubbelt, er hat sie anscheinend gar nicht geföhnt, sondern nur mit dem Handtuch getrocknet.

»Ich habe Hunger!«, seufzt er theatralisch und schaut sich erwartungsvoll in der Küche um.

»Wie immer«, stelle ich fest. »Es ist ohnehin schon alles fertig.« Ich drehe den Herd und den Ofen ab, ziehe mir die Kochhandschuhe an und stelle das Hühnchen auf den Tisch. Dann gieße ich noch die Nudeln ab und bringe sie und das Gemüse zum Esstisch. Michael holt sich ein Bier aus dem Kühlschrank und ich fülle mir nur mein Wasserglas frisch auf, bevor ich mich setze und anfange, mir zu nehmen.

Die ersten Minuten essen wir schweigend, dann frage ich ihn: »Wie war es in der Arbeit?«

»Okay. Nicht viel zu tun. Zu Mittag hatte ich Chinesisch«, antwortet Michael. »Und bei dir?«, fügt er hinzu.

»Ich habe heute Milo getroffen. Er war vor meiner Kanzlei und hat auf mich gewartet«, erzähle ich gleich, da ich es sowieso nicht länger für mich behalten kann. Michael nimmt sich gerade mehr Nudeln auf seinen Teller und fragt beiläufig, ohne mich dabei anzusehen: »Milo? Dein Kindheitsfreund?«

»Ja genau, der!«, antworte ich und überlege, was ich Michael alles über ihn erzählt habe.

»Der mit der schlimmen Kindheit, der dann mit seiner Schwester von zu Hause abgehauen ist?«, will Michael wissen.

»Genau. Er war mit seiner Schwester in Kalifornien und hat dort bei seinem Onkel und seiner Tante gelebt. Wir haben uns damals Briefe geschrieben«, erzähle ich ihm und bin ziemlich überrascht, dass er sich das gemerkt hat. Habe ich ihm gegenüber eigentlich erwähnt, dass wir zusammen gewesen sind? Während ich nachdenke, hakt Michael aber sowieso schon nach: »Er war auch dein Freund, oder? Dein erster fester Freund, stimmt's?«

»Genau«, stimme ich ihm zu und belasse es dabei.

»Wohnt er jetzt auch in Hartford?«, erkundigt sich Michael und ich antworte: »Nein. Das heißt, eigentlich weiß ich es nicht. Ich habe vergessen, ihn zu fragen.«

»Und was arbeitet er?«, fragt er mich weiter aus, schneidet sich noch etwas von dem Huhn ab und legt es auf seinen Teller.

Irgendwie habe ich die Vermutung, dass Milo im Moment gar nichts arbeitet, aber mit Sicherheit sagen kann ich es auch nicht, also zucke ich mit den Schultern und meine: »Keine Ahnung, er hat nichts erwähnt.«

»Was hat er denn in der Stadt gemacht, bleibt er länger? Worüber habt ihr denn geredet?«, quetscht er mich nun aus, doch ich kann ihm nicht viel sagen.

»Er hat mich scheinbar gesucht und über eine Schulkameradin ausfindig gemacht. Viel geredet haben wir nicht, er ist dann recht schnell wieder los«, berichte ich nun ausweichend, aber Michael hat heute seinen aufmerksamen

Tag und lässt nicht locker, mich wundert, dass es ihn so interessiert.

»Er ist extra von wer weiß wo hergefahren, um dich zu treffen, und ist dann so schnell wieder los, dass du ihn nicht mal fragen konntest, wo er lebt und was er macht?«, fragt Michael und schaut mich skeptisch an.

Plötzlich überlege ich, ob er eifersüchtig ist. Ich glaube nicht, er sieht zumindest nicht so aus, aber ich kann es nicht einschätzen. In einer solchen oder ähnlichen Situation bin ich noch nicht gewesen, es gab bisher nie einen Grund, um eifersüchtig zu sein. Da ich finde, dass Ehrlichkeit in einer Beziehung und einer Ehe sehr wichtig ist, will ich mit gutem Beispiel vorangehen. Außerdem kann ich es schwer ertragen, etwas für mich zu behalten, das für Streit sorgen könnte.

»Er war wohl ziemlich schockiert, dass ich verheiratet bin«, versuche ich so beiläufig wie möglich zu erwähnen, und Michael muss daraufhin lachen. Fragend sehe ich ihn an.

»Was hat er denn geglaubt? Dass aus euch noch was wird?«, witzelt er und ich antworte mit einem undefiniertem »Hm« mit vollem Mund und schaue dabei in mein Gemüse.

Michael schnaubt, schüttelt dann kurz den Kopf und anscheinend ist das Thema damit für ihn beendet. Er stellt keine Fragen mehr, deren Antworten ich selber gerne wüsste.

Wieder frage ich mich, ob ich ihn noch mal sehen werde.

Als wir beide mit dem Essen fertig sind, verstaue ich die Reste in Plastikdosen, stelle sie in den Kühlschrank und mache mich an den Abwasch. Michael hat den Fernseher aufgedreht und sieht sich die Vorberichterstattung von irgendeinem Spiel an.

Sport hat mich noch nie sonderlich interessiert, aber es stört mich auch nicht, wenn er am Abend fernsieht, zum einen, weil es meistens sowieso nichts spielt, das ich gerne sehen würde und zum anderen, weil ich mit Freude abends lese, eingekuschelt in eine Decke mit einer Tasse Tee.

Nach dem Abwasch schnappe ich mir mein Buch, koche das Wasser für den Früchtetee auf und biete auch Michael einen an, aber er will keinen. Am Morgen war ich noch so euphorisch, dass der Frühling kommt und es wärmer wird, aber jetzt freue ich mich schon auf die Decke und das heiße Getränk.

Zugedeckt schlage ich das Buch beim Lesezeichen auf und fange ein neues Kapitel an.

Ich habe immer sehr viel gelesen und weil ich schon eine Menge Bücher besitze und der Platz für mehr in Wahrheit nicht ausreichen würde, habe ich mich letztes Jahr hier in der städtischen Bücherei eingeschrieben, wo ich ein paar Mal im Monat hingehen, genüsslich durch die Gänge spazieren und mir einen Haufen Bücher aussuchen kann. Am liebsten mag ich Krimis oder Abenteuerromane, hin und wieder Biografien und auch Liebesgeschichten, wenn sie nicht zu schnulzig oder vorhersehbar sind.

Jetzt lese ich gerade einen Thriller, der ziemlich blutrünstig ist und voller spannender Wendungen, genau wie ich es mag. Ich muss mir den Autor merken, nehme ich mir vor.

Gegen zehn Uhr werde ich müde und lege mein Buch zur Seite. Die Hauptperson ist gestorben, das stört mich, und ich habe keine Lust, jetzt weiterzulesen. Michael hat in den letzten Stunden zwischen drei Sportarten hin und her geschaltet, sich ein paar Mal über die unfähigen Kommentatoren aufgeregt und zweimal hat er behauptet, dass er den Ball mit Sicherheit reingemacht hätte. Es gefällt mir, dass er sich so für Sport begeistern kann, ab und zu schaue ich auch mit, um ihm eine Freude zu machen.

»Ich geh schon mal ins Bad«, informiere ich ihn und gehe mit meinem Buch die Treppen hoch.

Im Badezimmer putze ich die Zähne und mache meine übliche Abendprozedur: Abschminken, eincremen, Schmuck ablegen und bürsten.

Meine Haare sind irgendwie langweilig, finde ich, das nächste Mal lasse ich sie mir irgendwie anders schneiden, ich habe gerade Lust auf eine kleine Veränderung. Egal wie ich sie frisiere und wie ich sehr ich mich schminke, ich sehe noch immer ziemlich jugendlich aus, das bekomme ich auch oft zu hören. Jeder schätzt mich ungefähr fünf Jahre jünger, als ich bin, und das missfällt mir. Aber ich hoffe, dass ich mich dann wenigstens im Alter darüber freuen kann.

Ich betrachte mich im Spiegel und überlege, ob ich mich in den letzten Jahren stark verändert habe. Mich würde interessieren, wie Milo das sieht, und ich denke an unsere Begegnung heute. Sein Gesicht habe ich noch genau vor Augen, das lächelnde, als wir uns gegenübergestanden haben, und das bestürzte, als ich ihm gesagt habe, dass ich verheiratet bin.

Für mich sieht er schon anders aus und ich muss mir eingestehen, dass er mir so ganz gut gefällt. Seine Augen haben einen so schönen Farbton und ich mag es, wie er jetzt seine Haare und den Bart trägt.

Ich seufze leise, trage noch Lippenbalsam auf und gehe dann ins Schlafzimmer, mich umziehen.

Im Bett drehe ich die Lampe vom Nachtkästchen an und lese doch noch in dem Buch. Irgendwie will ich jetzt trotzdem wissen, wie es weitergeht. Nach ein paar Minuten bemerke ich, dass ich müde werde und überlege, mitten im Kapitel aufzuhören und das Buch wegzulegen. Da vernehme ich, wie Michael unten den Fernseher abdreht, die Tür abschließt und hinaufkommt. Er geht ins Bad und ich höre, wie er die Zähne putzt. Als er ins Bett kommt, lese ich noch und teile ihm mit: »Nur noch zwei Seiten bis zum Kapitelende.«

»Schon gut, ich bin ohnehin müde. Oder wolltest du heute noch ein Baby machen?«, fragt er und gähnt dabei lautstark.

»Nein, heute geht es sowieso nicht«, behaupte ich und blicke in mein Buch, ohne zu lesen.

Ich erschrecke mich darüber, dass ich das gerade gesagt habe, ich habe ihn eiskalt angelogen und weiß nicht einmal, wieso. Heute ist einfach zu viel passiert und ich bin verwirrt, sage ich mir, und ich habe schon wieder ein schlechtes Gewissen.

Michael ist es jedenfalls egal, er beugt sich hinüber, um mir einen Kuss zu geben. Ich wünsche ihm eine gute Nacht und starre weiterhin auf den ersten Satz der Seite, während er sich zudeckt und sich mit dem Rücken zu mir hinlegt.

Die nächsten Sätze überfliege ich, ohne auf den Inhalt zu achten, gebe das Lesezeichen hinein und klappe das Buch zu. Schnell drehe ich das Licht ab und rutsche unter meine Decke, sodass nur mein Gesicht hervorschaut.

Nein, heute ist mir wirklich nicht danach, schwanger zu werden.

MILO

Emily schrieb mir nicht mehr und ich konnte sie auch nicht telefonisch erreichen. Ich wusste nicht warum, sie hatte mir weder mitgeteilt, dass sie wegfahren oder umziehen würde, noch dass sie unsere Beziehung nicht fortführen wolle.

Wir hatten immer seltener und seltener voneinander gehört, manchmal einige Wochen nicht. Im Nachhinein kann man sagen, wir hatten uns auseinandergelebt. Die Situation war komisch und es vergingen mehrere Wochen, dann Monate, bis mir klar wurde, dass sie nicht mehr schreiben würde. Das machte mich traurig, aber ändern konnte ich es so schnell leider nicht. Zuerst schrieb ich ihr weiterhin und bat sie, mir zu antworten, aber es traf kein Brief mehr von ihr ein, und ich konnte sie dann auch nicht mehr anrufen, da ihre Familie scheinbar ihren Anschluss gekündigt hatte.

Ich hatte ihr damals versprochen, dass ich sie oft besuchen würde oder dass sie zu mir auf Besuch kommen könnte, aber wir schafften es nie, uns zu sehen. Zuerst musste ich einen Nachhilfekurs machen, darum verschob ich es auf die nächsten Ferien. Das nächste Mal war Emily nicht da, weil sie zu ihren Großeltern musste. Es vergingen immer mehr Ferien, erst ein Jahr, dann zwei, ohne dass ich sie auch nur einmal gesehen habe. Ich bat sie sogar, mir Fotos von ihr zu schicken, weil ich begann, kleine Details von ihrem Gesicht und von ihrem Lächeln zu vergessen. Dass es je so weit kommen konnte.

Als ich keine Post mehr von ihr bekam, war ich mir sicher, dass sie mir böse war, weil ich mit Katie weggezogen war. Sie sagte zwar, sie hätte Verständnis für die Situation, doch trotzdem wäre es ihr lieber gewesen, ich wäre geblieben. Als Freund hatte ich wohl ziemlich versagt.

Ich war mir allerdings sicher, dass die Entscheidung zu gehen, richtig war. Was wäre nur aus Katie geworden? Noch ein paar solcher Jahre, noch ein paar solcher Zwischenfälle und sie wäre komplett kaputt gewesen. Sie hatte eine Zeit lang nicht einmal mehr gesprochen. Eine ihrer Lehrerinnen hatte es bemerkt und wollte helfen. Dann konnte sie nicht schlafen vor lauter Albträumen und schrie im Schlaf. Ihre Kindheit war schon zerstört, aber ich wollte nicht, dass sie den Moment verpasste, in dem sich noch alles zum Guten wenden würde. Und das schaffte ich. Sie war zwar Fremden gegenüber immer noch introvertiert, aber das war okay. Sie ging zur Schule, sie hatte Freundinnen, mit denen sie sich traf und mit denen sie etwas unternehmen konnte, und sie redete, wenn sie Kummer oder Probleme hatte. Das war doch schon mal was. Aber ich hatte trotzdem immer Gewissensbisse wegen Emily.

Sie war nicht nur meine Freundin, als ich sie verließ, sie war neben Katie der einzige Mensch, der mir alles bedeutete, ohne den ich nicht ich selbst war.

Ich ging also davon aus, dass Emily sauer oder enttäuscht von mir war und sich deshalb nicht meldete. Das änderte natürlich nichts an meinen Gefühlen für sie, ich verstand sie ja auch. Deswegen beschloss ich, bei erster Gelegenheit nach St. Bastian zu fliegen, sie mit dem Besuch zu überraschen und sie um Entschuldigung zu bitten. Und dann würden wir zusammen sein, für immer.

Mit achtzehn Jahren war ich mit der Schule fertig und ich hatte genug Geld gespart, um mir die Reise nach South Carolina leisten zu können. Ich hatte einen Teilzeitjob als Aushilfe in einem Musikgeschäft angenommen und konnte so neben der Schule an ein wenig Geld kommen. Gleich am ersten Tag nach meiner Abschlussfeier war es dann so weit. Mit einem großen Rucksack und mit meiner Gitarre brach ich nach South Carolina auf. Frohen Mutes verabschiedete ich mich von Katie, Onkel, Tante und Cousin, bedankte mich für alles und versprach: »Ich melde mich, wenn ich angekommen bin.«

»Du kannst jederzeit wiederkommen«, sagte meine Tante.

In St. Bastian angelangt, ging ich durch die Straßen meiner Kindheit, die sich kaum verändert hatten. Die Sonne schien und der Sommer von damals kam mir in Erinnerung. Mit schnellen Schritten rannte ich fast zu Emilys Haus und als ich vor dem Zaun stand, fiel mir zuerst der Hund auf. Ein großer schwarzer Neufundländer, der sich beim Eingangstor aufrichtete und der – nicht sehr gefährlich, aber dennoch laut – in meine Richtung bellte.

Das kam mir schon eigenartig vor, denn Emilys Eltern wollten früher keine Tiere haben. Ich läutete und bemerkte, wie sich hinter dem Küchenvorhang etwas bewegte. Kurz darauf wurde die Tür geöffnet und eine Frau, die ich noch nie zuvor gesehen hatte, fragte, was ich wolle. Ich war ziemlich geschockt, als mir klar wurde, dass sie nicht mehr hier wohnte.

Ich nannte ihr meinen Namen und fragte nach Emily, doch sie sagte, sie hätte das Haus letzten Sommer gekauft und es hätte hier eine Familie mit einem Jungen gelebt. In mir stieg die Panik auf. Ich fragte, ob sie wisse, wie lange die Vorbesitzer hier gewohnt hätten, und sie meinte: »Sie sagten, nur ein paar Jahre.«

Irgendwann hörte auch der Hund auf zu bellen und ging langsam zu seinem Napf, um Wasser zu trinken.

Die Frau war sehr nett, doch sie konnte mir nicht viel helfen. Ich bekam jedoch den Namen der Vorbesitzer von ihr und hoffte, so zu Emily zu finden. Ich bedankte mich und machte mich wieder auf den Weg.

Mir war sofort klar, dass es schwierig werden könnte, sie aufzuspüren, vor allem auch, weil ich kaum Geld hatte. Ich war schwer enttäuscht und ich verstand nun, warum ich sie telefonisch nicht mehr erreichen konnte. Die Familie hatte wohl den Anschluss gekündigt und mir dämmerte, dass sie meine letzten Briefe wahrscheinlich gar nicht bekommen hatte. Trotzdem würde ich sie wiedersehen, ich würde sie schon finden, sagte ich mir und machte mir Mut.

Da ich nun hier war, beschloss ich, meinen Dad zu besuchen. Warum konnte ich nicht sagen. Eigentlich wollte ich gar nicht mit ihm reden, streiten oder überhaupt in seiner Nähe sein. Die letzten Jahre hatte ich mich nie bei ihm gemeldet, kein einziges Mal, und ich hatte deshalb auch kein schlechtes Gewissen. Irgendwie dachte ich mir nur, dass ich jetzt erwachsen war und wir vielleicht wie zwei Erwachsene miteinander reden könnten. Und dass ich nun keine Angst mehr vor ihm haben müsste.

Ein winzig kleiner Teil von mir dachte, hoffte, dass er sich vielleicht gebessert hatte und jetzt alles bereute. Außerdem fand ich, verlangte es der Anstand, wenigstens kurz »Hallo« zu sagen, wenn ich schon in der Stadt war.

Ich musste bis zum Abend warten, da er ja immer spät von der Arbeit heimkam. Also nutzte ich die Zeit, um im Telefonbuch der Bücherei den Nachnamen, den mir die Frau in Emilys Haus gegeben hatte, Lakefield, nachzuschlagen. Ich fand etwa zwanzig Personen mit dem Namen in South Carolina. Sofort machte ich mich daran, eine Liste anzufertigen und alle anzurufen. Die Mitarbeiterin der Bücherei war sehr freundlich und sie gab mir Papier und einen Stift. Als ich nach einem Telefonautomaten fragte und sie mir sagte, dass es seit letztem Jahr keinen mehr in der Stadt gäbe, lieh sie mir sogar das Telefon der Bücherei für meine Anrufe. Von allen Lakefields in South Carolina gingen acht nicht ans Telefon, alle anderen konnte ich von meiner Liste streichen, denn sie hatten nie in Emilys Straße gewohnt. Nur noch acht, sagte ich mir und war damit schon recht zufrieden.

Nachdem ich mich vielmals bedankt hatte, verließ ich die Bücherei und kündigte sogleich auch meinen Besuch für morgen an, da ich ja weiter telefonieren musste. Meine Liste faltete ich sorgfältig und packte sie in meinen Rucksack.

Da ich Hunger hatte, ging ich zum Supermarkt und kaufte mir etwas zu essen und zu trinken. Ich setzte mich damit gleich auf die erste Bank am Parkplatz und fing an, nebenbei mein Geld zu zählen. Viel war es nicht. Es würde mit Sicherheit nicht ausreichen, um bis zu Emily zu kommen, egal wo sie jetzt war. Früher oder später musste ich also einen Job annehmen. Außerdem überlegte ich schon, wo ich übernachten sollte, denn St. Bastian hatte nicht einmal ein Bed and Breakfast oder ein Motel. Ich wusste nur, dass ich nicht bei meinem Dad schlafen würde. Allein bei dem Gedanken daran bekam ich eine Gänsehaut und ein flaues Gefühl im Bauch. Dennoch machte ich mich, kaum dass ich fertig war, dorthin auf den Weg.

Zuerst klingelte ich, doch es war schon von außen zu erkennen, dass niemand da war. Die Vorhänge waren zugezogen und es schien auch nirgendwo ein Licht zu brennen. Das Haus sah wahnsinnig heruntergekommen aus und alleine der Teil des Gartens, in den man vom Zaun aus hineinblicken konnte, war total verwildert und voller Müll. Ich setzte mich auf die Mauer des Gartenzauns und wartete auf meinen Vater, während es langsam dunkel wurde.

Gegen neunzehn Uhr kam er dann den Gehsteig entlang und mir fiel auf, dass er humpelte. Sein Gang war gebeugt und irgendwie schief und als ich sein Gesicht sah, wirkte er sehr, sehr alt.

Er war sofort wütend, als er mich erblickte, und er hatte sichtlich bereits getrunken, doch ich hatte keine Angst vor ihm, jetzt nicht mehr.

»Was machst du hier, du verlogener Hund, glaubst du, du kannst hier kommen und gehen wie du willst?«, schrie er mich an. »Glaub ja nicht, dass du wieder hier wohnen kannst, von mir kriegst du nichts mehr!«, schimpfte er weiter und fuchtelte wild mit den Armen herum.

Ich stand auf, ließ ihn ausreden und sagte ihm dann, dass ich nur vorbeischauen wollte, da ich in der Nähe war, dass ich nicht vorhätte, wieder bei ihm einzuziehen, dass es Katie und mir gut gehe und wir bei den Verwandten wohnen würden. Zum Schluss fragte ich noch, ob er wisse, wo Emily sei, doch er brüllte bloß: »Keine Ahnung, zum Teufel mit der!«

Ohne ein weiteres Wort ging er an mir vorbei in den Garten, sperrte die Haustür auf und verschwand im Inneren des Hauses.

Es war nicht so, dass ich erwartet hatte, dass er mich mit offenen Armen empfing. Dass er sich entschuldigte, für alles was vorgefallen war. Dass wir von nun an eine glückliche Familie wären oder so. Nein, das hatte ich natürlich nicht geglaubt. Aber es wäre auch nicht schlecht gewesen.

Ich schaute mir das Haus noch einmal an, bevor ich umdrehte und wieder weiterging.

Ein wenig ziellos machte ich eine Runde durch die Stadt, hoffte, dass ich irgendjemanden träfe, der mir sagen könnte, wo Emily sei, doch keiner, den ich von früher kannte, war hier.

Die Straßen waren leer wie immer. Nur selten fuhr ein Auto an mir vorbei und die Leute waren scheinbar alle schon bei sich zu Hause. Es gab keinen Ort, zu dem ich gehen konnte, das wurde mir langsam klar. Außer zu unserem Teich. Also schlief ich diese Nacht unter »unserem« Baum auf der Wiese bei dem kleinen See. Das war meine erste Übernachtung im Freien und es war gar nicht so schlimm für mich. Es war nicht unangenehm, denn das Gras war hoch und ich lag auf einigen Kleidungsstücken. Kalt war es auch nicht und es störten mich weder Menschen noch Tiere.

Am Morgen ging ich gleich zur Bücherei und musste sogar eine Weile warten, bis sie überhaupt aufsperrte. Die Bibliothekarin von gestern ließ mich dann herein und brachte mir gleich das Telefon, sodass ich sofort weitermachen konnte, wo ich aufgehört hatte. Die letzten acht.

Es ging sehr schnell, es war Samstagvormittag und alle waren zu Hause. Die ersten fünf waren es nicht und mir wurde ein wenig mulmig. Was, wenn es niemand von den übrigen war? Was, wenn die Lakefields in einen anderen Bundesstaat übersiedelt waren? Ich hatte sonst gar keine Anhaltspunkte mehr auf der Suche nach Emily.

Ich rief den nächsten an und sagte meinen Standardtext: »Guten Tag, entschuldigen Sie die Störung, ich bin auf der Suche nach den Lakefields, die in der Villan Street in St. Bastian, South Carolina, gewohnt haben.«

Der Mann, der abgehoben hatte, antwortete: »Nein, wir sind das nicht.«

Doch als ich mich verabschieden und auflegen wollte, fügte er hinzu: »Aber ich glaube, mein Bruder hat da gewohnt. Der Name St. Bastian kommt mir bekannt vor, kann sein, dass ich ihm mal dahin geschrieben habe. Jetzt wohnt er jedenfalls in Ohio!«

Ich bat um die Telefonnummer und er gab sie mir. Sofort rief ich an und fragte: »Guten Morgen, sind Sie der Mr. Lakefield, der vor einigen Jahren in der Villan Street in St. Bastian gewohnt hat?«, und der Mann am anderen Ende der Leitung antwortete erstaunt mit »Ja«.

»Hallo, ich komme auch aus St. Bastian und bin auf der Suche nach der Familie, die vor Ihnen dort gewohnt hat, den Rosewoods. Haben Sie vielleicht eine Telefonnummer oder eine Adresse von ihnen?«, bat ich und meine Stimme bebte vor Aufregung.

»Leider nein«, erwiderte Mr. Lakefield, »aber sie haben damals gesagt, sie würden nach Miami ziehen.«

E M I L Y

Die nächsten Tage vergehen, ohne dass es auch nur ein bisschen wärmer wird oder länger hell bleibt. Meine Vorfreude auf den Frühling ist schon wieder verflogen und ich versuche, mich nicht über das Wetter zu ärgern, irgendwann wird es schon schöner werden.

Als ich an diesem Donnerstag aus dem Büro gehe, regnet es, was meine Stimmung nicht gerade verbessert, denn ich bin schon länger als sonst wegen eines blöden Aktes in der Kanzlei gewesen. Ich spanne meinen Regenschirm auf, noch bevor ich die Stufen vor dem Gebäude hinuntergehe, damit ich ja nicht nass werde, und starte dann los zur Busstation.

Zum Glück war ich gestern schon Lebensmittel einkaufen, denke ich mir.

Gerade als ich die letzte Stufe hinuntersteige und achtsam einer Pfütze ausweiche, krache ich mit jemanden zusammen.

»Vorsichtig!«, sagt er und hält mich am Arm fest. Es ist Milo.

»Hey, du bist ja noch hier«, stelle ich erstaunt und erfreut fest.

Er hat wieder seine Lederjacke an, doch seine Sachen hat er nicht dabei, auch keinen Schirm. Seine Haare sind schon ziemlich nass und einzelne Regentropfen laufen sein Gesicht hinunter. Ich gehe näher zu ihm und halte meinen Schirm über uns beide.

»Ja, es tut mir leid, dass ich so schnell weg bin. Ich war schon fast raus aus Connecticut, da habe ich wieder umgedreht. Ich bin ja nicht so lange hergefahren, um dich nur so kurz zu sehen«, erklärt er und verzieht den Mund zu einem leichten Lächeln, das eher gezwungen aussieht.

»Ja«, sage ich leicht verwirrt. »Wo wohnst du denn?«

»Ich habe hier noch nichts, ich bin erst seit einer Woche in Hartford. Vorher war ich in Boston«, berichtet er.

»Oh, ich hab in Boston studiert«, erzähle ich freudig und er verzieht darauf das Gesicht zu einem schmerzverzerrten Lächeln und sagt dann: »Deshalb war ich ja dort!«

Irgendwie bin ich geschockt, doch bevor er wieder davonläuft, beschließe ich, ihn zu fragen, ob wir einen Kaffee trinken gehen.

»Ja gerne, such du aus wohin, du kennst dich besser aus«, meint er sofort.

»Okay«, sage ich und gehe los, er neben mir. Bis zu meinem Lieblingscafé dauert es nur ein paar Minuten.

»Wie lange wohnst du schon hier?«, fragt er und ich antworte: »Ein Jahr circa. Es gefällt mir hier, es ist viel ruhiger als Boston.«

Er nickt. Den Rest des Weges gehen wir schweigend nebeneinander her, bis wir das Café erreichen und ich den Schirm abspanne, während er die Tür aufhält.

»Danke«, murmle ich, betrete den Raum als Erste, stelle den Schirm in einen der Schirmständer und ziehe meine Jacke aus. Ein Glück, dass ich heute überhaupt eine angezogen habe. Anschließend steuere ich gleich auf meinen gewohnten Tisch an einem Fenster zu.

Milo hat seine Lederjacke schon auf einen Haken gehängt und ich sehe mir seine Kleidung an, brauner Kapuzenpullover und blaue Jeans, als er sich mir gegenüber hinsetzt.

»Wie geht es Katie?«, frage ich als Erstes und mache mich auf alles gefasst.

»Ja gut, sie wohnt noch immer in Anaheim und geht dort auf die Universität. Du würdest sie nicht wiedererkennen, ehrlich, sie ist zwar nicht gerade lebhaft, aber viel selbstbewusster und so. Redet mehr, lacht, schminkt sich.« Er lächelt, wenn er von ihr erzählt, das ist schön.

»Sehr gut. Und es gefällt ihr bei deinen Verwandten?«, erkundige ich mich und er nickt gleich bestätigend. »Ja, das sind wirklich sehr nette Menschen. Sie haben uns so viel gegeben über die Jahre, ich weiß nicht, wie ich mich je dafür revanchieren kann. Ich telefoniere so alle zwei Wochen mit ihnen.«

Die Bedienung kommt. Ich bestelle einen Cappuccino und Milo einen Café Latte.

»Wann bist du denn von ihnen weggegangen?«, will ich wissen und reibe meine Hände aneinander, weil mir kalt ist.

»Gleich nach der Schule«, antwortet Milo. »Ich bin nach St. Bastian gereist, ich dachte, du wohnst noch dort.«

Ich schüttle den Kopf. »Nein, ich bin doch mit meiner Familie nach Florida umgezogen. Meiner Grandma ging es nicht gut und mein Grandpa konnte sich nicht um sie kümmern, also sind wir zu ihnen nach Miami gezogen. Das habe ich dir damals noch geschrieben, wusstest du das nicht mehr?«

»Nein, das hast du nicht geschrieben, das wüsste ich bestimmt«, behauptet er ernst und schaut mich vorwurfsvoll an.

Aber ich weiß es noch genau: »Doch, ganz sicher. Ich habe geschrieben, dass wir überraschenderweise umziehen müssen, wie traurig ich bin, die Schule zu wechseln und meine Freundinnen zu verlieren, und dann habe ich gefragt, ob du glaubst, dass wir eine Zukunft haben und ob du überhaupt noch Kontakt willst oder wir es so belassen sollen. Ich habe dir die neue Adresse und die Telefonnummer aufgeschrieben und den Brief im Juli weggeschickt. Danach habe ich nichts mehr von dir gehört«, schließe ich ab.

Milo schüttelt traurig den Kopf. »Diesen Brief habe ich nie bekommen«, teilt er mir mit, »sonst hätte ich dir doch geschrieben oder dich angerufen.«

»Hm, und ich dachte, du kommst sowieso nicht mehr wieder und willst das Ganze beenden«, bemerke ich nachdenklich.

»Doch nicht so!«, protestiert er bestimmt und entrüstet.

Ich weiß nicht, was ich noch dazu sagen soll, darum zucke ich nur mit den Schultern und sehe ihn dabei entschuldigend an. Milo kratzt sich kurz am Bart, dann schaut er mir so tief in die Augen, dass ich es kaum aushalte und wegsehen muss. Es macht mich nervös, dass er so eine Wirkung auf mich hat.

Die Kellnerin bringt uns den Kaffee und ich nicke nur, während sie ihn hinstellt. Ich nehme gleich einen Schluck, verbrenne mir dabei die Zunge und stelle die Tasse schnell wieder hin. Eine seltsame Pause entsteht und ich fühle mich schuldig, obwohl ich ja eindeutig nichts dafürkann, dass er den Brief nicht bekommen hat. Milo wirkt enttäuscht und tippt mit dem Fingernagel an seine Tasse, dann setzt er das Gespräch fort.

»Also zuerst war ich in St. Bastian, da wohnte eine Frau mit Hund in eurem Haus. Die sagte mir, ihre Vorbesitzer hießen Lakefield. Ich habe mir ein Telefonbuch besorgt und habe alle Lakefields in South Carolina angerufen, bis ich den Bruder des Mannes gefunden habe, der euch das Haus abgekauft hat.«

Es war spannend ihm zuzuhören, aber ich bin mir sicher, für ihn war das damals nicht so lustig.

»Der hat mir die Nummer gegeben, also habe ich ihn angerufen und der hat mir dann gesagt, dass ihr nach Miami umgezogen seid. Adresse oder Telefonnummer hatte er leider nicht. Also bin ich nach Miami gefahren. Dort hatte ich viele Jobs, zum Schluss habe ich dann in einer Bar gearbeitet, in der ich auch gewohnt habe, es war wie ein Zuhause. Ich hatte einige Freunde dort und durfte manchmal abends vor den Gästen spielen, das war toll. Allerdings konnte ich dich nicht finden und deine Eltern standen auch nicht in den Telefonbüchern.«

Ich denke nach, bis mir einfällt wieso. »Ja, wir haben im Haus meiner Großeltern gewohnt. Darum standen wir nur unter ihrem Namen im Telefonbuch. Und ich war da wahrscheinlich sowieso schon in Boston, ich hab ja mit der Uni angefangen, du konntest mich dort also gar nicht finden.«

»Genau«, bestätigt er, »aber ich habe dich dann mit dem Studentenverzeichnis ausfindig gemacht, hab alle Universitäten des Landes angeschrieben, bis ich die Antwort aus Boston bekommen habe. Nur als ich dort ankam, warst du schon wieder weg.«

Er wirkt gar nicht unglücklich darüber, dass er so viele Jahre dafür verschwendet hat, nach mir zu suchen. Immerhin hätte er in der Zeit ein Studium abschließen können, genau wie ich, überlege ich. Aber das wollte er, soweit ich weiß, gar nicht.

»Ist eigentlich eine ganz gute Geschichte«, meine ich und er lacht trocken.

»Nur ohne Happy End«, findet er leise, dann gibt er zu: »Es war natürlich eine aufregende Zeit. Ich hatte schon meinen Spaß, vor allem in Miami. Aber jetzt erzähl von dir, was hab ich alles verpasst?«

»Na ja, also nachdem ich die Schule abgeschlossen hatte, bin ich nach Boston, dort hab ich an der Uni gewohnt. Hab brav studiert, bin in die Vorlesungen gegangen und habe für die

Prüfungen gelernt. Irgendwann habe ich dann Michael kennengelernt, wir sind ausgegangen, nach ein paar Jahren hat er mir einen Antrag gemacht und wir haben geheiratet. Das war am Ende meines Studiums. Danach sind wir nach Connecticut gezogen und haben uns hier Jobs gesucht, und da bin ich nun. Meine Geschichte ist nicht so spannend«, fällt mir gerade auf.

Milo hat mich genau angesehen, während ich gesprochen habe und seinen Kaffee getrunken.

»Und bist du glücklich?«, will er wissen, ernst, wie meistens.

»Ja«, erwidere ich und es ist auch nicht gelogen.

Er nickt. »Ich habe nicht einmal in all den Jahren daran gedacht, dass du verheiratet sein könntest, darum war ich auch so überrascht, als du es mir gesagt hast. Ziemlich dumm, oder?«, verrät er, rührt dabei mit seinem Löffel im Kaffee um und vermeidet es, mich anzusehen.

Ich fühle mich mies.

»Milo, ich weiß, was wir uns damals versprochen haben, aber wir haben uns doch so lange nicht gesehen! Hast du ernsthaft geglaubt, dass wir noch einmal zusammenkommen können?«, frage ich ihn leise und behutsam.

»Für mich war es nie vorbei. Du warst immer die Einzige für mich«, offenbart er ruhig und kann mir dabei nicht in die Augen sehen.

Er meint das ehrlich, da bin ich mir sicher. Ich weiß nicht, was ich sagen soll, seine Aufrichtigkeit trifft mich unerwartet. Es tut mir wirklich leid, dass er so traurig ist.

Ich greife nach seiner Hand und er lässt es zu, dass ich seinen Handrücken berühre.

»Bleibst du jetzt in Hartford?«, will ich wissen und er schaut wieder auf und sagt: »Fürs Erste schon. Ich weiß nicht, wohin ich soll, ich habe sonst nichts vor. Mal sehen.«

Es freut mich, das zu hören. Es wäre schön, wenn ich ihn öfter sehen könnte, auch weil ich hier noch keine echten Freunde habe und es mir gefallen würde, Zeit mit ihm zu verbringen. Er wird sicher bald fröhlicher sein und wir können ja wieder Freunde werden.

»Gut«, finde ich, »dann kannst du ja mal zu uns essen kommen.«

Er schnaubt: »Bitte sag nicht, dass du kochst. Ich erinnere mich noch sehr gut daran, als du das eine Mal für uns Spaghetti machen wolltest, das war nicht zu essen.«

»Hey!«, rufe ich empört aus, muss aber lachen. »Ich bin schon viel besser geworden. Ehrlich.«

»Na ja, zur Not können wir ja was bestellen oder ich schau dann einfach, was zu retten ist«, überlegt er grinsend und ich haue mit meiner Hand auf seine und wir müssen beide lachen.

Danach haben wir noch viel Spaß. Wir sprechen über die Schule, unsere Freunde, wie er sich damals immer zu mir nach Hause geschlichen hat und die Zeit im Sommer, die wir am See verbracht haben. Es ist schön, mit ihm zu lachen und kurz kommt es mir so wie früher vor.

Wir bleiben über eine Stunde, dann muss ich aufbrechen. Er besteht darauf, zu bezahlen und ich lasse ihn. Dann marschieren wir zu Fuß in Richtung meines Hauses, denn es hatte aufgehört zu regnen und ich will nicht zurück zur Busstation gehen. Wir reden gerade über die eine Party, bei der wir waren, da bleibt Milo plötzlich stehen.

»Was ist?«, frage ich verdutzt und sehe ihn an.

Er deutet mit dem Kopf auf die Straße und erklärt: »Das ist mein Auto.«

Ich gehe ein paar Schritte zurück und sehe mir das weinrote Auto genauer an. Alt und rostig, kaputter Lack und die Rückbank ist nach vorne geklappt. Eine Matratze liegt vom Kofferraum bis zum Fahrersitz, darauf Decken und

Kleidungsstücke. Der Anblick schockiert mich ein bisschen, aber ich lasse es mir nicht anmerken.

»Eigentlich hab ich damit gerechnet, dass du ein Motorrad fährst«, meine ich schmunzelnd und er sagt sofort traurig: »Das hab ich vor ein paar Wochen verkauft! Ich liebe Motorrad fahren, aber ein Auto ist schon praktischer, vor allem wenn es regnet und man einen Schlafplatz braucht.«

»Hast du mal draußen geschlafen?«, erkundige ich mich, obwohl ich die Antwort schon zu kennen glaube.

»Ja, oft! Auf Parkbänken, in Busstationen, am Boden. Auch bei unserem See habe ich übernachtet, als ich in St. Bastian war. Darum weiß ich es sehr zu schätzen, wenn man ein Dach über dem Kopf hat, auch wenn es nur ein Autodach ist.«

Ich nicke, kann mir aber nicht vorstellen, wie es ist, so zu leben. Ich habe noch nie eine Nacht im Freien verbracht, nicht einmal in einem Zelt.

»Ich schlaf auch nicht jede Nacht im Auto. Ab und zu muss ich ja duschen, da geh ich in ein Motel«, fügt er schnell erklärend hinzu und sperrt das Auto auf.

Er holt seine Gitarre raus und ich bemerke, dass es noch immer die alte von seinem Grandpa ist.

»Ich würde dich gerne mal wieder spielen hören«, sage ich wahrheitsgemäß, »aber ich muss jetzt los.«

»Ja klar«, antwortet er und lehnt die Gitarre an die Autotür. »Und du bist sicher, dass ich euch am Samstagabend besuchen soll?«, fragt er und wirft die Stirn in Falten.

»Ja natürlich. Komm einfach so um achtzehn Uhr. Bist du sicher, dass du hinfindest?«

»Sicher. Also gut, ich geh noch ein bisschen spielen. Bis dann«, kündigt er an und umarmt mich zum Abschied.

Seine Wange streift kurz meine und ich spüre seine Bartstoppeln. Dann setze ich mich in Bewegung, winke ihm noch und sage »Ciao«, während er, mir auch zuwinkend, in die andere Richtung geht.

MILO

Immer schon habe ich mich um Katie gekümmert. Ich habe ihr täglich etwas zu essen zubereitet, ihre Kleidung gewaschen und dafür gesorgt, dass sie ordentlich gekleidet ist, zur Schule geht und brav ihre Hausaufgaben macht. Sie war auch jemand, um den man sich kümmern musste, sie war ein ängstliches, schüchternes und verschlossenes Mädchen. Meine Schwester hat als Kind fast nie gelacht und das ist doch seltsam.

Es gab aber auch nicht viel zu lachen bei uns, meine Mom hat uns verlassen, als Katie noch ein Baby war. Ich war sechs, als sie ging, und kann mich deshalb noch an sie erinnern. Wie sie beim Aufhängen der Wäsche gesungen hat und wie wir im Garten gespielt haben. Sie hat mich in die Luft geworfen und wieder gefangen. Außerdem hat sie mir beigebracht, wie unsere Blumen und Pflanzen heißen und ich durfte sie gießen. Es sind schöne Erinnerungen, es ging uns damals gut.

Warum sie gegangen ist, wusste ich nicht und habe es auch später nie erfahren, aber ich nahm an, dass es wegen unseres Dads war. Auf einmal war sie weg, ohne sich von Katie und mir zu verabschieden. Ich dachte, sie würde bald wiederkommen, und fragte ständig, wo sie denn sei, doch ich erhielt keine Antwort. Den anderen war wohl klar, dass wir sie nicht mehr zu Gesicht bekommen würden. Wir haben natürlich zu Hause nicht darüber geredet. Es war so und aus.

Wäre mein Grandpa nicht gewesen, hätten wir das auch nicht geschafft. Während mein Dad arbeiten war, kümmerte er sich um uns, besonders um Katie, die ja noch ein Baby war. Er ging einkaufen, kochte und erzählte uns Geschichten. Abends spielte er immer Gitarre und sang dazu. Mein Grandpa war ein freundlicher und sehr ruhiger Mensch. Er wohnte schon seit ich denken konnte bei uns und blieb auch, als Mom gegangen war.

Das war nicht selbstverständlich, denn er war ihr Dad und verstand sich mit unserem nicht immer gut. Aber die beiden arrangierten sich, wie gesagt, anders wäre kein normaler Alltag möglich gewesen. Irgendwann fand ich mich dann damit ab, dass ich keine Mom hatte, und einen Dad, der sich nicht für mich interessierte.

Wir liebten unseren Grandpa, viel mehr als unseren Dad, den wir höchstens mochten, und das auch nur, als wir noch klein waren. Die Beziehung zu ihm bestand aus notwendiger Konversation und wenn er schlecht gelaunt war oder wir etwas angestellt hatten, schrie er herum, schlug mit der Faust auf den Tisch und so weiter. Bei ihm galt, je weniger man mit ihm zu tun hatte, umso besser. Daran gewöhnten wir uns und irgendwie war es okay so, ich dachte als kleiner Junge nicht, dass das schlechte Verhältnisse sind, in denen ich aufwachse. Dass andere Kinder von ihren Eltern viel mehr geliebt wurden und mehr Zuneigung bekamen als wir. Nein, es war einfach so und es ging. Erst als ich ein wenig älter war und vor allem durch Emily und ihre Familie, wurde mir bewusst, wie unterschiedlich wir aufwuchsen.

Katie war immer schon sensibler gewesen und sie hatte riesige Furcht vor unserem Dad. Wenn er von der Arbeit kam, begann sie bereits zu zittern, und sie sah ihm nie in die Augen.

Ich meine, ich hatte genauso viel Angst vor ihm, schließlich war er unberechenbar und er trank damals schon öfter zu viel und wurde dann gewalttätig. Aber ich wusste, dass Grandpa verhindern würde, dass er uns etwas antat, und so war es auch. Er stand immer zwischen uns Kindern und seinem Schwiegersohn und er musste nur ein paar Worte sprechen, damit er von uns abließ. Ich weiß nicht mehr, was er sagte.

Als ich zehn Jahre alt war, starb mein Grandpa plötzlich. Für mich kam es sehr überraschend, er selbst wusste sicher, dass er krank war, nur sagte er uns nichts davon. Vielleicht war mein Dad darüber im Bilde, aber das glaube ich, um ehrlich zu sein, auch nicht.

Katie und ich waren schwer betroffen und unendlich traurig, es fühlte sich an, als würde man vom Dach fallen und mit dem Kopf hart auf dem Beton aufschlagen. Ich erinnere mich daran, wie wir in meinem Bett lagen und die ganze Nacht weinten, ich am nächsten Tag komplett verzweifelt mit Katie an der Hand zur Schule ging und wir zum ersten Mal zu spät kamen.

Ich befürchtete schon damals, dass es von nun an schwierig werden würde, und behielt recht.

Mein Dad war nicht einmal in der Lage, eine Beerdigung für ihn zu organisieren. Es fand keine statt und ich weiß nicht, was sie mit ihm machten, ob er in einem anonymen Grab liegt oder verbrannt wurde, keine Ahnung.

Dad kümmerte sich um nichts, ich fragte mich manchmal, ob er irgendwann auch nicht mehr zur Arbeit gehen würde, aber das tat er immerhin. Doch alles andere musste ich von diesem Zeitpunkt an übernehmen. Einmal fragte ich ihn, ob er etwas zu essen machen könnte, weil wir Hunger hatten. Aber er sah mich nur an, sagte nichts und wandte sich ab, um weiter zu trinken.

Er war einerseits voller Wut und Groll und andererseits, glaube ich, er war auch genauso traurig und verzweifelt wie ich.

Also ging ich einkaufen und lernte mithilfe von Kochbüchern, wie man einfache Speisen zubereitet. Eines Abends deckte ich auch für ihn auf und gab ihm eine Portion von unserem Essen auf einen Teller, doch am nächsten Tag sah ich, dass der Teller unberührt liegen geblieben war. Von da an aßen Katie und ich immer in der Küche im Stehen und danach wusch ich alles gleich wieder ab und stellte es zurück.

Mein Dad legte so wie vor Grandpas Tod auch Geld fürs Einkaufen in eine Schale und ich bemühte mich, damit zu wirtschaften. Ich achtete auch darauf, dass Katie sich badete und ordentlich die Zähne putzte. Am Wochenende wusch ich dann immer unsere Wäsche und hängte sie auf.

Wir wohnten zwar im selben Haus wie mein Dad, aber wir sprachen nicht miteinander, außer es war absolut notwendig.

Einmal brauchte ich dringend Schuhe, weil meine nicht nur viel zu eng, sondern auch kaputt waren, und ich musste ihn mehrmals bitten, was mir wirklich unangenehm war, bis er mir schließlich missmutig Geld für neue gab.

Unsere Kleidung war größtenteils löchrig und abgetragen und wir bekamen nie andere. Emily gab Katie ihre zu klein gewordenen Sachen und ihre Eltern hatten auch für mich ein paar Mal neue Kleidungsstücke, ich weiß nicht woher. Ich war zwar nicht eitel, aber ich wusste, dass es sich nicht schickte, mit zerschlissener und kaputter Kleidung herumzulaufen, und war ihnen sehr dankbar dafür.

Wenn ich etwas wirklich brauchte, kaufte ich dann manchmal von dem Essensgeld das eine oder andere. Moderne oder gar teure Markensachen wie andere in der Schule hatte ich nie, das war mir aber auch ganz egal. Obwohl ich dafür sorgte, dass Katie und ich täglich gepflegt und in sauberer Kleidung zum Unterricht gingen, sahen wir doch immer wie Außenseiter aus.

In der Schule wusste jeder, dass wir ohne Mom aufwuchsen, und damit waren wir auch nicht alleine, es gab einige Kinder, bei denen sich die Eltern getrennt hatten und die bei einem der beiden Elternteile lebten.

Als die Eltern von meinem Sitznachbarn Richard sich scheiden ließen, konnte ich das Ganze hautnah miterleben und ich fühlte mit ihm mit.

Es war auch stadtbekannt, dass mein Dad ein Trinker war. Wir waren zwar nicht oft gemeinsam unterwegs, je älter wir wurden, desto seltener, doch ich merkte genau, dass die Leute verächtlich über ihn sprachen, sobald er ihnen den Rücken zukehrte, und uns Kinder teils abwertende, teils mitleidvolle Blicke zuwarfen.

Ich frage mich, warum uns nie irgendjemand Hilfe anbot. In all den Jahren war niemand da, um sich zu erkundigen, ob alles in Ordnung sei, kein Nachbar läutete an oder rief wenigstens die Polizei, wenn mein Dad durchdrehte und herumschrie. Aus heutiger Sicht ist das für mich unverständlich, ich könnte nicht an zwei Kindern vorbeigehen, die in so einer Lage sind.

Bei Emily fühlte ich mich immer wohl, sie schaffte das innerhalb weniger Sekunden mit ihrer fröhlichen, hilfsbereiten Art. Ihre Eltern waren genauso, wie ich mir eine Familie vorstellte, eine Mom, die sich um einen sorgte, jeden Tag fragte: »Wie war es in der Schule? Was gibt es Neues?«, und immer so viel zu essen anbot.

Emilys Dad kannte ich nur ruhig und gelassen, nach außen manchmal ganz schön streng, aber eigentlich gutmütig und witzig.

Ihre Schwester Ellie war ein bisschen älter als wir und sie kam mir immer so klug vor, auf jede Frage hatte sie eine Antwort und für jedes Problem eine Lösung. Ich hätte gerne eine große Schwester oder einen großen Bruder gehabt, die ich ab und zu um Rat hätte fragen können, oder einfach jemanden, der auch einen Teil der Verantwortung getragen hätte.

Wenn wir bei den Rosewoods waren, konnte ich mich immer entspannen, ich merkte so richtig, wie ich die Schultern fallen lassen konnte und mich um nichts kümmern musste, sondern eine Zeit lang nur Kind sein konnte. Katie und ich waren immer bei Emilys Familie willkommen und wir durften bleiben, solange wir wollten. Wenn wir danach wieder bei uns waren, kam es mir viel kälter, einsamer, düsterer und trauriger vor als sonst.

EMILY

Als ich heimkomme und aufschließen will, bemerke ich, dass im Haus Licht brennt. Ich öffne die Tür und sehe Michael, der sich in der Küche gerade ein Glas mit Wasser füllt.

Er kommt mir entgegen, fragt besorgt: »Hey, wo warst du denn?«, und gibt mir einen Kuss, während ich meine Jacke ausziehe. Es passiert selten, dass er einmal vor mir daheim ist.

»Stell dir vor, ich hab Milo getroffen. Er ist noch in der Stadt, vielleicht bleibt er auch überhaupt hier. Wir waren Kaffee trinken«, erzähle ich ihm aufgeregt und stelle meine Schuhe auf eine Fußmatte, weil sie nass sind. Ich habe den Nachmittag mit Milo schön gefunden und bin sehr froh, dass er sich entschieden hat, zumindest noch eine Weile in Hartford zu bleiben.

»Wirklich«, erwidert Michael überrascht und schaut mich eindringlich an.

Ich ignoriere seinen Blick und dränge vorsichtig an ihm vorbei in die Küche.

»Ja, ich war auch sehr verwundert, dass er noch da ist«, gebe ich zu und öffne den Kühlschrank.

Michael wirkt irgendwie missmutig, wahrscheinlich ist er wieder einmal am Verhungern, dabei ist es noch gar nicht so spät.

»Hast du schon Hunger?«, frage ich und denke nach, was ich vorhatte heute zu kochen. Ich begutachte das Gemüse und das Fleisch, da fällt mir wieder ein, dass ich Hackbraten machen wollte. Sofort nehme ich alle Zutaten aus dem Kühlschrank und lege sie auf die Arbeitsfläche, dann kremple ich mir die Ärmel auf und überlege, was ich zuerst tun soll.

»Ich kann schon was essen«, lässt er mich wissen und bleibt bei mir stehen.

»Okay, vielleicht isst du vorher eine Banane oder so, es dauert sicher eine Weile«, teile ich ihm beiläufig mit, während ich anfange, das Fleisch zuzubereiten.

Michael macht einen Seufzer, holt sich aber kein Obst, sondern setzt sich auf die Couch vor den eingeschalteten Fernseher.

Es ärgert mich manchmal, dass ich alleine für das Essen verantwortlich bin, schließlich hätte er heute auch kochen können, als ich nicht da war. Aber egal, ich habe ja noch keinen Hunger, denke ich mir und arbeite weiter. Es dauert keine Minute, da fragt mich Michael nach Milo.

»Was arbeitet er denn jetzt? Hast du ihn gefragt?«

»Er hat hier noch nichts gefunden und vorher hat er in einer Bar gearbeitet, in Miami und in Boston.«

»Ist er ein Alkoholiker?«

»Nein«, widerspreche ich entrüstet, »aber er hat gesagt, er spielt Gitarre. Ich glaube, so verdient er sich was dazu.«

»Wo spielt er denn?«, hakt er nach, ohne vom Fernseher wegzusehen.

»Keine Ahnung. In Miami konnte er in der Bar, wo er gearbeitet hat, auftreten. Ich glaube, hier spielt er momentan nur auf der Straße«, erzähle ich.

»Oh Mann, wirklich? Das ist mies«, findet Michael.

»Wieso, er ist doch kein Obdachloser! Er spielt ja nur Gitarre«, sage ich verärgert und ermahne mich, nicht zu erwähnen, dass er in seinem Auto wohnt.

Ich verteidige Milo automatisch, ohne darüber nachzudenken und es nervt, dass Michael ihn so schlecht macht, obwohl er ihn gar nicht kennt.

»Da fällt mir ein, ich habe ihn für Samstagabend zu uns zum Essen eingeladen! Dann kannst du ihn kennenlernen und ihn ausquetschen«, verkünde ich grinsend und obwohl ich Michael nicht sehen kann, da ich mit dem Rücken zu ihm in der Küche stehe, bin ich mir sicher, dass er gerade das Gesicht verzieht.

Ein paar Augenblicke sagt er gar nichts, dann hör ich ein »Aha«, bevor er ganz mit der Fragerei aufhört und ich im Stillen weiter koche. Ich freue mich darauf, dass Milo zu uns zum Essen kommt und ich nehme mir vor, vorher noch mal eindringlich mit Michael zu reden, damit er auch ja nett zu ihm ist.

Das Glücksgefühl, das ich hatte, als ich nach dem Treffen mit Milo heimging, ist irgendwie verflogen oder zumindest stark abgeschwächt. Ich muss daran denken, wie ehrlich er heute zu mir war und wie verletzlich er gewirkt hat.

Ich will ihn unbedingt wiedersehen.

Das Abendessen ist in wenigen Minuten gegessen, eine Tatsache, die mich oft wahnsinnig macht: Das Kochen und das Abwaschen nachher dauern um ein Vielfaches länger als das Essen selbst. Ich versuche, nicht daran zu denken. Wir haben kaum ein Wort gesprochen, was auch daran liegt, dass der Fernseher eingeschaltet ist und irgendein Sport läuft, ich habe nicht einmal hingesehen, darum weiß ich gar nicht welcher.

Ich seufze unbewusst, als ich aufstehe, um das Geschirr wegzuräumen, und mich an den Abwasch mache.

Michael hat sich mit seinem Bier auf das Sofa gesetzt und ich brauche eine Viertelstunde, um die Küche komplett sauber zu machen.

Ich hänge das Geschirrtuch an den Haken und trockne meine Hände daran ab. Da mir vom Regenschauer heute noch immer irgendwie kühl ist, beschließe ich, statt nur zu duschen, ein Bad zu nehmen.

Im Vorbeigehen sage ich Michael kurz Bescheid und er weiß, dass ich jetzt für eine gute Stunde im Badezimmer sein werde.

Oben angekommen hole ich mein aktuelles Buch aus dem Schlafzimmer und ein frisches Nachthemd für später. Ich drehe im Badezimmer die Lichter an und lasse heißes Wasser in die Wanne ein. Aus unserem großen Schrank suche ich mir ein Badesalz aus und schütte es großzügig in die Badewanne. Mein Buch lege ich in Griffweite, dann kontrolliere ich mit einer Hand die Temperatur des Wassers. Es ist so warm, dass es dampft und der Spiegel über dem Waschbecken sich beschlägt, genauso wie ich es brauche.

Ich ziehe mich langsam aus, werfe meine Kleidung auf den Boden und steige in die Badewanne. Zuerst zucke ich wegen der hohen Temperatur zusammen, aber Sekunden später ist es schon angenehm für mich. Dann lege ich mich komplett hinein, lehne mich nach hinten, schließe die Augen und fange an, mich zu entspannen. Minutenlang liege ich einfach nur da, bewege mich nicht und lasse meinen Gedanken freien Lauf.

Dass ich Milo heute gesehen habe, hat mich so glücklich gemacht, und das, obwohl es zu Beginn auch unangenehm gewesen ist. Schließlich bin ich der Grund, weshalb er seit Jahren unterwegs ist, scheinbar ohne ein anderes Ziel vor Augen gehabt zu haben, als nach mir zu suchen, um mit mir zusammen zu sein.

Wenn ich ehrlich zu mir selbst bin, dann muss ich zugeben, dass es mir gefällt, dass Milo so viele Strapazen auf sich genommen hat, um mich zu finden und dass er nach wie vor

Gefühle für mich hegt. Oder zumindest war das so, bis er herausgefunden hat, dass ich vergeben bin.

Ich weiß zwar, dass es unangebracht ist, so zu denken, aber da es nur Gedanken sind, die ich niemandem anvertrauen werde, ist es mir egal und ich lasse sie zu. Was wäre, wenn ich nicht verheiratet wäre? Was wäre dann nach dem Kuss vor ein paar Tagen geschehen? Er wäre gut zu mir, das weiß ich. Liebevoll, umsorgend, treu. Milo würde alles für mich tun, das steht fest.

Ich öffne die Augen. Das warme Wasser tut gut und macht mich ein wenig schläfrig. Mit meinen Händen streiche ich über meine Arme, von den Schultern bis zum Handrücken. Dann senke ich den Kopf nach hinten, mache meine Haare komplett nass und tauche dabei auch die Ohren unter Wasser, sodass es leise darin zu rauschen beginnt.

Ich versuche mich daran zu erinnern, wie es war, als Milo mich geküsst hat, aber es ging so schnell, ich weiß es nicht mehr. Er hat mit einer Hand meine Wange berührt, so wie damals immer.

Heute beim Verabschieden, als ich ihn umarmt habe, kitzelten seine Barthaare meine Haut, und ich bin bei dem Gefühl erschauert. Und außerdem hat er gut gerochen, nicht nach Parfum, sondern einfach nach Mann.

Bevor mein Kopfkino weitergeht, ermahne ich mich, dass ich verheiratet bin. Und nicht nur das, wir sind glücklich, Michael und ich. Sicher ist es nicht mehr so wie am ersten Tag, aber das ist ganz natürlich, schließlich kennen wir uns schon so lange. Irgendwann kommt die Phase, in der man bloß miteinander lebt und zufrieden ist. Es passiert nichts Neues und wir stecken im Alltag und der Routine fest, was aber auch nichts Schlechtes ist. Es ist nun einmal so, wie es ist. Ich sehne mich nicht unbedingt nach Dramen.

Jetzt tauche ich wieder auf und drehe mich um, weil ich eine neue Flasche Haarshampoo brauche, die auf dem Kästchen hinter mir steht. Als ich sie mir nehme und öffne, fällt mein Blick auf die Dose mit meiner Antibabypille. Ich muss automatisch meine Lippen zusammenpressen, dann drehe ich mich zurück und shampooniere meine Haare gründlich ein.

Die Idee, dass wir ein Baby bekommen, ist von mir gewesen. Sicher, bevor wir geheiratet haben, haben wir darüber gesprochen, ob wir Kinder wollen, und ich möchte sehr gerne welche.

Michael hat gemeint, er weiß nicht viel anzufangen mit Kindern, aber wenn ich es will, können wir gerne welche haben. Nur nicht zu viele, hat er gescherzt. Wir haben nie genau ausgemacht, wann wir das Projekt starten wollen, und ich habe die erste Zeit auch nicht große Lust gehabt, da ich ja gerade erst in der Kanzlei begonnen habe. Aber vor ein paar Monaten habe ich gedacht, dass es schön wäre, ein Baby zu haben, eine neue Aufgabe für mich. Es würde mir gefallen, es stundenlang im Arm zu halten, ihm vorzusingen und mitzuerleben, wie es heranwächst.

Ich wollte, schon seit ich ein Teenager war, ein Kind haben. Irgendwie habe ich das Bedürfnis, mich um jemanden zu kümmern, das war wohl immer schon so, und solche Muttergefühle, die ich manchmal bekomme, wenn ich irgendwo Mütter mit ihren Babys beobachte, verstehen Männer glaube ich gar nicht.

Nachdem ich es mir wochenlang genauestens überlegt hatte, habe ich Michael gefragt, wie er die Sache sehe. Er ist überrascht gewesen, dass ich doch so bald ein Kind wollte, aber es wäre für ihn in Ordnung gewesen. Also habe ich vor einigen Wochen die Pille abgesetzt und wir versuchten es, ganz ohne Stress.

Bis jetzt bin ich nicht schwanger geworden und habe auch seit ein paar Tagen die Pille wieder genommen. Michael habe ich gesagt, es ginge mir doch zu schnell und ich wolle noch warten, eventuell würde ich in einem halben Jahr oder so befördert werden.

Das war auch nicht gelogen, dennoch ist es mir ziemlich egal, ob ich eine höhere Position habe oder nicht, momentan bin ich zufrieden mit meiner Arbeit.

Michael hat gemeint, ich solle das ganz alleine entscheiden, und hat mir keine Fragen dazu gestellt oder zu viel hineininterpretiert. Ich glaube, es ist ihm wirklich egal.

Ich will nicht behaupten, dass ich wegen Milo jetzt kein Baby mit Michael will, das ist falsch, aber seit er mich vor der Kanzlei geküsst hat und wieder in mein Leben getreten ist, fühlt es sich nicht mehr richtig an, nun schwanger zu werden. Alleine der Gedanke, als er mir das erste Mal in den Sinn gekommen ist, hat mich in Schrecken versetzt. Es passt mir momentan einfach gar nicht.

Zurzeit bin ich durcheinander, ich habe das Gefühl, dass die letzte Woche so viel passiert ist. Das stimmt gar nicht unbedingt, das Geschehene hat mich bloß so beschäftigt, dass ich ständig daran denken muss. Tatsächlich habe ich derart viel darüber nachgedacht, dass ich praktisch täglich Kopfschmerzen habe, ich bin mir sicher, dass das damit zusammenhängt.

Aber es ist auch ein bisschen wie ein Traum, an den man sich den ganzen Tag erinnert, weil er entweder so verrückt oder so schön war.

MILO

Nach Miami kam ich schnell, doch das war auch schon alles. Mein Geld reichte gerade so für den Bus bis dorthin und dann stand ich da, mit knurrendem Bauch, im Regen. Wirklich, es hat geschüttet wie aus Eimern. Florida, der Sonnenschein-Staat, ja klar.

Ich hatte noch exakt achtzehn Dollar übrig und mir war deshalb ganz schön schlecht. Das Wichtigste war jetzt ein Job. Doch wo sollte ich anfangen zu suchen? Wer würde mich denn einstellen?

Als Erstes kaufte ich mir etwas zu essen, blieben nur noch fünfzehn Dollar, zählte ich mit und setzte mich in die Eingangshalle des Busbahnhofes. Ich bemühte mich, langsam zu essen, doch ich war so hungrig wie noch nie. Ein schlimmes Gefühl. Dann wartete ich nur darauf, dass der Regen nachließ, doch das dauerte eine Weile. Aus Langweile durchsuchte ich meine Sachen, irgendwie hoffte ich, darin mehr Geld zu finden, doch da war natürlich keines. Dafür fiel mir aber etwas anderes ein, mit dem ich auch an ein bisschen Geld kommen konnte: meine Gitarre.

Als der Regen endlich aufhörte, kam auch gleich die Sonne heraus, und ich verließ die Busbahnhofshalle, um durch die Straßen von Miami zu schlendern. Bei Sonnenschein sah es gleich viel schöner aus. Auf die erste freie Bank setzte ich mich, nachdem ich sie, so gut es ging, abgetrocknet hatte, legte meine offene Gitarrentasche vor mich auf den Boden und fing an zu spielen.

Das war einfach. Ich habe seit meinem sechsten Lebensjahr Gitarre gespielt und gerade in den letzten paar Jahren verging kaum ein Tag, an dem ich sie nicht aus der Tasche holte. Allerdings hatte ich noch nie in der Öffentlichkeit gespielt. Zuerst sang ich lediglich ganz leise dazu, denn es war mir peinlich. Ich konnte nicht einschätzen, wie mein Gesang war, denn ich hatte bisher nur für mich gespielt und früher für Emily. Sie war stets begeistert, aber ich hatte Bedenken, dass ich die Töne nicht immer richtig traf. Doch nach und nach schaffte ich es, lauter zu singen, und auch das mulmige Gefühl im Bauch verschwand.

Nach einer halben Stunde hatte ich schon zwei Dollar bekommen und freute mich riesig darüber. Natürlich musste ich trotzdem irgendwo Arbeit finden, um weiter nach Emily suchen zu können, aber fürs Erste war ich zufrieden.

In dem Moment dachte ich sogar daran, wie toll es wäre, wenn man von der Musik leben könnte – ich konnte mir nichts Schöneres vorstellen.

Sechs Jahre nach meinem Schulabschluss war ich noch immer in Miami. Ich hatte viele verschiedene Jobs, als Kellner, Küchenhilfe, Reinigungskraft in einem Lokal und schließlich Barkeeper in dem selbigen, ich wurde sozusagen dazu befördert.

Die Bar hieß Placebo und war sehr klein, dunkel, aber mit lauter Musik und interessanten Gästen. Es gab nicht viele Getränke auf der Karte, also musste ich keine Cocktails mixen oder so, die meisten wollten sowieso nur ein Bier oder Wodka und andere alkoholische Getränke. Es gefiel mir hier sehr, ich verstand mich gut mit dem Chef, James, einem unkomplizierten, lässigen Kerl, der mich für wenig Miete im Hinterzimmer wohnen ließ.

Vorher musste ich mehrmals auf Bänken schlafen und obwohl es mich anfangs gar nicht so störte, wusste ich jetzt jedes Bett mehr zu schätzen. Und jede Dusche!

Für mich lief alles hervorragend, ich durfte ab und zu sogar auftreten, denn es gab eine kleine Bühne in einer Ecke der Bar und nachdem ich einmal den anderen vorgespielt hatte, drängten sie mich geradezu, abends vor den Gästen zu spielen. Anfangs war ich unsicher, ob das eine gute Idee war, doch ich ließ mich überreden und seitdem liebe ich es, vor Publikum zu spielen. Nur, dass mir das nichts einbrachte. James konnte mir nichts zusätzlich dafür zahlen, da er selbst kaum etwas hatte, und außer spendierten Getränken und ab und zu Telefonnummern von Frauen bekam ich nichts, doch das war okay, weil es so viel Spaß machte.

»Irgendwann entdeckt dich jemand und du kriegst einen Vertrag, da bin ich mir sicher«, meinte James immer und ich wünschte mir, er würde recht behalten.

Mein Leben hatte sich sehr verändert und ich genoss es, mein selbst verdientes Geld zu haben, auftreten zu können und die freien Tage mit meinen Freunden von der Bar zu verbringen. Ich kaufte mir ein gebrauchtes Motorrad und es gefiel mir, damit herumzufahren, doch jeden Abend, wenn ich mich schlafen legte und die Augen schloss, dachte ich an Emily.

Bedauerlicherweise hatte ich absolut nichts herausfinden können. Ich hatte sämtliche Telefonbücher von Florida durchgeblättert, doch keine Spur von ihr.

Meine Freunde hier belächelten meine Versuche, Emily zu finden. Sie meinten, dass ich erstens keine Chance hätte und zweitens, dass sie es vermutlich nicht wert wäre. Ich solle mir eine andere suchen, ich wäre ja so beliebt. Und damit hatten sie nicht unrecht, ich wurde oft von Mädchen angesprochen, denn scheinbar stehen Frauen auf Männer, die Gitarre spielen.

Eines Abends, als ich hinter dem Tresen arbeitete, sprach mich eine junge Frau an. Sie war in meinem Alter, hübsch, mit langen braunen Haaren und großen Augen. Sie hieß Laura und sagte, sie habe mich schon öfter hier spielen gehört und würde gerne mit mir etwas trinken gehen. Ich antwortete gleich, dass ich nicht könne, weil ich die ganze Nacht arbeiten müsse, doch sie ließ nicht locker und blieb den Rest des Abends vor mir an der Bar sitzen und lächelte mich an. Ich konnte einfach nicht anders und trank mit ihr, lachte und alberte herum, so gut das eben neben der Arbeit ging.

Mittlerweile hatten wir viel mehr Kundschaft als damals, als ich im Placebo begonnen hatte.

Als Sperrstunde war, nahm ich sie unauffällig mit auf mein Zimmer, und noch bevor ich irgendwas sagte, stürzte sie sich auf mich und küsste mich.

Es gefiel mir und sie gefiel mir, doch als sie begann sich auszuziehen, bat ich sie zu gehen.

Sie war sauer und verstand nicht, was los war, also erzählte ich ihr von Emily. Dass wir uns ganz lange gekannt und uns später aus den Augen verloren hätten und was sie mir bedeuteten würde. Sie rümpfte die Nase, doch sie meinte, sie könne mir eventuell helfen.

Laura sagte mir, dass es ein Studentenverzeichnis von allen Universitäten in Amerika gebe, und dass, wenn Emily sich irgendwo eingeschrieben hätte, man sie so finden könnte.

Dass es so etwas gibt, wusste ich nicht. Ich bedankte mich bei ihr und entschuldigte mich auch, dass ich nicht früher etwas gesagt hätte, doch sie winkte nur ab und meinte: »Es ist schön, dass es noch Männer gibt, die an die Liebe glauben.«

Leider war es nicht so einfach, wie Laura sich das gedacht hatte. Sie konnte nicht Emilys Namen in den Computer eingeben und dann sehen, an welcher Universität sie studierte. Es gelang ihr nur, alle Universitäten Floridas zu durchsuchen, und da fanden wir Emilys Name nicht. Also schrieben wir gemeinsam über dieses Verzeichnis alle Universitäten des Landes an, mit der Bitte, man möge uns Auskunft geben.

Nach einigen Wochen war es dann so weit und von der Universität von Boston kam die Antwort, dass eine Emily Rosewood bis zum letzten Juni bei ihnen eingeschrieben gewesen war und das Jura-Studium erfolgreich beendet hatte.

Der Abschied von Miami fiel mir schwer, schließlich war ich viele Jahre dort gewesen und das Placebo war ein Zuhause für mich geworden. Aber es war notwendig, weil ich sie endlich finden wollte, ich konnte nicht warten, denn was wäre, wenn sie wieder umzöge? Wenn, dann musste ich jetzt gleich los, und so brach ich, zwei Wochen, nachdem ich die Nachricht der Universität erhalten hatte, auf. Ich verabschiedete mich von meinen Freunden in der Bar, spielte noch einen letzten Gig, den sicherlich besten überhaupt, der das Abschiednehmen auch von der Bühne nicht unbedingt leichter machte, und fuhr vollgepackt mit meinem Motorrad acht Bundesstaaten weiter in nördliche Richtung.

Boston ist eine schöne Stadt und es gefiel mir, dort zu leben. Ich suchte mir wieder einen Job, abermals in einer Bar – irgendwie zog es mich dahin – und wohnte in einem Zimmer in einer WG. Es ging sich gerade so aus mit dem Geld, aber ich brauchte nicht viel. Leider war die Bar, in der ich arbeitete, eher sportlich angelegt, es gab Billardtische und Dartscheiben und die Musik lief nur leise im Hintergrund, doch es war eine nette Atmosphäre und es waren viele Studenten da.

Ich beschloss, aktiver zu suchen als in Miami und fragte jeden, mit dem ich ins Gespräch kam, ob er oder sie eine Emily Rosewood kenne. Leider hatte ich damit keinen Erfolg.

Tagsüber rief ich mit einem Telefonbuch, das ich mir organisiert hatte, alle Anwälte, Kanzleien, Gerichte und Notare in Boston an, und machte bei jedem einen kleinen Strich, bei dem keine Emily Rosewood angestellt war. Also bei jedem. Es dauerte fast ein Jahr, bis mir klar wurde, dass ich ihre Spur erneut aus den Augen verloren hatte.

Ich wusste nicht weiter in Sachen Emily, darum kümmerte ich mich wieder um meine Musik. Was hätte ich denn tun sollen?

Manchmal spielte ich in beliebten Einkaufsstraßen, um ein bisschen etwas dazuzuverdienen, außerdem fand ich schnell wieder Freunde in der Musikszene, mit denen ich gemeinsam spielen konnte. Wir versuchten gemeinsam, Auftritte zu bekommen, was dort eher schwierig war.

Ich glaubte, hoffte, immer noch, dass ich einmal entdeckt werden würde und eine CD aufnehmen und Konzerte spielen könnte.

Eines Vormittags war ich in der Stadt unterwegs, um neue Kleidung zu kaufen, was tatsächlich nicht so übel war, wenn man Geld hatte, da sprach mich eine Frau auf der Straße an.

»Milo, bist du's?«, fragte sie ungläubig und ich hatte keine Ahnung, wer das sein sollte.

»Ja«, sagte ich deshalb nur, starrte sie an und mir fiel einfach kein Name zu diesem Gesicht ein.

»Ich bin's, Olivia! Aus St. Bastian. Wir waren doch in derselben Schule«, erinnerte sie mich aufgeregt.

»Gut siehst du aus! Wahnsinn, wir haben uns lang nicht gesehen. Du und Emily, ihr wart damals so ein süßes Paar! Ich hab sie vor ein paar Monaten einmal getroffen, sie ist ja jetzt

Anwältin, verrückt, oder?«, redete sie weiter und mir fiel die Kinnlade hinunter.

»Du hast Emily gesehen? Wo ist sie? Hier in Boston? Hast du ihre Nummer?«, sprudelte es aus mir raus, da läutete ihr Handy.

»Mist, da muss ich ran gehen. Oh und ich bin spät dran, ich muss weiter«, erklärte sie entschuldigend zu mir und ging dann an ihr Telefon. »Ja, ja ich komme gleich, bleib kurz dran!« Sie hielt das Handy weg und sagte: »Also wo sie wohnt, weiß ich nicht, aber sie hat gesagt, dass sie Anwältin in Connecticut ist, und zwar bei der Kanzlei Miller & Froid oder so. Mehr weiß ich nicht. Habt ihr denn keinen Kontakt?«, fragte sie neugierig, ging aber schon wieder an ihr Handy ran.

Ich schüttelte den Kopf, prägte mir den Namen der Kanzlei ein und als sie meinte, sie müsse jetzt wirklich gehen, verabschiedete ich mich und sah ihr noch kurz nach, als sie davon ging.

Dieses Mal wartete ich nicht einmal eine Woche, bis ich meine Sachen packte. Ich kündigte den Job in der Bar, verkaufte mein Motorrad und schaffte mir dafür ein gebrauchtes Auto an, packte meine Matratze und meine Taschen ein und fuhr los.

Ich war so schnell in Connecticut, dass ich ganz aufgeregt war. Und ein Vorteil ist: Connecticut ist klein. In New Haven blieb ich stehen und suchte mir ein Telefonbuch. Innerhalb kürzester Zeit hatte ich die Anwaltskanzlei Miller & Floyd nachgeschlagen und rief an.

Es meldete sich die Rezeptionistin und fragte, was sie für mich tun könne. Ich bat um die genaue Adresse der Kanzlei, bekam sie sogleich und notierte sie auf einem Stück Papier.

Dann fragte ich noch: »Arbeitet eine Emily Rosewood hier?«, und sie antwortete: »Ja, aber die ist schon gegangen. Soll ich etwas ausrichten?«

»Nein danke«, lehnte ich ab und strahlte vor Freude.

Nun war ich mir sicher, dass ich sie bald sehen würde.

Nachdem ich aufgelegt hatte, sah ich auf die Uhr. Eine Armbanduhr trug ich im Moment nicht, aber bei der Tankstelle, neben der ich parkte, war eine.

Es war kurz nach vier und das an einem Freitag. Klar, dass da alle schon nach Hause gegangen waren, aber das war mir in dem Moment egal.

Ich musste lächeln. Es war so weit. Am Montag, wenn Emily am Morgen zur Kanzlei käme, würde ich sie wiedersehen. Ich steckte den kleinen Zettel mit der Adresse in die Innentasche meiner Lederjacke und stieg ins Auto.

Ich drehte das Radio lauter und sang gut gelaunt zu jedem Lied auf dem Weg nach Hartford mit.

EMILY

Nachdem Milo gegangen war, fiel ich in ein tiefes Loch. Eigentlich war ich immer sehr selbstständig und dachte, ich würde niemanden brauchen und auch gut alleine zurechtkommen, aber da hatte ich mich wohl getäuscht. Ich war nicht einfach nur traurig, ich war am Boden zerstört. Wochenlang wollte ich überhaupt nichts mehr machen und hatte an nichts Freude. An manchen Nachmittagen saß ich auf meinem Bett und starrte die Wand an, bis meine Mom rief, dass das Abendessen fertig sei.

Mir war gar nicht bewusst, wie sehr ich von Milo abhängig gewesen bin. Mir war, als könnte ich ohne ihn gar nicht mehr glücklich sein. Ich war traurig und zornig und ließ es bei jedem raus.

Meine Eltern hatten anfangs noch Verständnis dafür, nach einigen Wochen jedoch meinte meine Mom zum ersten Mal, dass ich nicht übertreiben solle. Das brachte mich selbstverständlich ebenfalls zur Weißglut.

Ich hasse diese blöde Phrase »Das Leben geht weiter«. Natürlich tut es das, man kann die Zeit ja nicht aufhalten. Aber das Leben ging praktisch ohne mich weiter.

Die Tage vergingen und ohne, dass ich es bemerkte, war der Sommer endgültig vorbei. Die Bäume hatten ihre Blätter verloren, Kastanien lagen auf den Straßen und der typische Herbstwind zog um die Häuser. Als ich mich das erste Mal mit

Jacke auf den Schulweg machte, fühlte ich mich richtig unwohl.

In der Schule war Milos Verschwinden natürlich ein großes Thema gewesen. So etwas war hier in St. Bastian scheinbar noch nie passiert, dass zwei Geschwister vor ihrem Dad davonliefen.

Na ja, richtig weggelaufen waren sie nicht und außerdem hatte Milo einen Brief geschrieben. Und sie würden ja nicht schwänzen oder so, ich war mir sicher, dass sie bald einen Platz in einer Schule in Anaheim bekommen würden.

Die ganze Aufregung rund um Milos Abgang hatte auch gute Seiten. Ich wollte zwar nicht ständig allen erzählen, was für Details ich zu der Sache wusste, aber es war schön, dass mich meine Freundinnen verstanden, und ich mit ihnen darüber reden konnte, wie ich mich fühlte und wie sehr ich ihn vermisste.

Auf einmal schätzte ich die Gesellschaft der Mädchen mehr und begann, mich auch nach der Schule mit ihnen zu treffen. Oft lernten wir einfach nur gemeinsam, aber das war schon lustiger als alleine im Zimmer zu hocken, oder wir sahen fern und lackierten uns dabei die Fingernägel.

Wir waren meistens zu viert: Julie, Vanessa, Bianca und ich. Es gab immer etwas zu reden und das gefiel mir, denn es brachte mich auf andere Gedanken und heiterte mich ungemein auf.

So blieben einzig und allein die Abende beim Einschlafen, an denen ich an Milo dachte, und hoffte, er würde zurückkommen.

In der Schule lief es dafür ziemlich erfreulich und das Lernen mit meinen Freundinnen spornte mich an, meine Hausaufgaben nicht nur irgendwie, sondern ordentlich zu machen, und für die Tests und Schularbeiten nicht bloß alles einmal durchzulesen, sondern auch auswendig zu lernen und nachzuschlagen, wenn ich etwas nicht verstand. Meine Noten besserten sich dadurch in wenigen Monaten von durchschnittlich, was mir immer gereicht hatte, zu sehr gut. Ich muss nicht erwähnen, dass das meine Eltern wahnsinnig freute.

Als Milos erster Brief eintraf, war ich so aufgeregt und neugierig, dass ich ihn noch im Vorgarten öffnete. Ich war gerade von der Schule heimgekommen, ließ meinen Rucksack einfach in die Wiese fallen und riss das Kuvert auf.

Der Brief war drei Seiten lang und so setzte ich mich auf die Stufen, um ihn zu lesen. Er schrieb, dass die Reise ewig gedauert hätte, dass seine Tante und sein Onkel außerordentlich freundlich und zuvorkommend seien und dass er einen beinahe gleichaltrigen, sehr netten Cousin namens Colin habe.

Als sie ankamen, hatte sein Onkel schon mit Colins Schuldirektor gesprochen, der sagte, dass sie für ihn einen Platz in der Schule seines Cousins hätten. Auch für Katie organisierten sie eine Schule, die nicht weit von dem Haus der Verwandten entfernt war.

Die Gegend sei schön und es sei sehr warm, schrieb Milo, und sie wären einmal am Strand schwimmen gewesen.

Dann meinte er, er freue sich von mir zu hören, wie es mir ginge und was ich täte, und versprach, bald wieder einen Brief zu schicken. Zum Schluss schrieb er »Ich liebe dich, dein Milo«, darunter die Adresse seiner Verwandten.

Ich freute mich, dass es ihm gut ging, aber vermisste ihn mehr denn je.

Am selben Tag schrieb ich ihm einen seitenlangen Antwortbrief, was mich ein wenig beruhigte.

Am Abend im Bett las ich seinen Brief erneut und war erstmals annähernd glücklich, seit er weg war. Das war das erste Mal, dass ich ohne Tränen einschlief.

Einmal traf ich seinen Dad beim Einkaufen. Es war Samstagvormittag und ich war mit meiner Mutter und meiner Schwester bei unserem Supermarkt – es gab eigentlich nur einen einzigen großen Laden in St. Bastian – und da entdeckte ich ihn.

Er sah genauso aus wie das letzte Mal, als ich ihn gesehen hatte: Schmutzig, ungewaschene Haare, langer Bart und er roch nach Alkohol und Zigaretten. Ich beobachtete ihn eine Zeit lang, wie er nach vorne gebückt versuchte, ein Preisschild am Brotregal zu lesen. Nach einer Weile bemerkte er mich und fuhr mich an: »Was gibt's denn da zu glotzen?«

Ich funkelte ihn böse an, zuckte mit den Schultern, drehte mich um und ging weiter.

»Hey, ich kenn dich. Du warst doch Milos Freundin«, rief er mir hinterher, da blieb ich stehen.

Ich ging wieder zu ihm hin und obwohl ich eigentlich Angst vor ihm hatte, überwog in dem Moment die Wut, und ich brüllte ihn, so laut ich konnte, an: »Wenn Sie nicht so ein Arsch gewesen wären und wenn Sie sich irgendwann mal um ihre Kinder gekümmert hätten, dann hätten sie nicht gehen müssen! Ist Ihnen klar, was Sie getan haben? Sie sind der letzte Dreck!«

Ich starrte ihn wütend an und er sah aus, als würde er mich gleich erwürgen wollen, als meine Mutter entsetzt »Emily!« rief.

Sie stand mit meiner Schwester am Ende des Ganges und rund um sie hatte sich schnell eine Traube Menschen gebildet.

»Komme schon«, erwiderte ich und marschierte mit großen Schritten auf sie zu.

Den ganzen Heimweg über musste ich mir von meiner Mutter anhören, dass ich mich in der Öffentlichkeit nie mehr so schlecht benehmen dürfe und dass man grundsätzlich niemanden so anschreien könne.

»Es musste mal gesagt werden«, beharrte ich und da konnte sie kaum widersprechen.

Was für mich auch schlimm war, war die erste Party ohne Milo. Ich wollte ursprünglich gar nicht hingehen, aber meine Freundinnen drängten mich dazu. Vanessa stand auf einen Jungen, der auch kommen sollte, und scheinbar mussten wir sie dabei unterstützen. Es war in den Weihnachtsferien, Milo war schon über drei Monate weg und ich dachte immer noch dauernd an ihn. Eine Schulfreundin hatte ihr Haus für sich, da die Eltern verreist waren, und sie lud fast alle aus der unserem Jahrgang ein, so auch uns.

Ich versprach meinen Freundinnen, mitzukommen, und die Vorbereitungen wie Kleidung einkaufen, Outfit überlegen, Schuhe probieren und schminken waren lustig und eine gute Ablenkung. Ich war froh, dass der Fokus auf Vanessa lag, die diesen Jungen erobern wollte, und nicht auf mir, die aufgeheitert werden musste.

Wir gingen also zu der Party, die bedeutend kleiner und ruhiger war als die erste Party, auf der ich mit Milo war. Zum Glück war dieser Junge da und wir konnten uns weiter auf Vanessas Mission konzentrieren. Nach ein paar Stunden wurde es langweilig. Die Musik war seltsam, es tanzte niemand und fast alle haben nur Trinkspiele gespielt oder herumgeknutscht.

Ich saß auf einem Sofa, beobachtete alle und wäre am liebsten gegangen, wollte aber keine Spielverderberin sein. Julie hatte einen Jungen kennengelernt, mit dem sie bei dem Spiel mitmachte und alle paar Minuten ein Glas Wodka leerte, und Bianca turtelte mit ihrem Freund in der Küche herum.

Ich fühlte mich ziemlich unwohl und redete mir ein, dass es meine Aufgabe wäre, auf die anderen Mädchen aufzupassen, und trank deshalb auch keinen Alkohol. Und weil er mir nicht schmeckte.

Ein Junge, den ich nicht kannte, wollte mir ein Bier bringen und mich zum Spielen überreden, doch ich lehnte ab. Er ließ nicht locker und blieb bei mir sitzen, ich dachte, ich könnte mich mit ihm unterhalten, aber er hatte scheinbar nur jemanden zum Rummachen gesucht, denn er fragte nach circa zwei Minuten, ob wir nach oben gehen sollten, wo es ruhiger wäre.

Ich war verärgert und schüttelte den Kopf und als er mich küssen wollte, stand ich auf und sagte ihm, dass ich einen Freund hätte. Er sah sich kurz um und fragte dann ungeduldig: »Wo ist er denn?«

Ich antwortete zähneknirschend: »Nicht hier.«

Das war die erste Party ohne Milo und es folgten noch viele, wobei es mir im Laufe der Zeit besser ging. St. Bastian war ein kleiner Ort, man traf immer nur dieselben Leute und nach einer Weile wusste jeder, dass ich die war, die auf die Rückkehr ihres Freundes wartete, der nach Kalifornien abgehauen war, und so versuchte bald niemand mehr, mich anzumachen. Somit war es erheblich leichter für mich und ich gewöhnte mich auch daran, alleine zu sein und mich mit anderen zu unterhalten, wenn meine Freundinnen gerade nicht da waren.

Als das Schuljahr dann im Juni aus war, dachte ich, dass Milo auf Besuch kommen würde. Ich hatte das alles schon mit meinen Eltern abgesprochen und sie hätten es erlaubt. Er hätte bei uns daheim, in unserem Gästezimmer schlafen dürfen. In seinem letzten Brief schrieb er, dass er den genauen Zeitpunkt seines Besuchs nicht wisse, denn er müsse eventuell einen Nachhilfekurs besuchen.

Anfang Juli rief er dann an und sagte, dass er diese Ferien nicht kommen könne, ich solle nicht traurig sein, er versuche, im Herbst oder nach Weihnachten herzufahren.

Ich war logischerweise extrem unglücklich und verbrachte den ganzen Sommer still, herumliegend und grübelnd.

MILO

Die Spuren des Regens sind noch deutlich zu sehen, die Straßen und Wiesen sind nass, kleine Bäche laufen am Beton entlang und bahnen sich ihren Weg zum nächsten Kanal, und es riecht nach Regen, ein ganz eigener Geruch. Ich will nicht zu weit weggehen, aber im nächstgelegenen Park ist gar nichts los, was bei diesem Wetter auch kein Wunder ist. Also gehe ich wieder in Richtung Innenstadt und beschließe, mich auf eine Bank in einer Einkaufsstraße zu setzen, wo ich schon einmal gespielt habe. Zum Glück habe ich in dieser Gegend noch keinen anderen Musiker gesehen, mit dem ich mich um den Platz streiten müsste. Vielleicht ist das auch ein Grund dafür, dass die Leute hier so viel hergeben.

Bei meiner Bank angekommen, wische ich zuerst die Sitzfläche ab, mittlerweile habe ich dafür sogar ein Tuch, das ich in der Gitarrentasche aufbewahre und abends dann zum Trocknen aufhänge. Ich hole meine Gitarre raus und lege die Tasche offen vor mich auf den Boden. Wie immer überprüfe ich zuerst, ob die Gitarre verstimmt ist, drehe, wenn es notwendig ist, an den Wirbeln, um den perfekten Klang zu erreichen, und dann geht es schon los.

Ich spiele oft dasselbe, nämlich meine Lieblingslieder und Eigenkompositionen. Nur wenn ich wirklich länger an einem Ort bin und noch Lust habe, überlege ich mir, was ich schon lange nicht mehr gesungen habe, und spiele das.

Es dauert nicht lange, da wirft der erste Passant einen Dollar in die Tasche, und ich nicke ihm dankend zu, ohne zu unterbrechen. Nur selten komme ich mit irgendjemandem wirklich ins Gespräch und wenn, dann mit anderen Musikern.

Dass mich ein Produzent entdeckt, ist nach wie vor ein geheimer Traum von mir. Ich weiß, dass er vermutlich nie in Erfüllung gehen wird; dennoch denke ich immer, wenn ich spiele, dass einer zufällig vorbeispazieren könnte.

Nach über einer Stunde höre ich auf. Mir tun die Knochen vom Sitzen weh und es wird schon dunkel, also stecke ich das Geld ein, verpacke die Gitarre und hänge die Tasche über meine Schulter.

Das Spielen lenkt einen immer so schön ab, deshalb habe ich schon als Kind, wenn ich eine Auszeit gebraucht habe, gespielt. Doch sobald ich mich auf den Weg zum nächsten Supermarkt mache, beginnen die Gedanken schon wieder zu rattern.

Ich kann nicht aufhören, an Emily zu denken. Momentan bin ich mir gar nicht sicher, wie es nun weitergehen soll, und dass wir uns heute getroffen und so gut verstanden haben, hilft mir nicht unbedingt dabei. Ein Teil von mir hat akzeptiert, dass sie verheiratet ist und ihr eigenes Leben lebt, aber ein anderer Teil wünscht sich noch immer, dass wir zusammen sein können. Aber wie soll das Ganze funktionieren?

Natürlich kann ich hierbleiben, ich habe ja sonst keine Verpflichtungen, ich suche mir einfach wieder einen Job und eine Wohnung und wir sehen uns ab und zu, als Freunde. Nur weiß ich nicht, ob das gut gehen würde und ich die Gefühle für sie verdrängen könnte.

Vielleicht würde ich mich nach einer Weile gar nicht mehr für sie interessieren und ich könnte anfangen, mir eine andere Freundin zu suchen. Der Gedanke gefällt mir allerdings nicht, so weit bin ich definitiv noch nicht. Oder ich würde gleich gehen und in einer anderen Stadt von vorne beginnen, könnte sein, dass ich woanders das große Glück finde.

Im Supermarkt kaufe ich mir etwas zum Essen und zwei Flaschen Wasser und begebe mich dann zu meinem Auto. Auch wenn es von außen grauenhaft aussieht – ich bin mir sicher, ein paar Anrainern gefällt es gar nicht, dass ich hier parke – bin ich sehr froh, dass ich es habe.

Ich setze mich auf den Fahrersitz und esse, während ich meine Geldbörse am Beifahrersitz ausleere und mein Geld zähle, eine ständige Angewohnheit von mir.

Es sind zweiundsechzig Dollar und ein paar Münzen. Ich nehme dreißig davon und gebe sie in das Innenfach meiner Sporttasche, denn ich will nicht alles an einem Ort aufheben, und die Chancen, dass jemand in mein schäbiges Auto einbricht, sind gering.

Dann mache ich ein wenig Ordnung im Kofferraum, sortiere die Wäsche und überlege, wann ich wieder in den Waschsalon muss. Morgen noch nicht, aber in den nächsten Tagen auf jeden Fall. Viel Kleidung habe ich nicht, ich habe mir nie viel daraus gemacht und habe meistens nur ersetzt, was kaputt geworden ist. Durch das viele Umziehen in den letzten Jahren habe ich mir angewöhnt, mit wenig auszukommen. Genauso, wie es in meiner Kindheit war.

Ich beschließe, meine Schwester anzurufen, und sperre das Auto noch einmal ab, um zu einem Telefonautomaten zu gehen. Zwar habe ich schon viele in der Stadt gesehen, dennoch habe ich mit Katie noch nicht telefoniert, seit ich aus Boston weg bin.

Ich wollte ihr einfach nicht sagen, dass Emily verheiratet ist und ich umsonst nach ihr gesucht habe. Bis jetzt habe ich das noch nicht aussprechen müssen, darum habe ich es so lange vor mir hergeschoben. Aber sie ist es gewohnt, dass ich alle paar Wochen anrufe, und ich will nicht, dass sie sich Sorgen machen muss. Jedes Mal drängt sie mich, dass ich mir ein Handy zulegen soll, damit ich immer erreichbar bin und sie mich auch einmal anrufen kann, und überhaupt besitzt laut Katie jeder heutzutage ein Handy. Bis jetzt bin ich auch ohne ganz gut ausgekommen, aber wenn ich einmal etwas Geld übrighabe, werde ich es mir überlegen.

Der nächste Münzautomat ist am Ende des Parks und ich hole schon im Gehen die Münzen aus meiner Brieftasche, um sie gleich einzuwerfen.

Ich wähle die Nummer und nach ein paar Sekunden hebt meine Tante Louisa ab.

»Hallo, wer ist da?«, fragt sie.

»Ich bin's, Milo. Wie geht es dir?«

»Milo, schön, dass du anrufst. Ja, uns geht es allen gut, Colin wird jetzt endlich mit der Uni fertig und Katie hat viel zu tun, sie lernt ganz brav und strengt sich ordentlich an. Ich ruf sie gleich«, sagt sie und ruft: »Katie, es ist Milo!«, so, dass auch ich es hören kann.

»Und wie ist es in Boston, bist du noch zufrieden mit allem?«

»Ich bin gar nicht mehr in Boston, ich bin gerade in Hartford. Ich hab Emily gefunden.«

»Was, wirklich? Erzähl! Moment, Katie ist jetzt da, erzähl es ihr und sie sagt es dann mir. Mach's gut und lass mal wieder von dir hören!«

»Ja mach ich. Liebe Grüße an Colin und Phil!«

»Milo? Was sollst du mir erzählen?«, keucht Katie atemlos, wahrscheinlich ist sie die Treppen hinuntergerannt.

»Hi, wie geht es dir?«, will ich zuerst wissen, doch sie gibt mir keine Chance.

»Was ist los? Hast du sie gefunden?«, hakt sie nach und ich seufze.

»Ja, ich hab Emily gefunden, sie ist in Hartford. Connecticut.«

»Danke, ich weiß, wo Hartford ist«, säuselt sie beleidigt, »Und, was ist los?«

»Emily ist verheiratet. Und sie arbeitet als Anwältin in einer Kanzlei.«

»Oh mein Gott, wirklich? Das hätte ich nie gedacht«, stellt Katie schockiert fest und ich denke im Stillen, da sind wir schon zwei.

»Ja, ich habe sie heute noch mal getroffen und ich weiß jetzt noch nicht, wohin ich soll, mal sehen. Vielleicht komme ich wieder nach Kalifornien.«

»Also wegen mir brauchst du jedenfalls nicht zurückkommen«, entgegnet sie sofort. »Ich komme gut alleine zurecht. Und ich habe Louisa und Phil. Außerdem habe ich jetzt einen Freund, er heißt Alex!«

»Um Gottes willen«, entfährt es mir und ich bin entsetzt.

»Wie nett«, meint sie entrüstet, muss dann aber lachen. »Mach dir keine Sorgen!«

»Schon geschehen«, gebe ich ehrlicherweise zu.

»Hör auf damit, du musst dich jetzt um dich kümmern und das mit Emily klären!«

»Was denn klären?«, frage ich verwirrt.

»Na, du musst schauen, dass sie sich für dich entscheidet. Bleib bei ihr, nerv sie. Du kannst das sicher gut«, behauptet sie geradewegs.

»Katie, sie hat sich schon entschieden, nämlich als sie diesen Kerl geheiratet hat. Und aus«, erkläre ich ungeduldig, ich will eigentlich gar nicht darüber reden.

»Pff!«, macht sie unbeeindruckt. »Das glaubst du doch wohl selber nicht. Aber mach, was du glaubst, nur ich an deiner Stelle würde nicht so leicht aufgeben.«

»Aha. Erzähl mir von deinem Freund«, bitte ich sie, um sie abzulenken.

»Oh, Alex ist toll. Er war auf derselben Schule wie ich, aber er hatte andere Fächer als ich, und er ist ein Monat jünger als ich, das ist ein bisschen komisch, oder? Jetzt studiert er Architektur, geht mehrmals die Woche schwimmen, mag aber sonst keinen Sport. Er kennt sich mit Filmen und Serien aus und er arbeitet manchmal im Geschäft seiner Eltern.«

»Würde ich ihn mögen?«

»Klar, Milo. Er ist sehr, sehr nett.«

»Na das will ich auch hoffen! Denn wenn nicht ...«

»Ja, ja, ja«, unterbricht sie mich, »mach dir doch nicht immer Sorgen, du kriegst sonst noch Falten!«

Ich seufze. »Okay, na dann pass auf dich auf und lern brav für die letzten Prüfungen. Was habt ihr eigentlich im Sommer vor?«

»Wir fliegen vielleicht nach Brasilien, also mit Louisa und Phil, mit Alex gehe ich wahrscheinlich campen. Und ich mache einen Zeichenkurs an der Uni, hab mich schon angemeldet.«

»Sehr gut. Die Zeit ist gleich um. Liebe Grüße an alle, ich melde mich bald wieder!«

»Hast du schon ein Handy?«

»Nein, ich bin noch nicht dazu gekommen«, antworte ich, doch die Leitung wurde bereits unterbrochen.

Ich hänge den Hörer auf und bleibe noch kurz stehen. Es war nicht ganz so schlimm wie befürchtet, ihr von Emily zu erzählen, aber ob sie die Situation im vollen Ausmaß verstanden hat, bin ich mir nicht sicher.

Immer wieder bin ich erstaunt, dass sie so fröhlich und selbstbewusst klingt, irgendwie erwarte ich immer, dass sie noch das kleine Mädchen mit den traurigen Augen ist. Das ist sie eindeutig nicht mehr, jetzt hat sie einen Freund! Ich hoffe wirklich sehr, dass er anständig und nett zu ihr ist und sie nicht verletzt wird.

In diesem Augenblick wäre ich gerne in Anaheim bei ihr, ich habe sie schon sehr lange nicht gesehen. Ein gutes Essen von Louisa und dann ab in das bequeme Bett in meinem alten Zimmer, das wäre jetzt wirklich schön. Es passiert mir nicht oft, dass ich Heimweh habe, aber gerade eben fühle ich mich sehr einsam. Ich versuche, den Gedanken beiseitezulassen, und nicht mehr daran zu denken.

Es hat wieder leicht zu nieseln angefangen und ich gehe zum Auto zurück, damit ich nicht noch einmal komplett nass werde.

Ich putze mir gleich die Zähne, wie immer aus dem Kofferraum hinaus, schließe dann ab und lege mich auf die Matratze. Durch die seitliche Fensterscheibe fällt Licht von einer Straßenlaterne – die andere Scheibe und die des Kofferraums habe ich mit Kleidung verhängt, damit man nicht so leicht hineinsehen kann – und ich lese eine Weile, da es zu früh zum Schlafen ist.

Ein paar Bücher habe ich dabei, die ich noch nicht ausgelesen habe. Fast alle habe ich geschenkt bekommen, von Leuten, die sie nicht mehr wollten, oder aus Kisten mit der Aufschrift »Zur freien Entnahme« bei Märkten oder vor Geschäften.

Es ist mir egal welches Genre, Hauptsache, ich habe ein paar. Sonst wäre mir abends langweilig. Ich habe Romane, Krimis, Comics, Biografien, Sachbücher und Ratgeber durchgelesen, einige gut, andere mies. Die, mit denen ich fertig bin und die mir nicht besonders gefallen haben, schenke ich wieder weiter oder lasse sie einfach irgendwo liegen, wo sie sich jemand anderer nehmen kann. Die guten Bücher hebe ich mir auf, damit ich sie irgendwann erneut lesen kann, und solange ich noch ein bisschen Platz im Kofferraum habe, kann ich mir noch einige zulegen.

Jetzt habe ich mit einer Gedichtsammlung begonnen, die unerwarteterweise unterhaltsam ist, doch ich kann mich nicht konzentrieren. Katies Worte gehen mir nicht aus dem Kopf.

Ich solle Emily überzeugen, dass wir zusammengehören, als ob das so einfach wäre. Momentan kann ich mir gar nicht vorstellen, sie nicht mehr wiederzusehen, eigentlich will ich jetzt gerne bei ihr sein. Zwar kann ich nicht ändern, dass sie einen Ehemann hat, aber treffen kann ich sie wenigstens. Sie hat gesagt, wir könnten uns öfter sehen, und ich habe auch das Gefühl, dass sie sich das wünscht. Wenn sie meint, dass das kein Problem für ihren Mann wäre, dann ist mir das recht.

Ich habe keine Lust, schon wieder die Stadt zu verlassen, also werde ich hierbleiben und sehen, wie sich die Dinge entwickeln. Möglicherweise sehe ich das Ganze in ein paar Wochen anders, vielleicht interessiert sie mich bald nicht mehr.

Allerdings war es heute wirklich sehr schön mit ihr und ich glaube nicht, dass ich irgendwann weniger für sie empfinden werde, auch wenn wir uns so lange nicht gesehen haben und wir uns kaum noch kennen.

Es kann natürlich auch sein, dass ich sie genauso lieben werde wie früher, dann müsste ich mir erneut Gedanken machen, wie es weitergehen sollte. Ich kann mir nicht vorstellen, dass ich sie dazu bringen könnte, ihren Mann zu verlassen und sich für mich zu entscheiden, schon in meinem Kopf hört sich das unmöglich und unvorstellbar an. Außerdem würden meine Anstrengungen nichts nützen, wenn sie nicht das Gleiche empfindet, es gehören ja immer zwei dazu. In dem Fall eher drei.

EMILY

Miami ist eine aufregende Stadt, selbstverständlich ganz anders als St. Bastian, wo alles klein und überschaubar ist, jeder jeden kennt und man zur nächsten Mall etwa eine Stunde braucht. In Miami gibt es viel mehr Geschäfte, Leute und Möglichkeiten, den Tag zu verbringen. Die Strände sind unglaublich schön, wobei wir nur manchmal am Wochenende hinfuhren, da wir nicht an der Küste wohnten.

Meiner Grandma, Moms Mom, ging es sehr schlecht, als wir nach Miami umgezogen sind. Sie hatte bereits mehrere Schlaganfälle hinter sich und hatte Probleme mit der Hüfte, sodass sie lediglich kurze Strecken bewältigen konnte, und das war schon anstrengend für sie. Mein Grandpa hatte sich so weit um sie gekümmert, aber ihm ging es auch nicht viel besser, er hatte Schmerzen in den Knien. Also zogen wir zu ihnen, wohnten in ihrem Haus und meine Mom kündigte ihren Job, um die beiden zu pflegen.

Ich war wegen des Umzugs traurig, ich wollte meine Freunde nicht verlieren und kurz vor dem Abschluss die Schule wechseln, aber es half nichts, ich musste mit meinen Eltern mitgehen. Unser Anwesen in St. Bastian wurde verkauft. Ehe ich mich versah, war ich in Florida, dem Staat, wo andere Leute Urlaub machten, aber die Stimmung daheim war nicht gerade fröhlich.

Über die Zeit, die ich hier verbrachte, gibt es nicht viel zu berichten, ich ging zur Schule und lernte dort ein paar Mädchen kennen, aber niemanden schloss ich wirklich ins Herz.

Von Milo kam kein Brief mehr, also war mir klar, dass es aus war. Er hatte sich stark verändert, dachte ich jedenfalls, so wie er schrieb und so wie er sprach, die paar Male, die wir telefoniert hatten. Irgendwie freute ich mich, dass er jetzt eine Familie hatte und glücklich war, und ich versuchte, über ihn hinwegzukommen.

Meine Freizeit verbrachte ich lesend in der Sonne, sodass ich am Ende des Sommers richtig schön braun war, als ich Miami verließ, um nach Boston auf die Uni zu gehen.

Ich wollte unbedingt nach Boston, meine Eltern hätten es zwar gerne gesehen, wenn ich nicht so weit wegginge, aber sie ließen mich trotzdem und redeten mir nicht viel hinein. Schließlich durfte Ellie sich auch aussuchen, wo sie studieren wollte, in ihrem Fall war es Kanada.

Ich begann mein Jura-Studium im Herbst, zwei Wochen nach meinem Umzug in ein Studentenheim am Unicampus. Dort hatte ich einige Mitbewohnerinnen, die alle recht nett waren und mit denen ich viel unternahm. Es gab ständig irgendwelche Partys und Veranstaltungen, somit war ich immer beschäftigt und mir war nie langweilig.

Das Studium war sehr schwierig, aber genauso, wie ich es mir vorgestellt hatte. Vorlesungen, Prüfungen und vor allem viel Lernen, und das jeden Tag. Aber es gefiel mir und ich bereute es kein einziges Mal.

Gegen Ende meines ersten Jahres war ich gemeinsam mit meinen Mitbewohnerinnen und ein paar anderen Mädchen bei einem Footballspiel von der Unimannschaft zusehen. Ich war nie sehr sportlich und interessierte mich auch kein bisschen dafür, aber an der Uni ist das eine große Sache und das

Zusehen war schon ganz lustig. Nach dem Spiel – unser Team hatte gewonnen – gab es wieder einmal eine Party, zu der ich auch hinging. Die Stimmung war gut und wir tanzten und tranken, da kam einer der Spieler, noch immer in seinem Trikot, zu mir und sprach mich an.

»Hey, ich hab dich hier noch nie gesehen, warst du auf den Feiern nach den letzten Spielen?«, fragte er.

»Nein, da war ich nicht. Es war auch mein erstes Footballspiel überhaupt«, antwortete ich und er war schockiert.

»Wie kann das sein?«

»Ich interessiere mich eigentlich nicht für Football. Ich wurde mehr oder weniger überredet, heute herzukommen«, erzählte ich wahrheitsgemäß.

»Na und hat's dir wenigstens gefallen?«

»Es war okay. Bisschen langweilig, dauernd wird unterbrochen und es zieht sich deshalb ganz schön. Aber toll, dass ihr gewonnen habt«, versicherte ich ihm.

»Heißt das, du wirst nicht mehr zuschauen kommen?«

»So schnell glaub ich nicht.«

»Schade, ich könnte einen Glücksbringer gebrauchen«, ließ er mich grinsend wissen.

»Wenn du glaubst, ich würde mir ein Tierkostüm anziehen und stundenlang auf der Tribüne auf und ab hüpfen, dann muss ich dich enttäuschen. Cheerleading finde ich übrigens auch doof«, erwiderte ich gelangweilt.

»Nein, ich meine du könntest mich einfach so anfeuern. Also uns. Fans sind verdammt wichtig für die Mannschaft.«

»Aha. Soll ich dir vielleicht von oben zuschreien, was du machen sollst? »Fang den Ball!«, oder »Lauf!«. Ich hab zwar einen besseren Überblick über das Spielfeld, aber mit den Regeln hab ich's nicht so.«

»Du verarschst mich«, stellte er voll gespielter Empörung fest.

»Ein bisschen.«

»Das ist aber nicht nett. Wir repräsentieren die Uni«, tadelte er mich, entrüstet, aber belustigt.

»Ja, genau. Also es war interessant dich kennenzulernen, aber ich muss jetzt weiter«, behauptete ich und wollte gehen, doch er hielt mich auf.

»Jetzt warte! Ich weiß doch noch gar nichts von dir! Wie heißt du?«

»Emily.«

»Okay, Emily. Lass mich raten: Du studierst nicht Sport.«

»Über mich gibt es nicht viel zu wissen. Ich studiere hier seit zwei Semestern Jura.«

»Okay, also ich spiele Football und außerdem mache ich seit zwei Jahren Informatik, ich spezialisiere mich auf Programmieren.«

»Schön«, bemerkte ich und konnte mein Desinteresse nicht besser verbergen.

»Mehr hast du nicht dazu zu sagen?«

»Informatik interessiert mich auch nicht unbedingt«, ließ ich ihn wissen.

»Gehst du mal mit mir essen?«

»Ein Date?«

»Ja! Ich rede dann weder über Football noch über Informatik. Ich sage gar nichts, ich schau dir nur beim Essen zu«, schlug er schelmisch vor.

»Bitte nicht.«

»Na komm schon, du wirst es nicht bereuen!«

»Aber du vielleicht. Ich kenne nicht einmal deinen Namen«, entgegnete ich leicht genervt.

»Michael.«

Obwohl ich ihn zuerst loswerden wollte, da er nur von Football sprach und ich mich nicht auskannte, fand ich ihn eigentlich ganz nett und wir unterhielten uns auch über andere Dinge. Er war attraktiv; groß, blond und er hatte ganz schön beeindruckende Muskeln, soweit ich das feststellen konnte.

Wenn es nach ihm ging, wäre ich noch am selben Abend mit ihm mitgegangen, aber ich ließ mir Zeit. Wir fingen an, gemeinsam auszugehen, zum Essen, ins Kino, auf Partys und ich sah von da an bei seinen Spielen zu, weil ihm das so viel bedeutete.

Zuerst wusste ich nicht recht, ob ich eine Beziehung mit ihm wollte, eigentlich war ich lange Zeit der Meinung, dass ich niemanden brauchen würde, und wenn schon, dann nichts allzu Fixes, wie es für Studenten ja nicht unüblich war.

Doch er war nicht nur hübsch und charmant, er schaffte es irgendwie, dass ich an nichts anderes mehr denken konnte als an ihn. Also ließ ich mich darauf ein. Ständig hielt er meine Hand, wir küssten uns und als er mich fragte, ob ich seine Freundin sein wollte, sagte ich nach kurzem Überlegen Ja.

Wir hatten eine tolle Zeit gemeinsam, am Vormittag waren wir auf der Uni und am Nachmittag lernten wir – also eigentlich musste ich mich immer wochenlang auf eine Prüfung vorbereiten, während er immer nur in seinen Unterlagen blätterte und nach einer halben Stunde irgendetwas anderes machen wollte – und er trainierte mehrmals die Woche mit seinem Footballteam. Wenn es ging, verbrachten wir unsere Tage draußen, waren mit Freunden unterwegs und genossen die Zeit der Verliebtheit.

Michael war für jeden Spaß zu haben, er war ständig gut gelaunt und war dauernd in Bewegung, wir unternahmen so viel, dass ich abends immer müde ins Bett fiel. Seine gute Laune war ansteckend und es fühlte sich toll an, zu ihm zu gehören. Mehrmals sagten unsere Freunde, was für ein tolles Paar wir wären, und ich war sehr glücklich mit ihm.

Trotzdem dachte ich noch oft an Milo, obwohl ich mich immer zwang, ihn zu vergessen, da wir uns nie wiedersehen würden.

Ich stellte mir vor, dass er plötzlich hier in Boston aufkreuzen würde und was ich dann machen würde. Und auch, ob ich Michael für ihn verlassen würde. Ja, sagte die beharrliche Stimme in meinem Kopf, du würdest dich immer für ihn entscheiden! Doch das waren nur Hirngespinste und ich kam gar nicht in diese Situation, denn er tauchte dort nicht auf.

Nachdem Michael mit der Uni fertig gewesen war, fragte er mich, ob ich ihn heiraten wolle.

Ich freute mich und sagte sofort Ja, doch ich spürte auch einen Knoten im Hals, der mich daran erinnerte, dass eine Zukunft mit Milo nun endgültig nicht mehr möglich war und ich ihn mir für immer aus dem Kopf schlagen musste.

Als ich das Studium abschloss, hatte ich Milo über zehn Jahre nicht gesehen. Knapp vor unserem Umzug nach Hartford heiratete ich Michael und wir hatten eine wunderschöne Hochzeit im Freien mit unseren Familien und Freunden.

MICHAEL

Ich habe mich den ganzen Tag auf das Spiel gefreut, doch nun liege ich am Sofa und kann in Ruhe zusehen, und es ist irgendwie nicht so besonders. Beide Teams spielen nur mittelmäßig und bis jetzt ist noch nichts ansatzweise Spannendes passiert. Es ist auch lediglich ein Basketballspiel, was mich nicht so sehr interessiert wie Football. Oh Mann, ich kann es gar nicht erwarten, dass die nächste Saison beginnt.

Ich überlege, ob ich mir noch ein Bier holen soll. Emily ist baden, also kann sie mich deshalb nicht vorwurfsvoll ansehen. Nicht, dass sie etwas sagen würde, weil ich jeden Tag Bier trinke und gelegentlich auch mehr als eines und unter der Woche, wenn ich am nächsten Morgen in die Arbeit muss. Aber so, wie sie mich manchmal anschaut, weiß ich, dass es ihr nicht unbedingt recht ist.

Jetzt, wo sie nicht hier ist, nehme ich mir, ohne groß nachzudenken, eine neue Dose und werfe die leere in den Mülleimer in der Küche.

Emily ist die letzten Tage ziemlich komisch gewesen und ich bin mir sicher, dass es mit ihrem Jugendfreund zusammenhängt. Sie hat früher sehr an ihm gehangen und als er sie verlassen hat, war sie ganz schön fertig. Das hat sie mir zumindest einmal erzählt.

Ich bin nicht eifersüchtig, aber mich würde interessieren, was er von ihr will, jetzt da er weiß, dass sie vergeben ist.

Warum sollte er in der Stadt bleiben wollen? Das Ganze erscheint mir dubios und ich bin gespannt, wie er so ist, wenn ich ihn am Samstag kennenlerne.

Nicht dass ich scharf darauf bin, Besuch zu haben, die Zeiten sind vorbei, wo wir am Wochenende Freunde einluden und selbst zum Essen zu anderen gingen. Ich habe immer gerne meine Ruhe und ich kann es nicht ausstehen, wenn ich Unterhaltungen zuhören muss, die oberflächlich oder langweilig sind. Darum keine Dinner-Verabredungen mehr.

Seit mein Freund Pete von hier weggezogen ist, gibt es eigentlich niemanden, den ich gerne sehen will.

Meine Mannschaft verpatzt gerade den Angriff und ich ärgere mich. Wieso kann der den Ball nicht fangen? Der macht doch den ganzen Tag nichts anderes, oder?

Ich hätte damals mehr trainieren und mich für Football, nicht für Informatik entscheiden sollen. Aber ohne Vertrag oder Unterstützung habe ich mich nicht getraut, mein Informatikstudium dafür zu schmeißen. Wenn ich es getan hätte, könnte ich jetzt in einer Profimannschaft spielen. Oder auch nicht, gestehe ich mir ein, denn so gut war ich vermutlich nicht.

Ich sollte wieder einmal Sport machen, vielleicht finde ich eine Hobby-Mannschaft, bei der ich mitspielen kann, oder ich schreibe mich in einem Fitnessstudio ein. Seit ich Vollzeit arbeite und keine Zeit fürs Training habe, sehe ich nicht mehr muskulös und fit aus. Eigentlich kann es mir auch egal sein, ich bin schließlich nicht übergewichtig, aber es stört mich schon ein wenig.

Emily sieht noch immer aus wie damals, als ich sie kennengelernt habe. Für ihr Alter ist sie wirklich jung geblieben, vor allem ungeschminkt wirkt sie wie ein Teenager. Statt Falten hat sie im Sommer kleine Sommersprossen im Gesicht, wie ein Mädchen. Ich weiß, dass sie das nicht mag, aber ich finde es süß. Nur ihre Garderobe hat sich geändert seit sie Anwältin ist, statt Hotpants und bauchfrei trägt sie Blusen und Röcke, das mochte sie anfangs überhaupt nicht. Und sie ist ruhiger geworden, genau wie ich.

Als ich sie das erste Mal gesehen habe, war sie eher unscheinbar und zurückhaltend, aber als wir dann zusammen waren, blühte sie richtig auf, sie war fröhlich, gewöhnte sich ab, so sarkastisch zu sein, und war, nun ja, einfach liebenswert. Sie war nicht das erste Mädchen, das ich geliebt habe, aber das erste, das ich heiraten wollte, um mit ihr den Rest meines Lebens zu verbringen. Ich denke gerne an damals zurück.

In der Halbzeit schalte ich unseren Computer ein und lese meine Mails. Von der Arbeit ist, wie erwartet, nichts dabei, kein großer Notfall, und ich lösche gleich die ganzen Werbungen.

Eine Nachricht ist von Pete, er schreibt, seine Anstellung wäre verlängert worden und er würde noch mindestens drei Jahre in Washington bleiben. Außerdem steht da, er habe sich mit Karen verlobt und sie würden ein Kind erwarten.

Ich bin schockiert. Ich muss die E-Mail dreimal lesen, bis ich mir sicher bin, dass ich alles richtig verstanden habe. Irgendwie bin ich zuerst traurig, bevor mir klar wird, dass ich mich eigentlich für ihn freuen müsste. Ich dachte bloß, er würde demnächst wiederkommen, stattdessen kann ich ihn jetzt komplett abschreiben. Gegen Karen habe ich nichts, ich freue mich, dass sie heiraten, aber Pete als Dad? Oh Mann, das ist verrückt.

Ich habe niemandem erzählt, dass Emily und ich schon versucht haben, ein Baby zu bekommen. Zum Glück, denn es wäre jetzt komisch gewesen, allen zu erklären, warum wir momentan doch nicht wollen. Emily hat den Rückzieher gemacht und ich war alles andere als unglücklich darüber. Ich sehe mich nicht als Dad und mit einem Baby würden ein paar harte Jahre auf uns zukommen.

Das Geschrei! Immer, wenn in einem Restaurant ein Kind schreit, würde ich es am liebsten vor die Tür setzen. Wenn man Kinder hat, dann gibt es keinen Schlaf, keinen Urlaub und keine Ruhe mehr. Sicher, wenn er oder sie ein bisschen älter wäre, könnte es schon ganz lustig werden. Ball spielen im Garten, Fahrrad fahren oder in den Zoo gehen, da wäre ich dann eher dabei. Aber die ersten Jahre wären bestimmt nur anstrengend.

Ich bin mir sicher, dass Emily das gut machen wird, sie hat Geduld dafür. Und ich arbeite sowieso tagsüber und würde das Kind dann nur abends sehen, somit wäre es vielleicht gar nicht so schlimm, einfach eine Umstellung. Aber Emily soll entscheiden, wann sie dazu bereit ist.

Ihr plötzlicher Sinneswandel ist allerdings untypisch für sie, denn bis dahin war sie richtig aufgeregt und hat mir auch immer gesagt, wann die guten Tage sind. Vielleicht frage ich sie noch einmal, warum sie so entschieden hat. Das mit der Beförderung hat sie mir zwar erklärt, aber davon habe ich das erste Mal gehört.

Meine Eltern würden sich über ein Enkelkind freuen, sie fragen mich schon fast regelmäßig danach, wenn wir bei ihnen zu Besuch sind, allerdings immer, wenn Emily gerade nicht da ist. Ich sage dann meistens: »Wir warten noch, wir sind ja noch jung.«

Ich schreibe Pete eine kurze Antwort zurück, dann schalte ich den Computer ab und setze mich wieder auf das Sofa, um das Spiel zu Ende zu sehen.

Emily badet anscheinend noch immer, denn ich habe das Wasser bis jetzt nicht ablaufen gehört. Sie entspannt sich und das ist gut. Ich vergesse manchmal, dass sie neben der Arbeit so viel tut. Sie geht einkaufen, putzt das Haus, macht die Wäsche und dazu kocht sie auch noch jeden Abend.

Ich nehme mir vor, ihr heute mal Danke zu sagen, und ich kann ihr wieder anbieten, etwas von der Hausarbeit zu übernehmen. Oder wir können irgendwann ausgehen, vielleicht macht ihr das eine Freude.

Endlich nimmt das Spiel Fahrt auf und ich fiebere mit. Die letzten Minuten sind derart spannend, dass ich nicht liegen kann, sondern im Sitzen mit geballten Fäusten zusehen muss – nur Sport kann mich so begeistern. Ich unterdrücke meine Ausrufe nicht, erst leide ich entsetzlich und vergrabe mein Gesicht in den Händen, doch zum Schluss kann ich mich freuen. Dann höre ich, wie Emily das Wasser auslässt.

Da ich sie vor dem Schlafengehen noch sehen will, drehe ich den Fernseher bald nach dem Schlusspfiff ab und schaue mir die Nachberichterstattung nicht zur Gänze an. Wie immer verschließe ich die Haustür, lasse einen Schlüssel innen stecken und ziehe alle Vorhänge zu. Bevor ich die Stufen hinauf gehe, schmeiße ich die leere Bierdose zu der anderen in den Mülleimer und drehe dann alle Lichter ab.

Oben angekommen höre ich, wie sich Emily föhnt. Ich komme zu ihr ins Badezimmer und berühre sie beim Vorbeigehen sanft an der Schulter. Sie lächelt mir durch den Spiegel zu und ich beginne, meine Zähne zu putzen. Eine Weile stehen wir schweigend nebeneinander. Kurz darauf dreht Emily den Föhn ab und hängt ihn zurück an die Wand.

»War das Baden schön?«, frage ich sie, nachdem ich ausgespuckt habe.

»Ja, sehr schön. Ich bin fast eingeschlafen«, antwortet sie relaxt und bürstet sich sorgfältig die Haare.

»Ich hab mir gedacht, wir könnten ja mal wieder Essen oder ins Kino gehen, was meinst du?«, schlage ich vor.

»Ja gerne«, stimmt sie sofort begeistert zu. »Kino wäre super, spielt es etwas Gutes?«

»Ich weiß nicht, aber ich kann ja mal nachsehen«, biete ich an und wasche meine Zahnbürste aus.

»Okay, wann willst du denn gehen? Morgen Abend?«, erkundigt sie sich und cremt sich jetzt das Gesicht ein.

»Morgen oder nächste Woche. Ich werde während der Arbeit nachschauen und ich ruf dich dann an.«

»Okay«, erwidert sie und gähnt.

Da ich im Bad nichts mehr zu tun habe, gehe ich wieder hinter ihr durch, streiche ihr dieses Mal die Haare aus dem Nacken und küsse sie auf den Hals. Sie schüttelt sich leicht und ruft: »Das kitzelt!« Lächelnd gehe ich aus dem Badezimmer.

Im Schlafzimmer mache ich die Vorhänge zu und ziehe meine Kleidung bis auf die Boxershorts aus. Dann hole ich noch mein Handy aus der Hosentasche und lege mich ins Bett.

Nachrichten habe ich keine bekommen, dafür stelle ich den Wecker für morgen und schalte es dann auf stumm. Emily ist noch immer im Bad, aber das stört mich nicht. Frauen brauchen eben länger als Männer, dafür sehen sie auch hübscher aus.

Auf meinem Nachtkästchen entdecke ich das Buch, das mir Emily vor einigen Wochen zum Lesen gegeben hat. Ich habe zwar angefangen, aber nach dem ersten Kapitel kein einziges Mal weitergelesen. Am Abend bin ich zu müde dafür und tagsüber habe ich nie gerne gelesen. Ich überlege, ob ich es jetzt noch aufschlagen soll, aber ich glaube, es zahlt sich nicht aus.

Gleich darauf kommt Emily mit ihrem Buch in der Hand und dreht das Flurlicht draußen und die Lampe im Schlafzimmer ab. Jetzt brennt nur noch die kleine Leuchte auf meinem Nachtkästchen und Emily macht die Tür bis auf wenige Zentimeter zu. Sie geht auf ihre Seite des Doppelbettes und gähnt wieder. Ihr Buch legt sie auf ihr Kästchen, dann setzt sie sich ins Bett und rutscht unter die Decke. Sie dreht sich zu mir hinüber und sagt: »Ich bin zu müde zum Lesen. Von mir aus kannst du das Licht schon abdrehen.«

»Okay«, sage ich und schalte die Lampe ab.

Im Dunkeln liegen wir nebeneinander und auch ich werde schlagartig müde.

»Hast du morgen was Bestimmtes in der Arbeit vor?«, will Emily wissen und ich schüttle den Kopf, bis mir einfällt, dass sie das nicht sieht.

»Nein«, antworte ich. »Vielleicht werden wir zu Mittag beim Italiener bestellen. Pizza wäre toll.«

Daraufhin gähnt sie wieder.

»Hast du morgen schon was vor?«, erkundige ich mich und hoffe, dass sie nichts von Milo sagt. Es stört mich schon, dass sie ihn dauernd erwähnt und jetzt scheinbar auch trifft, doch sie meint bloß, sie werde hoffentlich nichts Neues bekommen und müsse nur noch einen Akt fertigmachen, was nicht mehr allzu lange dauern sollte.

Nun überlege ich, ob sie Lust auf Sex hat, aber ich glaube eher nicht. Ich eigentlich auch nicht wirklich, also morgen, denke ich mir und frage sie nicht.

»Sollen wir schlafen?«, schlage ich stattdessen vor und sie murmelt: »Ja.«

Ich lehne mich zu ihr hinüber und suche mit meiner Hand ihren Kopf. Ich streiche ihr über die Haare und gebe ihr dann einen Kuss auf den Mund. Danach fahre ich mit den Fingern weiter ihren Körper hinunter, über die Brust bis zu ihrem Bauchnabel. Dort verharre ich kurz, nehme die Hand dann wieder zurück und flüstere ihr ein »Gute Nacht« zu, ehe sie »Schlaf gut« antwortet.

Ich drehe mich auf die andere Seite, ziehe mir die Decke bis in den Nacken hinauf und schmiege meinen Kopf in das Kissen. Innerhalb weniger Sekunden bin ich eingeschlafen.

E M I L Y

Ich kann nicht genau sagen, wann oder wie wir beide mehr als nur Freunde wurden, wobei wir auch nicht nur Freunde waren, es war mehr als das. Ein bisschen wie Bruder und Schwester, wir standen uns, in jeglicher Hinsicht, unglaublich nahe.

Wir konnten über alles reden, jeder kannte die größten Ängste und Wünsche des anderen und wir hatten keine Geheimnisse voreinander. Ich musste nicht überlegen, was ich ihm erzählte und ob ich ihm überhaupt alles sagen sollte, ich wusste, er würde es für sich behalten. Ich vertraute ihm mehr an als meiner Schwester oder meinen Eltern.

Wenn es irgendwelche Neuigkeiten gab, war er der Erste, dem ich sie sagen wollte. Er war die Person, zu der ich immer gehen und genauso sein konnte, wie ich war, gut gelaunt, wütend, selbst wenn ich eigentlich alleine sein wollte, so hat seine Gegenwart stets geholfen.

Wir waren uns auch körperlich nahe gewesen, als Kinder berührten wir uns, ohne darüber nachzudenken, und seit Jahren hat er nächtelang mit mir im Bett geschlafen, ohne dass wir verliebt waren.

Ich kann mich nicht genau erinnern, wann dann aus unserer Freundschaft mehr wurde, doch ich weiß, wann wir uns das erste Mal als Paar bezeichneten. Mir sind einige Ereignisse in

Erinnerung geblieben, die damit zu tun haben, und sie waren alle am Beginn dieses einen Sommers.

Irgendwann im Juni, gegen Ende des Schuljahres, begannen Lisa und Tommy aus meiner Schule, miteinander zu gehen. Sie waren die Ersten, soweit ich damals wusste, und es wurde ständig darüber gesprochen. Es war die Neuigkeit. Auf einmal waren sie dauernd zu zweit unterwegs, sie sahen sich anders an als früher und auf einem Schulausflug gingen sie Händchen haltend. In der Pause standen sie immer zusammen, entweder am Flur oder im Schulhof. Ich fand das nett.

Damals war ich mit Lisa auch gut befreundet und sie fragte mich einmal wie aus dem Nichts, ob Milo eigentlich mein Freund wäre, also mein fester Freund. Diese Frage verwunderte mich und ich überlegte, bevor ich antwortete.

»Wir sind nur so befreundet«, sagte ich ihr, doch danach begann ich nachzudenken.

Milo und ich redeten auch dauernd miteinander und wir unternahmen beinahe täglich etwas gemeinsam. Ich war mit keinem anderen Jungen aus der Schule oder mit überhaupt irgendjemandem so gut befreundet wie mit ihm. Wenn das Lisa und den anderen auffiel, dann hatte das wohl etwas zu bedeuten, überlegte ich.

Ich dachte darüber nach, ob ich auch gerne einen Freund hätte, und für mich stand fest, entweder Milo oder keiner. Eigentlich wollte ich ihm gerne noch näher sein und ich fing an, mir vorzustellen, wie es wäre, wenn ich mit Milo Händchen hielte. Am Nachhauseweg oder am Wochenende, wenn wir uns sähen, könnte ich doch einfach seine Hand nehmen. Er würde es sicher zulassen. Aber ob es ihm gefiele? Ich war mir unsicher und damals grübelte ich viel darüber nach; ich wusste, es würde mir gefallen, mit ihm händchenhaltend zu gehen und vielleicht auch mehr.

Lisa und Tommy küssten sich auch, das taten sie zwar nicht komplett in der Öffentlichkeit, aber manchmal sah ich sie dabei.

Ich überlegte, wie es wäre, Milo zu küssen, und stellte mir alle möglichen Variationen und Reaktionen von ihm dazu vor. Was wäre, wenn ich ihn einfach so aus heiterem Himmel küssen würde und er das gar nicht wollen und mich dann für bescheuert halten würde?

Milo hatte noch nie Andeutungen gemacht, dass er gerne mehr als nur Freundschaft wollte, und irgendwie konnte ich mir auch nicht vorstellen, dass er das je ansprechen würde. Er war immer so still und zurückhaltend und über Gefühle redete er überhaupt ungern. Wahrscheinlich dachte er noch nicht einmal über solche Dinge nach.

Nach dem Gespräch mit Lisa zerbrach ich mir den Kopf darüber, ob da mehr zwischen Milo und mir wäre. Jeden Tag beim Einschlafen analysierte ich unsere Unterhaltungen der letzten Jahre und jeden Blick von ihm bis ins kleinste Detail. Ein paar Tage später beschloss ich, Milo einfach zu fragen, wie er das Ganze sähe.

Wir waren am Weg nach Hause, und da das Wetter schön war, warteten wir nicht auf den Bus, sondern gingen zu Fuß heim, wie so oft. Es war ruhig wie immer, nur wenige Autos fuhren die Straße entlang und noch weniger Fußgänger begegneten uns am Gehweg. Katie war nicht dabei, ich weiß nicht, ob sie damals in der Schule oder vielleicht schon zu Hause war, jedenfalls wartete ich auf einen Moment, in dem wir alleine waren, und es schien gerade günstig.

Während ich nachdachte, wie ich ihn darauf ansprechen könnte oder ob ich gleich die »Einfach-an-der-Hand-packen-Taktik« anwenden sollte, fragte er mich, ob alles in Ordnung sei, weil ich so still wäre.

Ich zögerte und überlegte, warum ich plötzlich nicht mehr einfach darauf losredete wie sonst auch. Es war komisch und ich dachte auch, dass ich mit Sicherheit gleich rot anlaufen würde. Schließlich traute ich mich dann doch und fragte so beiläufig wie möglich: »Hast du gehört, dass Lisa und Tommy jetzt zusammen sind?«

Eigentlich eine blöde Frage, da das seit einigen Tagen stadtbekannt war, dennoch hatten wir noch nicht darüber gesprochen.

»Ach so. Ja klar. Das ist kaum zu übersehen«, antwortete er mit einem ein wenig erstaunten Blick. »Und, was hast du am Wochenende vor?«, wollte er gleich anschließend wissen.

Ich zögerte kurz, ging dann nicht auf das ein, was er gesagt hatte, und fragte ihn stattdessen: »Sind wir eigentlich auch zusammen?«, was ebenfalls eine dumme Frage war, denn wie gesagt, es gab keinerlei Anzeichen dafür.

Fand er wohl auch, weil er abrupt stehen blieb und mich überrascht ansah.

»Häh? Was?«, erwiderte er verwirrt, sah einmal weg, schüttelte leicht den Kopf, setzte zweimal zum Sprechen an, bevor er mich dann nach einer gefühlten Ewigkeit ansah und schüchtern fragte: »Willst du denn mit mir zusammen sein?«

Ich sagte so etwas wie »Puh«, betrachtete meine Schuhe, dann den Himmel und war einen Moment lang wirklich überrascht, dass er so direkt fragte, sonst redete er ja immer um den heißen Brei herum, wenn ich irgendwas von ihm wissen wollte. Schließlich brachte ich ein kaum hörbares »Ja« hervor und schaffte es sogar, ihm kurz in die Augen zu sehen.

Er hatte gerade einen Wachstumsschub hinter sich und war nun einen halben Kopf größer als ich, weshalb ich hinaufsehen musste. Seine dunkelbraunen Haare hingen ihm ein bisschen ins Gesicht und seine braunen Augen starrten mich voller Erwartung an.

Kaum hatte ich Ja gesagt, lächelte er kurz und ging danach einfach weiter.

Ich sah ihm zuerst nach, holte dann schnell auf und als ich auf seiner Höhe war, nahm er, als wäre es das Selbstverständlichste auf der Welt, meine Hand.

Das überraschte mich total und ich wusste gar nicht, was ich sagen sollte. Es verschlug mir richtig die Sprache und ich hatte plötzlich Schmetterlinge im Bauch, als ich seine Hand auch festhielt. Ich versuchte, ihn unauffällig von der Seite anzusehen, und stellte fest, dass er sehr zufrieden mit sich aussah.

Scheinbar hatte er sich doch schon einmal Gedanken über uns gemacht.

»Und, was machen wir am Wochenende?«, fragte er nun, so als ob gar nichts wäre. »Es soll über dreißig Grad kriegen.«

Ich kann mich noch an das Gefühl erinnern, das ich damals hatte. Es war so, wie ich es mir die Tage davor vorgestellt hatte, irgendwie kribbelig. Ich war das erste Mal verliebt und es fühlte sich unglaublich an.

Bei uns war es wirklich recht ungewöhnlich, denn als es auf einmal Liebe war, was wir für einander empfanden, kannten wir uns schon seit Jahren. Seit unserer Kindheit waren wir die besten Freunde und Seelenverwandte. Wahrscheinlich musste es so kommen, früher oder später.

Es war eine aufregende Zeit für ihn und mich, wir wussten praktisch alles übereinander und doch entdeckten wir eine neue Seite an uns.

MILO

Von einer Angestellten der Autobusfirma hatte ich mir alles genau erklären lassen und sie hatte mir auch einen Plan mit allen Stationen und Transfers geschrieben und mitgegeben, doch als ich mit Katie am Busbahnhof stand, hatte ich doch irgendwie Angst, dass etwas schiefgehen könnte. Die Fahrkarten hatte ich schon gekauft und sicher in meinem Rucksack verstaut. Ich hatte dafür mein ganzes Erspartes opfern müssen und mir blieben nur noch etwa zwanzig Dollar in Münzen, die wir für Essen und Trinken brauchen würden. Die Fahrt würde fast drei Tage dauern, aber das machte mir nichts aus. Katie war zwar sehr aufgeregt, doch sie würde, glaube ich, überall hin mitgehen, wo ich hinwollte.

Mein Rucksack war gefüllt mit Wasserflaschen, Brot, Obst und Keksen, damit sollten wir für den ersten Tag genug haben. Mit unseren Reisetaschen und meiner Gitarre standen wir in der Schlange angestellt, bis unsere Fahrkarten kontrolliert wurden und wir einsteigen durften. Es war erst acht Uhr, ich hatte die Nacht bei Emily geschlafen und war morgens zu unserem Haus hinübergelaufen, um mich mit Katie und dem Gepäck raus zu schleichen.

Ich war traurig wegen Emily, aber ich wusste, wir würden es schaffen, uns bald wiederzusehen, und wenn wir beide endlich erwachsen wären, könnten wir dann sowieso zusammenbleiben.

Es sind nur ein paar Jahre, versuchte ich mich zu beruhigen, und wir würden uns schreiben, anrufen und in den Ferien könnte ich sie besuchen kommen. Alles nicht so schlimm, wir würden das schon machen.

Wir fuhren durch Georgia, Alabama, Mississippi, Louisiana, Texas, New Mexico und Arizona, bevor wir in Kalifornien ankamen. Ich muss, glaube ich, nicht erwähnen, dass ich bislang nie so weit weg von zu Hause war. Meine Schwester und ich hatten South Carolina überhaupt erst einmal verlassen, und das war auch nur einen Bundesstaat weiter und als unser Grandpa noch lebte.

Katie sah begeistert aus dem Fenster und ich zeigte ihr auf einer Karte, wo wir gerade waren. Wir schliefen in der Nacht, so gut es ging, und tagsüber machten wir auch öfter die Augen zu.

Insgesamt mussten wir dreimal umsteigen und einmal warteten wir mehrere Stunden auf den Anschlussbus, der noch dazu im Stau steckte. Das Geld reichte für Snacks und Sandwiches und ich sorgte auch dafür, dass wir genug tranken und uns während der Pausen an der frischen Luft bewegten. Aber das war nicht schwer, am dritten Tag hielt ich es schon kaum mehr aus in dem Bus und vom vielen Sitzen taten mir die Knochen weh, sodass ich jeden Stopp herbeisehnte.

In Anaheim angekommen, brauchten wir nicht lange, um den Weg zu meinen Verwandten zu finden, aber mit den Reisetaschen war das Ganze doch mühsam, vor allem, weil es so heiß war.

Nach etwa einer Stunde trafen wir bei dem Haus mit der richtigen Adresse ein und ich war ein wenig nervös. Ich hatte zwar mit meinem Onkel telefoniert und er hatte zugestimmt, dass Katie und ich zu ihnen kommen und fürs Erste bei ihnen wohnen könnten, dennoch wusste ich nicht, was uns hier erwarten würde.

Das Anwesen war groß und wirkte gepflegt, der Garten war voller Blumen und ich sah darin auch einen Swimmingpool.

Ich läutete bei Brooker und wartete nicht lange, da wurde die Tür schon geöffnet. Eine Frau, die sich als meine Tante Louisa vorstellte, begrüßte uns freundlich und bat uns gleich herein. Ich lernte auch sofort meinen Cousin Colin kennen, mein Onkel Phil würde erst später, nach der Arbeit, kommen, sagte sie. Wir bekamen jeder ein Zimmer im obersten Stock des Hauses, beide waren schon hergerichtet, die Betten frisch überzogen und die Kästen leergeräumt.

Louisa gab uns zuerst einen Haufen zu essen, dann schickte sie uns duschen und meinte, dass wir uns danach in den Garten setzen und schwimmen gehen könnten.

Ein wenig seltsam kam ich mir schon vor, plötzlich bei Fremden im Garten zu sitzen, ihre Badetücher zu verwenden und ihr Essen zu essen, ohne etwas dafür zu tun. Aber sie waren beide so nett, auch Colin fragte nach meinen Hobbys und wollte mir gleich beibringen, wie man Skateboard fährt, und Louisa meinte, wenn wir irgendetwas bräuchten, sollten wir es nur sagen.

Ich versicherte ihr mehrmals, wie dankbar ich dafür sei, und bot an, mir einen Job zu suchen, um ihnen ein bisschen Geld zu zahlen, aber das wollte sie gar nicht.

»Du musst dich um die Schule kümmern, das ist jetzt das Wichtigste«, entgegnete sie und fragte nach unserem Leben.

Ich erzählte ihr davon, doch solange Katie da war, nur die netten Dinge. Von Grandpa und Emily, der Schule und dem Teich, wo wir gerne schwimmen gegangen waren.

Katie beteiligte sich kaum an dem Gespräch und sprach zudem nie von selbst, sondern nur, wenn sie gefragt wurde, das machte sie schon länger so. Ich war froh, dass sie überhaupt mit ihnen redete, wenn auch zögerlich.

Als Katie dann schwimmen ging, blieb ich neben meiner Tante sitzen und erzählte ihr unaufgefordert, was unser Dad alles getan hatte und weshalb wir wegmussten. Ich dachte mir, dass sie es wissen sollte, und wollte es ihr lieber gleich sagen und nicht darauf warten, dass sie oder jemand anderer es ansprach, wenn meine kleine Schwester dabei war.

Sie hörte genau zu, unterbrach mich nicht und als ich fertig war, nahm sie meine Hand und meinte, dass es gut gewesen sei, dass wir gekommen waren, wir wären hier sehr willkommen.

Am frühen Abend traf dann mein Onkel Phil zu Hause ein – inzwischen war ich schon dreimal vom Skateboard gefallen und hatte fürs Erste genug davon – und er begrüßte uns herzlich.

Beim Abendessen erzählte er von meiner Mom, wie sie als Kind und Teenager war, und dass er es auch schrecklich fände, dass sie verschwunden sei.

»Weißt du, sie hat immer schon Probleme mit sich gehabt, sie war immer sprunghaft, hat es nie lange am selben Fleck ausgehalten und blieb nie lange bei derselben Sache. Ich verstehe nur nicht, wie sie ohne euch gehen konnte«, sagte er ernst.

Als ich an diesem Tag ins Bett ging, schwirrten mir zwar hunderte Gedanken und Eindrücke durch den Kopf, aber ich schlief trotzdem innerhalb weniger Minuten ein.

Am nächsten Morgen weckte uns unsere Tante, damit wir frühstücken und in die Schule fahren konnten.

Ich war so müde, dass ich noch einen ganzen Tag hätte schlafen können, aber ich stand schnell auf und zog mich an. Dann schaute ich zu Katie hinüber, die ebenfalls beim Anziehen war. Zusammen gingen wir ins Wohnzimmer hinunter, wo Louisa ein großes Frühstück hergerichtet hatte, und wir bedienten uns ordentlich.

»Heute melden wir euch in der Schule an«, verkündete sie, »und ab morgen geht's dann so richtig los. Ihr habt sicher einiges nachzuholen, ihr habt ja drei Wochen verpasst.«

Louisa brachte Colin, Katie und mich mit dem Auto zuerst zu Colins und bald auch meiner Schule.

Sie war riesig im Vergleich zu unserer in St. Bastian, es gab eine große Sportanlage und einen Park. Der Direktor war freundlich, sah sich kurz meine Unterlagen an und kopierte sie, dann gab er mir sogleich meinen Stundenplan und stellte mir einen meiner Lehrer vor. Der erklärte mir wiederum, was ich alles für sein Unterrichtsfach Englisch bräuchte, und meinte, den Rest würden mir die anderen Lehrer schon sagen.

Ich sah noch kurz meine neuen Mitschüler, als gerade die erste Stunde vorbei war, dann brachen wir auf zu Katies Schule. Die war ganz in der Nähe vom Haus der Brookers und sie konnte dort zu Fuß hingehen, während Colin und ich mit dem Bus fahren würden.

Auch Katies Lehrerin war sehr nett und als Louisa allein mit ihr sprach, bin ich mir sicher, erzählte sie von den Misshandlungen unseres Dads und bat um Rücksicht oder Hilfe. Meine Schwester war nervös wie immer, aber sie meinte, es gefiele ihr hier und sie sei froh darüber, dass wir hergefahren wären.

Nach der Einschreibung fuhren wir in eine Mall. Louisa kaufte uns Schulsachen wie Mappen, Hefte und Stifte, dazu einen Rucksack für Katie. Danach gingen wir noch in Kleidungsläden und unsere Tante bestand darauf, uns lauter schöne Sachen zu besorgen, vor allem Katie wurde überschüttet mit Kleidern und T-Shirts, bis ihre Augen richtig strahlten.

Louisa war wirklich lieb zu uns, es machte ihr scheinbar gar nichts aus, zwei fremde Kinder bei sich aufzunehmen, es freute sie sogar.

Ich hatte außerdem das Gefühl, dass meine Tante gerne eine Tochter gehabt hätte, so wie sie sich für die Mädchenkleidung begeistern konnte.

Mehrmals warf ich ein, dass es nicht notwendig wäre, so viel zu kaufen, wir hatten schließlich Kleidung mitgebracht. Es war mir unangenehm, dass sie so viel Geld für uns ausgab, aber Widerstand war zwecklos und deshalb bekam ich auch neue Schuhe, Hosen und Shirts.

In der Schule hatte ich anfangs Schwierigkeiten, mit den anderen mitzuhalten. Ich hatte viel nachzuholen und die neuen Sachen, die wir lernten, waren kompliziert, sodass ich oft nichts verstand und mir schon gar nichts merkte.

Im Gegensatz zu unserer Schule in St. Bastian war diese hier viel anspruchsvoller, aber ich lernte brav, las die Bücher für den Unterricht und bereitete mich auf die Stunden vor, sodass ich bald aufholte und meine Noten in Ordnung waren.

Colin war ein guter Schüler, er half mir beim Lernen und gab mir Tipps für die Aufsätze. Louisa fragte mich jeden Tag: »Wie war es in der Schule? Soll ich irgendetwas durchlesen und korrigieren?«

Also gab ich ihr meine Hausaufgaben für Englisch zum Korrekturlesen und sie zeigte mir meine Fehler auf. Ich bemühte mich wirklich, meine Rechtschreibung zu verbessern, was mir nach einiger Zeit auch gelang.

Die Mitschüler waren zum Großteil nett, doch die meisten waren an Sport interessiert, somit konnte ich wenig mit ihnen anfangen. Mit ein paar anderen verstand ich mich besser und fand das erste Mal Freunde, abgesehen von Emily.

Ich schrieb ihr circa alle zwei Wochen einen Brief, wobei ich immer ihre Antwort abwartete, bevor ich den nächsten abschickte, um auf ihre Fragen eingehen zu können. Gerade zu Beginn rief ich auch öfter an, aber da Emily meistens traurig war und am Telefon fragte, wann wir uns wiedersehen würden, und sagte, dass sie mich vermisse, wurde ich ebenfalls unglücklich, weil ich sie genauso gerne treffen wollte.

Ich telefonierte immer seltener mit ihr, ich hielt es nicht aus, dass sie so bekümmert war, und fühlte mich schlecht, weil ich in Anaheim glücklich war. Es wäre wirklich alles perfekt gewesen, wenn sie auch hier gewesen wäre. Aber das ging nun einmal nicht.

Nicht mehr lange, dachte ich mir immer, die Zeit vergeht ohnehin so schnell.

In meiner Freizeit spielte ich Gitarre und schrieb nun erstmals eigene Lieder, wobei ich die Texte und Akkorde sorgfältig in einen Block eintrug. Gemeinsam mit Colin verbrachte ich die Nachmittage am Strand oder auf der Promenade mit Skateboard fahren, abends durften wir sogar auf Partys oder mit Freunden ins Kino gehen.

Eigentlich wollte ich es nicht, aber die Brookers gaben mir auch monatlich Taschengeld, mit dem ich mir Kinokarten, Popcorn, Eis, Bücher und Saiten für meine Gitarre kaufte.

Ich fand es lustig, gemeinsam mit Colin, Louisa und Phil zu diskutieren, wie lange wir fortbleiben durften oder ob wir zu einem Konzert gehen konnten oder nicht. Im Grunde waren sie nicht sehr streng, solange wir brav waren und uns benahmen, was ich für selbstverständlich hielt.

Es war auch erfreulich, dass es Katie nun besser ging. Louisa ging mit ihr regelmäßig zu einer Therapeutin, um das Geschehene zu verarbeiten, und schon nach ein paar Monaten hörte ich sie lachend mit einem Mädchen aus der Schule telefonieren. Beim Abendessen sprach sie auf einmal von sich aus über ihren Schultag.

Wenn wir beim Essen alle zusammensaßen und redeten, fühlte ich mich manchmal wie in einer richtigen Familie und fand es wunderschön.

EMILY

Ich sitze am Esstisch, den Sessel zur Seite gedreht, damit ich die Lasagne im Ofen beobachten kann, als ob sie diese Kontrolle bräuchte, um nicht anzubrennen, und sehe so unauffällig wie möglich alle zwei Minuten auf die Uhr. Es ist immer noch kurz vor achtzehn Uhr, nur da ich mit allen Vorbereitungen fertig bin – der Tisch ist gedeckt, den Salat habe ich bereits mit dem Dressing übergossen – weiß ich nicht genau, was ich jetzt machen soll. Irgendwie habe ich das Verlangen, noch mal einen Blick in den Spiegel zu werfen, ich bin mir nicht mehr sicher, wie meine Haare aussehen und ob die Bluse wirklich zu der Jeans passt. Aber da Michael im Wohnzimmer auf dem Sofa sitzt, lasse ich es, sonst denkt er noch, ich bin völlig verrückt.

Am Vormittag habe ich schon alles geputzt und aufgeräumt und vor zwei Stunden, also viel zu früh, habe ich mit dem Abendessen begonnen. Eigentlich habe ich den ganzen Tag nichts anderes gemacht, als wie auf Nadeln zu sitzen. Ich bin nervös.

Es läutet. Ich versuche, nicht aufzuspringen, und zähle im Stillen bis drei, ehe ich mich langsam erhebe und zur Tür gehe. Doch Michael hat mich ohnehin nicht beobachtet, er hat auf die Glocke gar nicht reagiert.

Ich öffne und sehe Milo, mit einer Tüte in der Hand. Er trägt Jeans und ein offenes Hemd mit irgendeinem Band-T-Shirt darunter.

Er reicht mir das Säckchen und sagt: »Hi! Ich hab dir einen Kuchen mitgebracht. Als Nachspeise. Oder als Notlösung, je nachdem wie dein Essen wird.«

»Vielen Dank«, antworte ich, lache und nehme den Kuchen entgegen. »Komm rein.«

Ich mache die Tür weiter auf und gehe einen Schritt zurück, damit Milo eintreten kann. Er zieht sich die Schuhe aus, dann lächelt er mich an. Ein wenig verlegen sagt er: »Schönes Haus«, und ich meine, ich könne ihm gerne alles zeigen.

Da kommt Michael, nickt Milo kurz zu und gibt ihm die Hand.

»Hallo, ich bin Michael«, stellt er sich vor und Milo drückt seine Hand und sagt: »Milo.«

Die beiden mustern sich gegenseitig und es entsteht eine Stille, bis ich sie unterbreche.

»Ich zeig dir mal das Haus«, schlage ich vor und gehe voran. Die Tüte mit dem Kuchen stelle ich in der Küche ab.

Milo schlendert an Michael vorbei und ich führe ihn in den Räumen herum. Ich weiß allerdings nicht, was ich groß sagen soll, außer: »Das ist das Wohnzimmer«, und »Hier sieht man in den Garten«, und Milo nickt immer nur, darum frage ich: »Willst du die Zimmer oben noch sehen?«

»Muss nicht sein«, gesteht er, »aber es ist wirklich sehr schön.«

Ich gehe mit ihm in die Küche, wo Michael steht.

»Habt ihr schon Hunger?«, erkundige ich mich und Michael sagt sofort »Ja«. Daraufhin sehe ich Milo an und der meint: »Ja, klar.«

»Gut«, finde ich und öffne den Backofen, um nach der Lasagne zu sehen. »Ist fertig«, stelle ich fest. »Ihr könnt euch schon hinsetzen«, sage ich und ziehe mir Handschuhe an, um sie herauszuholen.

»Willst du ein Bier?«, fragt Michael Milo und er antwortet: »Gerne.«

Viel haben sie sich momentan nicht zu sagen, aber ich bin mir sicher, das wird schon werden.

Ich bringe die Lasagne und den Salat zum Tisch und hole mir ein Glas mit Wasser. Die beiden stehen noch um den Tisch herum, jeder mit einer Bierdose in der Hand, und ich bitte sie noch mal, sich zu setzen. Dann bringe ich ihnen noch Biergläser, obwohl beide schon aus der Dose getrunken haben. Ich stelle sie hin und mache mich daran, das Essen auszuteilen.

»Du wirst sehen, Milo, wie gut ich mittlerweile kochen kann. Kein Vergleich zu damals«, behaupte ich und tische ihm zuerst auf.

»Ich bin gespannt. Und ich liebe Lasagne«, antwortet er freundlich und schenkt sich das Bier ins Glas ein.

Michael tut es ihm gleich und nachdem ich ihm ein Stück gegeben habe, nehme ich mir auch eines. Den Salat teile ich nicht aus, sondern gebe die Schüssel Milo in die Hand, damit er sich selbst nimmt. Ich sage »Mahlzeit« und wir beginnen zu essen.

Nach ein paar Bissen meldet sich Milo zu Wort: »Es schmeckt wirklich gut. Danke noch mal für die Einladung.«

»Gerne«, meine ich und frage nach, ob er schon einen Job gefunden hat.

»Noch habe ich keine fixe Zusage, aber eventuell kann ich in dem Irish Pub im Zentrum arbeiten, da hab ich mich schon vorgestellt. Dafür habe ich eine Wohnung gefunden.«

»Echt, so schnell? Wo denn?«, will ich wissen.

»Im südlichen Teil der Stadt, aber ich kann wahrscheinlich erst Ende nächster Woche einziehen. Und ich muss auf jeden Fall ausmalen und das Badezimmer neu machen«, berichtet er.

»Wie groß ist sie?«, fragt Michael, während er sich noch Salat nimmt.

»Nicht groß. Ein Zimmer, Küche, Bad. Ich brauch nicht viel«, antwortet Milo, ohne dabei aufzusehen.

»Und du kannst ein Badezimmer sanieren? Mit Fliesen legen und so?«, hake ich nach und Michael fügt skeptisch hinzu: »Du musst da echt aufpassen, oft geht da mehr kaputt, als man ausbessert. Und die Versicherung zahlt das sicher nicht, wenn du das selbst machst.«

»Ich hab das schon ein paar Mal gemacht und dem Besitzer ist es sehr recht«, erwidert Milo nur und isst weiter.

Eine Weile essen wir schweigend und ich beobachte die beiden. Michael ist mit der Lasagne fast fertig und spießt mit seiner Gabel ein paar Salatblätter auf. Milo sieht sich im Wohnzimmer um und als sein Blick meinen trifft, lächelt er kurz.

»Wie geht es eigentlich deinen Eltern und deiner Schwester?«, fragt er mich dann.

»Gut, meine Eltern wohnen noch immer in Miami und Ellie lebt in Kanada. Sie arbeitet bei einem großen Verlag und hat einen Lebensgefährten, der Zoologe ist. Ich sehe sie nur etwa einmal im Jahr. Ich vermisse sie«, gestehe ich.

Milo nickt. »Katie fehlt mir auch. Ich hab sie das letzte Mal gesehen, als ich von Kalifornien wegging. Aber ich telefoniere oft mit ihr.«

»Will sie, dass du zurückkommst?«, frage ich.

»Nein gar nicht. Sie ist jetzt total selbstständig. Und sie hat seit Kurzem einen Freund«, erzählt er und verdreht die Augen.

Ich lache. »Na, das ist doch okay, oder?«

»Ja natürlich! Ich hab keine Ahnung, wie sie jetzt aussieht, sie behauptet ja, dass sie größer ist als ich.«

»Ihr könntet doch Video chatten«, schlägt Michael vor, doch Milo runzelt die Stirn.

»Ach so, nein, ich hab keinen Computer, ich hab nicht mal ein Handy. Aber ich werde sie dieses Jahr auf jeden Fall noch besuchen.«

»Du hast kein Handy?«, fragt Michael ungläubig. »Wieso?«

»Ich brauch keins. Aber vielleicht leg ich mir trotzdem eins zu, wenn ich mal Geld übrighabe«, erwidert er und zuckt mit den Schultern.

Ich werfe Michael einen Blick zu, der bedeutet, dass er nett zu ihm sein soll, aber er sieht nicht her.

»Na hoffentlich wird das was mit dem Job«, wechsle ich das Thema, »hast du noch eine andere Option, falls es nichts wird?«

»Sonst hab ich noch nichts im Auge, aber ich werde schon was finden. Es gibt überall Arbeit. Bis dahin spiel ich einfach auf der Straße, das bringt genug ein«, schildert er und legt sein Besteck auf den Teller, weil er fertig ist.

»Was spielst du denn? *Wonderwall* und *Nothing else matters*?«, fragt Michael abschätzig und ich sehe ihn wieder eindringlich an, doch Milo scheint es nicht zu bemerken oder zu ignorieren.

Er richtet sich auf und lehnt sich zurück, bevor er meinem Mann ansieht und in aller Ruhe antwortet.

»Nein. Eher Rockklassiker gemischt mit Eigenkompositionen. Oder mal etwas von den Red Hot Chili Peppers.«

»Aha. Und damit verdienst du Geld?«, will Michael nun wissen, und ich schlucke schnell meinen Bissen runter, um mitzureden, weil ich Angst habe, dass Michael zu unfreundlich wird.

»Den Leuten in der Stadt gefällt es scheinbar, die geben recht viel«, erwähnt Milo und greift nach seinem Bierglas.

Ich wende mich an Michael. »Stell dir vor, in Miami hat Milo mehrere Konzerte gegeben. Das ist doch cool!«

Milo sieht mich an und seine Mundwinkel zucken kurz nach oben. »Das hat Spaß gemacht«, gibt er zu.

»Trotzdem, das ist doch kein Beruf. Du kannst doch nicht ewig so weitermachen, irgendwann solltest du auch erwachsen werden«, wirft mein Ehemann ihm verächtlich vor und ich starre ihn an und sage »Michael«, damit er endlich aufhört.

Es ist mir total unangenehm, dass er so feindselig ist. Milo denkt sicher schon schlecht von ihm, nur weiß ich nicht, ob er genauso giftig antworten würde. Er ist ja immer so zurückhaltend. Eine gewisse Spannung ist definitiv spürbar und die beiden sehen sich ständig eindringlich an.

Milo lacht einmal kurz und es ist ein durch und durch falsches Lachen. Dann fragt er mit gespielter Neugierde: »Was arbeitest du denn?«

Michael schaut finster zurück, dann lässt er ihn wissen, dass er in der IT-Abteilung einer Papierfirma arbeite. Milo nickt, als fände er das interessant, aber ich sehe, wie er die Lippen zusammenpresst, als ob er eigentlich etwas anderes sagen wollte.

Bevor einer von den beiden wieder anfängt, frage ich schnell, ob noch jemand etwas essen möchte. Beide verneinen und ich stehe auf, um den Tisch abzuräumen.

Da erhebt sich Milo und meint: »Ich helfe dir«, nimmt seinen Teller und die Salatschüssel und geht damit zur Küche. Unsicher murmle ich »Danke«, vermeide es, Michael anzusehen, nehme die Auflaufform mit dem Rest der Lasagne und gehe Milo nach.

Er hat die Sachen schon abgestellt, lehnt sich an den Kühlschrank und beobachtet mich, wie ich den Raum betrete.

Ich versuche ein Lächeln, das ausdrücken soll, wie leid es mir tut, dass Michael so unhöflich ist, und hoffe, er erkennt es.

Als ich den Geschirrspüler öffne, bewegt er sich weg vom Kühlschrank und teilt mir mit, er werde das restliche Geschirr holen. Beim Hinausgehen berührt er mich kurz am Rücken.

Ich erstarre für einen Moment, dann lausche ich konzentriert, ob die beiden im Wohnzimmer miteinander reden oder schlimmer, streiten.

Scheinbar spricht einer der beiden, aber ich kann es nicht verstehen. Er muss absichtlich leise reden, damit ich es nicht höre.

Schnell stelle ich den Teller hinein und gebe das Besteck in den Behälter, dann gehe ich wieder zum Esstisch. Michael scheint gerade aufgestanden zu sein und Milo kommt mir mit den Tellern und Schüsseln entgegen.

»Danke«, sage ich noch mal und warte, bis er an mir vorbei Richtung Küche gegangen ist. Dann mache ich die paar Schritte auf Michael zu und zische ihm wütend ins Ohr: »Was ist los? Warum bist du so unfreundlich?«, doch er dreht den Kopf weg.

»Bin ich doch nicht«, behauptet er störrisch und ich funkle ihn ein weiteres Mal böse an, bevor ich wieder in die Küche marschiere.

Milo hat schon begonnen, die Teller in den Geschirrspüler einzuräumen, und ich will ihm den letzten wegnehmen und sage: »Das brauchst du nicht machen.«

Doch er macht weiter und beharrt: »Es ist kein Problem«, dann richtet er sich auf und schließt die Tür des Geräts. Milo geht zum Waschbecken und wäscht sich kurz die Hände, als er sie danach schüttelt, reiche ich ihm das Handtuch.

Ich muss seufzen. Eigentlich habe ich gedacht, dass Milo, jetzt, wo er in der Stadt bleibt, öfter zu uns kommen wird und wir alle gemeinsam etwas unternehmen können, aber so wie es momentan aussieht, können die beiden sich nicht ausstehen. Ich frage mich wirklich, warum.

Milo und ich bleiben in der Küche stehen und lehnen uns an die Arbeitsplatte.

»Möchtest du noch ein Bier oder etwas anderes trinken?«, biete ich an.

»Nein danke«, sagt er. »Und, hast du dir den Abend so vorgestellt?«, fügt er hinzu, als könnte er Gedanken lesen.

Ich schüttle den Kopf. »Nein, ganz und gar nicht.«

Milo grinst. »Ich hab's mir ganz genau so vorgestellt«, behauptet er belustigt.

»Wieso bist du dann gekommen?«, frage ich ungläubig.

Er zögert mit der Antwort und schaut mich schräg an. »Na du hast mich doch eingeladen. Und wenn das der einzige Weg ist, dich zu sehen, dann nehme ich deinen Mann gerne in Kauf«, erklärt er mir und ich weiß, er meint es ernst.

»Wir können uns auch ohne ihn sehen«, entgegne ich prompt, schließlich kann Michael es nicht verbieten. Außerdem bin ich jetzt gerade sauer auf ihn und mir ist egal, was er davon hält.

»Gut«, findet er und streicht sich die Haare aus dem Gesicht.

»Sollen wir jetzt den Kuchen essen?«, überlege ich und er zuckt mit den Schultern.

»Wie du willst, ich kann auch schon gehen.«

»Nein«, sage ich bestimmt, öffne die Tüte und richte den Erdbeerkuchen auf einem Teller an, was eine Weile dauert.

Es fühlt sich seltsam an, dass er so neben mir steht und mich beobachtet, aber ich versuche, mir meine innere Unruhe nicht anmerken zu lassen. Er macht mich nervös und jedes Mal, wenn ich ihn ansehe, freue ich mich auf sein Lächeln.

»Ich liebe Erdbeeren!«, zeige ich mich begeistert über seine Kuchenwahl und er erwidert: »Ich weiß.«

Dann hole ich kleine Gabeln und Teller aus dem Geschirrschrank und gemeinsam bringen wir alles ins Wohnzimmer.

Michael sitzt noch immer am Tisch, aber er hat den Fernseher eingeschaltet und sieht uns an, als wir die Sachen am Esstisch abstellen.

»Was ist das?«, fragt er misstrauisch.

»Na ein Kuchen! Milo hat ihn mitgebracht«, erkläre ich.

Wir setzen uns wieder und ich teile die Kuchenstücke aus und gebe jedem eine Gabel. Gleichzeitig fangen wir an zu essen und ich schaue vorsichtig zwischen den beiden hin und her, aber keine Gefahr. Der Sturm hat sich gelegt.

Nach ein paar Bissen sind wir fertig und keiner will ein zweites Stück haben. Milo und ich unterhalten uns noch über unsere Eltern, St. Bastian und die Unterschiede zu Anaheim, während Michael nun auf den Fernseher starrt. Als ich die Teller hinausbringen will, bietet Milo wieder seine Hilfe an, doch diesmal lehne ich ab. Ich kann alles auf einmal tragen, also wäre es unnötig gewesen.

In der Küche räume ich das schmutzige Geschirr in den Geschirrspüler, packe dann den Rest des Kuchens in eine Plastikdose und verschließe sie. Danach wische ich noch die Flächen ab und wasche das Messer, das ich zum Anschneiden verwendet habe.

Als ich ins Wohnzimmer zurückkomme, bemerke ich, dass Milo beim Kamin steht. Er dreht mir den Rücken zu und sieht sich die gerahmten Fotos an, die am Sims platziert sind.

Bevor ich näherkomme, beobachte ich ihn noch kurz vom Vorzimmer aus.

Er ist so erwachsen geworden, noch immer ruhig und zurückhaltend, aber trotzdem reifer und selbstsicherer.

Michael steht auf und geht zu ihm. Er nimmt unser Hochzeitsfoto vom Kaminsims und zeigt es Milo.

»Hier, das ist vom Tag unserer Hochzeit. Was sagt dir das, hm?«

»Der glücklichste Tag in deinem Leben?«, fragt Milo sarkastisch und sieht sich das Foto genau an.

»Nein, du Idiot«, zischt Michael verärgert, »sie ist verheiratet, das bedeutet das. Du kannst also wieder verschwinden, wenn's nach mir geht!«

»Tut's aber nicht«, stellt Milo scheinbar unbekümmert fest und zuckt mit den Schultern.

Jetzt mache ich mich bemerkbar und komme geräuschvoll zu ihnen.

»Du schaust dir die Fotos an?«, unterbreche ich sie bemüht fröhlich und versuche, mir nicht anmerken zu lassen, dass ich ihrer Unterhaltung gelauscht habe.

»Genau«, bestätigt Milo, »ich habe gerade gesagt, was für eine hübsche Braut du warst.«

»Und ich habe gerade gesagt, dass es Zeit wird zu gehen. Wir sind schon alle müde«, behauptet Michael langsam und deutlich, ohne den Blick von Milo abzulassen.

Milo und ich drehen uns gleichzeitig um und schauen zur Wanduhr, die kurz nach neunzehn Uhr anzeigt.

»Aha«, meint Milo und runzelt die Stirn. »Na zum Glück könnt ihr morgen ausschlafen«, bemerkt er zynisch und sieht dabei Michael in die Augen.

Bevor die Situation eskaliert, biete ich an, Milo zur Tür zu bringen, und Michael bleibt im Wohnzimmer stehen, ohne dass sie sich voneinander verabschiedet haben.

»Danke für das Essen, du kochst wirklich nicht schlecht«, lobt Milo, während er sich im Vorzimmer die Schuhe anzieht.

»Wenn meine Wohnung eingerichtet ist, kommst du mal zu mir und ich bekoche dich«, schlägt er vor.

»Okay«, erwidere ich erfreut und bin jetzt schon neugierig, was er machen wird, und hoffe zugleich, dass Michael das nicht gehört hat.

Milo steht auf, lächelt mich an und umarmt mich dann lange und fest. Zuerst ist es mir unangenehm, da Michael ja theoretisch in Sichtweite ist, doch ich lasse es zu und nehme einen Atemzug von seinem Geruch. Dann gibt er mir einen schnellen Kuss auf die Wange und löst sich von mir.

»Also, wir sehen uns«, verabschiedet er sich von mir und ruft ein lang gezogenes »Gute Nacht!« Richtung Wohnzimmer.

Im Hinausgehen berührt er mich mit seiner Hand an meiner Hüfte und ohne ein weiteres Wort, ohne sich noch einmal umzudrehen, geht er die Straße hinunter, bis er aus meinem Sichtfeld verschwindet.

MILO

Liebe Emily,

es freut mich, dass du viel mit deinen Freundinnen unternimmst, diese Vanessa hört sich richtig anstrengend an, von dem, was du so schreibst. Ich glaube nicht, dass ich sie je gesehen habe, also zumindest habe ich sie nicht wahrgenommen.

Ich bin auch oft mit meinen Freunden und Colin unterwegs, man kann hier echt viel mehr machen als in St. Bastian. Louisa und Phil sind außerdem gar nicht streng, wir dürfen am Wochenende immer ausgehen, solange wir keinen Blödsinn anstellen und nicht zu spät wieder daheim sind. Wenn wir nicht am Strand sind, dann gehen wir zur Mall, ins Kino, Essen, zum Bowling und neulich waren wir sogar auf einem Konzert. Die Gruppe heißt »Pancake Monkeys« und besteht aus Schülern unserer Schule. Du hast sicher noch nichts von ihnen gehört und wirst es vermutlich auch nicht, sie waren nicht sehr berauschend, aber egal, es war in einem Lokal in der Stadt und es war ziemlich lustig dort.

Ich spiele auch viel Gitarre, es ist schade, dass Colin kein Instrument spielt, sonst könnten wir gemeinsam Songs schreiben oder eine Band gründen! Das wäre wirklich toll!

Die anderen Jungs aus der Schule sind da leider auch nicht besser, Greg spielt pausenlos Computer und Taylor hat momentan nur Augen für seine Freundin. Wenn ich sie gemeinsam sehe, muss ich immer an dich denken, ich wünschte, du wärst bei mir, wir hätten hier sicher eine tolle Zeit. Manchmal fühlt es sich an, als hätte ich Urlaub von meinem echten Leben, so gut gefällt es mir in Anaheim, bloß dass du fehlst!!!

In der Schule bin ich mittlerweile ziemlich gut, nur in Mathe habe ich immer Probleme. Die Lehrer erwarten hier aber auch sehr viel.

Letzte Woche habe ich die erste Eins auf eine Klausur in Englisch bekommen! Wer hätte das gedacht? Ich habe mich riesig gefreut. Ich habe sehr an meiner Rechtschreibung gearbeitet, hast du sicher schon bemerkt, oder? Haha! Louisa hat gesagt, ich muss einfach mehr lesen und dabei darauf achten, wie was geschrieben wird, und wenn ich mir nicht sicher bin, wie man etwas buchstabiert, soll ich es sofort nachschlagen. Sie spornt mich dazu an, mich zu verbessern, das ist manchmal aufdringlich und nervig, aber geholfen hat es mir jedenfalls schon. Für die Eins in Englisch hat sie mir gleich ein neues Buch geschenkt. Sie ist so nett! Ich lese jetzt immer vor dem Schlafengehen ein Kapitel. Jetzt habe ich schon so viele Bücher, einige brauche ich für die Schule und die anderen habe ich mir so gekauft. Das Regal an meiner Wand ist schon fast voll! Hast du zufällig »Der Mann ohne Gewissen« gelesen? Das fand ich toll! Liest du gerade etwas?

Katie geht es übrigens prima, sie muss jetzt gar nicht mehr zur Therapie und sie spricht jetzt auch ganz normal. Sie hat zwei Freundinnen in der Schule gefunden, mit denen macht sie viel, und wenn sie daheim ist, ist sie ruhig und ausgeglichen, arbeitet brav für die Schule und sieht gerne fern.

Katie war auch eine Woche mit ihrer Schule auf Klassenfahrt in San Diego und alles lief super, sie ist ohne Probleme in den Bus gestiegen und am Ende der Woche strahlend wieder angekommen. Sie lässt dich übrigens grüßen! Genau wie meine Tante, obwohl sie dich gar nicht kennt. Ich habe ihr die Fotos von dir gezeigt, die du mir geschickt hast, und sie hat gesagt, dass du uns auch besuchen kommen kannst, wenn du willst. Was hältst du davon? Weil es ja in den Weihnachtsferien wieder nicht geklappt hat, vielleicht willst du in den Sommerferien kommen? Frag mal deine Eltern, ob du darfst! Sie zahlen dir sicher den Flug!

Es dauert zwar noch eine Weile bis dahin, aber wir haben schon viele Pläne für den Sommer. Colin und ich haben uns von Louisa überreden lassen, uns für einen Surfkurs anzumelden. Kannst du dir das vorstellen? Ich glaube nicht, dass ich darin gut sein werde, ich bin schon glücklich, dass ich endlich Skateboard fahren kann, aber es wird bestimmt lustig. Der Kurs dauert drei Wochen und ist im Juli, also da kann ich dich dann nicht besuchen, aber vielleicht kommst du ja her! Oder wir sehen uns im August!

Ich kann es kaum glauben, dass mein zweites Schuljahr hier bald zu Ende ist. Das heißt, dass ich nur noch zwei Jahre habe, bis ich fertig bin. Bis wir beide fertig sind! Hast du dir schon überlegt, was du nach der Schule machen wirst? Wenn du studieren willst, könntest du nach Kalifornien kommen! Du kannst bestimmt bei uns wohnen oder ich such mir einen Job und wir mieten eine eigene Wohnung, das wäre toll! Es würde dir hier mit Sicherheit gefallen!

Louisa und Phil haben schon gesagt, sie würden mir auch die Uni zahlen, aber ich glaube, ich will eher nicht studieren. Außerdem wüsste ich gar nicht, was. Deine Eltern wollen sicher, dass du studierst. Was ist eigentlich mit Ellie, sie wird doch jetzt mit der Schule fertig, was wird sie machen?

Ich glaube, es ist nicht so wichtig zu studieren, denn du bekommst auch ohne Studium einen guten Job, wenn du dich bemühst. Und wer braucht schon viel Geld, wenn man dafür keine Zeit hat, sein Leben zu genießen? Aber es muss schon ein

Job sein, der Spaß macht. Stell dir vor, du müsstest Lehrer sein? Das wäre der Horror für mich, bei den schlimmen Kindern, …

Hast du dir die Fotos angesehen, die ich dir letztes Mal mitgeschickt habe? Du hast gar nichts dazu geschrieben! Die sind von einer Wanderung, die wir an einem Wochenende gemacht haben. Wie du siehst, in Kalifornien ist es immer schön. Es regnet hier nur sehr selten, aber wenn, dann meistens ordentlich.

Einmal hat uns der Regen am Strand überrascht und bis wir beim Auto waren, waren unsere Kleidung und unsere Badetücher komplett nass, als wären wir damit im Wasser gewesen. Am nächsten Tag waren wir dann alle ein wenig krank.

Ich denke oft an daheim, im Gegensatz zu Anaheim ist St. Bastian ein ödes Kaff, aber ich fand es immer schön dort. Nicht nur, weil ich damals nichts anderes kannte, sondern auch jetzt, wo ich in Kalifornien lebe. Gehst du manchmal noch zu unserem Teich? Wie sieht er aus? Ich hoffe, es ist alles noch beim Alten, und wenn ich dich endlich besuchen komme, gehen wir darin schwimmen! Dann verbringen wir ein paar Tage gemeinsam, nur du und ich, das wäre wirklich wunderschön. Wir könnten auch zur Mall fahren und Freunde aus der Schule treffen, ich bin gespannt, wie sich alle verändert haben. Wenn ich an zu Hause denke, denke ich an dich, den Teich, die Schule und die ganze Stadt, nur nicht an das Haus, in dem ich aufgewachsen bin.

Du hast nie geschrieben, dass du meinen Dad gesehen oder etwas von ihm gehört hast oder so, du kannst es mir aber schon erzählen. Ich habe ihm damals die Telefonnummer von Phil hinterlassen, er hat sich aber nie gemeldet. Es ist nicht so, dass ich wieder Kontakt zu ihm will oder zurückkommen werde, es würde mich aber interessieren, wie es ihm geht. Also schreib mir bitte, was du die letzten Jahre von ihm gehört oder gesehen hast. Geh aber nicht zum Haus oder so, das wäre keine gute Idee.

Jetzt muss ich gleich runter zum Essen kommen, heute grillen wir im Garten und ich muss dann noch Tisch decken helfen und so.

Ich freue mich, wenn ich wieder von dir lese, und ich freue mich noch mehr, wenn wir uns endlich sehen können. Jeden Tag denke ich an dich und du fehlst mir sehr, auch wenn es vielleicht nicht so klingt.

Ich vermisse dich, in Liebe, dein Milo.

EMILY

Lieber Milo,

wie geht es dir, wie geht es Katie? Hier tut sich nicht viel.

Das Schuljahr ist vorbei und ich habe frei, aber mir ist so langweilig ohne dich. Ich weiß wirklich nicht, was ich ohne dich tun soll. Ich habe jetzt seit einer Woche Ferien und habe noch gar nichts unternommen, außer meine Schulsachen aufzuräumen und auszumisten, und das hat genau zwei Stunden gedauert.

Gestern war ich bei unserem Teich, ich habe mir ein Buch mitgenommen, damit ich eine Beschäftigung habe, aber es war nicht warm genug zum Schwimmen und es war windig, also nicht sehr angenehm. Meine Freundinnen sind leider alle gerade nicht da, weil sie auf Urlaub gefahren sind.

Wir fahren im August nach Florida zu meinen Großeltern, wie immer, hoffentlich ist das Wetter dann schön, damit wir ans Meer können. Zumindest manchmal, die meiste Zeit sind wir sowieso immer im Haus oder im Garten bei ihnen, sie sind ja schon recht alt und gehen nicht viel raus. So ein richtiger Urlaub ist es dort ohnehin nie, aber immerhin, sonst würde ich den ganzen Sommer in St. Bastian bleiben.

Meine Mom fährt irgendwann diese Woche mit mir zur Mall und kauft mir neue Sachen. Der Bikini von letztem Jahr passt mir nicht mehr wirklich und ich will auch neue Kleider und Röcke haben. Mal sehen, was ich finde, es könnte jedenfalls ganz nett werden. Ellie kommt auch mit, sie will unbedingt neue Schuhe kaufen.

Ich war mit Vanessa, Julie und Bianca schon ein paar Mal in der Mall, das war immer lustig. Wir haben hunderte Sachen probiert, auch solche, die uns viel zu teuer waren, und jeder hat immer ein Outfit für jemanden anderen zusammengestellt, das der dann anprobieren musste. Na ja, Mädchensachen eben. Julie kommt als Erste zurück von ihrem Urlaub, Hawaii, Ende nächster Woche, dann bin ich nicht mehr ganz so allein.

Ich bin sehr traurig, dass du diesen Sommer wieder nicht kommen kannst, bis Weihnachten dauert es noch ewig!! Sechs Monate! Das heißt, ich habe dich dann über zwei Jahre nicht mehr gesehen. Ohne die Fotos, die du mir neulich geschickt hast, wüsste ich gar nicht, wie du aussiehst!

Ich bin ein bisschen gewachsen und habe mir meine Haare geschnitten, alleine vor dem Spiegel. Meinen Eltern war es egal und es sieht gar nicht schlecht aus, vorne sind sie jetzt kurz. Vielleicht färbe ich sie mir auch einmal, aber ich habe mich noch für keine Farbe entscheiden können, was meinst du?

Ich hoffe, dein Nachhilfekurs ist nicht zu öde und er ist doch nur vormittags, oder? Dann kannst du am Nachmittag mit deinem Cousin etwas unternehmen oder mit Katie. Außerdem hast du letztens gemeint, ihr wollt auch irgendwo hinfahren? Wohin war das noch mal?

Nur blöd, dass du den Juli nicht kannst und ich im August weg bin, ich wollte dich unbedingt wiedersehen. Ich habe meinen Eltern gesagt, ich will nicht nach Florida und bleibe hier, damit du herkommen kannst, aber sie haben es nicht erlaubt, war ja klar.

Du kannst jetzt wirklich schon Skateboard fahren? Auch so herumhüpfen? Du hast erzählt, sie haben dir eines zu Weihnachten geschenkt!

Ich kann mir gar nicht vorstellen, Weihnachten bei zwanzig Grad und Sonnenschein zu feiern, aber es war sicher schön. Ich bin froh, dass deine Tante und dein Onkel so nett sind, nun musst du dich nicht mehr alleine um Katie kümmern. Wie geht's ihr denn, was tut sich bei ihr? Muss sie auch einen Nachhilfekurs absolvieren? Nicht, dass das schlimm ist. Ich bin mir sicher, das zahlt sich aus und deine Noten werden sich dadurch verbessern, aber vielleicht nervt es dich, dass du lernen musst, wenn andere Ferien haben.

Ich wünschte, ich hätte etwas zu tun.

Vielleicht streiche ich mein Zimmer neu oder dekoriere etwas um. Ausgemistet und umgestellt habe ich ja schon vor ein paar Wochen, das habe ich dir, glaub ich, geschrieben, aber es gefällt mir noch nicht zu hundert Prozent, also ändere ich wahrscheinlich noch etwas. Zeit habe ich ja.

Ich bin seit Kurzem auch in der Bücherei eingeschrieben, habe aber erst zwei Bücher ausgeliehen. Heute Nachmittag gehe ich wieder hin und hole mir mehr, ich möchte etwas von Jane Austen lesen, das haben die sicher. Die haben da eher ältere Bücher und Klassiker. Kennst du die Bücherei überhaupt? Sie ist in der Straße vom Eisgeschäft, von außen sieht sie sehr klein aus, aber es geht innen weit nach hinten und sie haben auch ein Kellergeschoss voll mit Regalen. In ein paar Jahren habe ich sicher alle Bücher durch …

Ende Juli gibt es wieder eine große Party bei Olivia, sie hat schon alle eingeladen. Ihre Eltern werden nicht da sein und wir werden draußen grillen und schwimmen, sie haben ja einen Swimmingpool. Das wird sicher ein Spaß, allerdings haben Vanessa und Bianca einen Freund, also werde ich wieder viel alleine rumsitzen. Es ist echt blöd, dass du nicht da bist!

Dieses Mal trinke ich aber sicher keinen Alkohol, mir war so schlecht nach der letzten Party, auf der ich war. Und ich musste es natürlich vor meinen Eltern verheimlichen, sonst wären sie sicher ausgeflippt, darum habe ich behauptet, müde zu sein, und bin deshalb den ganzen Tag im Bett geblieben. Wie gesagt, das passiert mir nicht noch mal. Zumindest nicht nächstes Mal.

Ich bin gespannt, wie viele Leute diesmal kommen. Erinnere dich an die Party, wo wir gemeinsam waren, da waren schon viele von einer anderen Schule, aber ich wette, diesmal sind es noch mehr. Olivia ist ein bisschen verrückt und größenwahnsinnig, aber ich bin froh, dass ich immer eingeladen bin, dadurch ist wenigstens irgendwas los. Und sie ist ja nett, nur ein wenig überdreht.

Ich weiß, ich hab's schon mehrmals geschrieben, aber ich wünsche mir wirklich sehr, dass du wieder herkommst, auf Besuch, wenn schon nicht für immer. Ich denke noch immer dauernd an dich und ich bin beruhigt, dass es dir gut geht, aber ohne dich ist hier alles anders, ich bin anders. Vor zwei Jahren um die Zeit hätte ich nie gedacht, dass uns etwas trennen könnte. Schon klar, es ist nicht für immer und wenn wir erwachsen sind, finden wir jedenfalls einen Weg, zusammen zu sein, entweder hier oder in Kalifornien oder irgendwo sonst. Aber bis dahin dauert es noch so lange und ich kann es nicht erwarten, dich zu sehen, zu küssen, zu umarmen und nicht mehr loszulassen. Du fehlst mir unbeschreiblich!

So, jetzt weißt du's. Ich freue mich auf deinen nächsten Brief und ich hoffe, dass hier irgendetwas Spannendes passiert, damit ich dir dann davon berichten kann.

Ich liebe dich und ich warte auf dich, solange es dauern mag,

deine Emily

MICHAEL

Als ich Emily kennenlernte, war meine letzte Beziehung circa ein Jahr her und hatte auch nicht mehr als sechs Monate gehalten, trotzdem war es, glaube ich, die längste, die ich bis dahin hatte. Eigentlich dachte ich immer, dass ich ein Beziehungstyp wäre, aber es schien einfach nie zu passen, weshalb ich oft schon nach ein paar Wochen mit den Mädchen Schluss machte, obwohl ich sie gernhatte oder gar liebte. Nach der Beziehung, die ich während des Studiums begann und die nach einem guten Semester endete, beschloss ich, es nun als Single zu probieren.

Als Footballspieler war es sehr leicht, hübsche Studentinnen kennenzulernen und die Cheerleaderinnen warfen sich einem praktisch an den Hals. So konnte ich das Singledasein genießen, ständig auf irgendeiner Party und jedes Wochenende sturzbetrunken, und das ohne Verpflichtungen.

Eine Zeit lang war ich mir sicher, dass ich jedermanns Traum lebte. Es gefiel mir auch, zunächst, aber nach einer Weile fühlte es sich eher trostlos und unbedeutend an.

An dem Abend nach dem Spiel, als ich Emily das erste Mal traf, fiel sie mir sofort auf. Irgendwie stach sie aus der Masse hervor, ich kann nicht sagen wieso. Vielleicht auch, weil ich sie noch nie zuvor gesehen hatte oder aber, weil sie so aussah, als würde sie hier gar nicht hergehören und lieber an einem ganz anderen Ort sein.

Sie gefiel mir, blonde Haare, zierlich und ein hübsches Gesicht und ich sprach sie an, mit der Absicht, sie nach der Party abzuschleppen. Doch kaum hatte sie den Mund aufgemacht, kam da nur Sarkasmus raus, und sie hielt Football oder Sport generell für bescheuert, aber auf eine witzige Weise, also ließ ich sie nicht gehen.

Obwohl es aufs Erste so schien, als hätten wir genau nichts gemeinsam, konnten wir uns irgendwie gut riechen. Wir verstanden uns von Anfang an, ungeachtet der Tatsache, dass ich sie erst überreden musste, mit mir auszugehen, und nach kurzer Zeit fanden wir immer mehr kleine Gemeinsamkeiten. Mir war bald klar, dass ich sie als feste Freundin haben wollte, und sobald das mit Emily begann, interessierte mich keine andere mehr, und ich wollte auch sie nicht mit einem anderen teilen müssen. Nach ein paar Dates fragte ich dann, ob sie meine Freundin sein wollte, und sie antwortete mit Ja.

Irgendwie wusste ich, dass diese Beziehung halten würde, und ich bemühte mich, dass sie glücklich war. Ich schenkte ihr Blumen und kleine Stofftiere, ließ sie die Filme im Kino aussuchen und die Wochenendgestaltung übernehmen. Mit Emily ging ich zwar auch auf die ganzen Partys, aber sie bewirkte, dass ich erheblich weniger trank und viel früher gehen wollte als zuvor, denn wozu lange bleiben, wenn ich gleich mit dem schönsten Mädchen nach Hause gehen kann?

Es dauerte lange, bis sie das erste Mal bei mir schlafen wollte, und vorher gab sie mir auch keine Gelegenheit, mehr zu tun, als sie zu küssen und mit ihr Händchen zu halten. Das verunsicherte mich sehr und ich hatte schon Angst, dass sie gar nicht mit mir schlafen wollte oder dass sie einmal schlechte Erfahrungen gemacht hatte oder irgendetwas passiert wäre.

Doch als ich sie darauf ansprach, meinte sie nur, dass sie eine Weile brauche, um sich bei jemanden sicher zu fühlen, und dass sie nichts überstürzen wolle.

Also gab ich ihr Zeit, auch wenn es für mich eine Qual war, alleine ins Bett zu gehen, wenn sie doch bei mir hätte sein können, und ich die ständigen Fragen meiner Freunde satthatte, die alle Einzelheiten wissen wollten, und ich nicht wusste, was ich sagen sollte. Aber als es dann so weit war, hatte sich das Ganze gelohnt.

Eines Abends, wir waren auf irgendeiner Party und wir waren noch gar nicht lange da, tanzten ein bisschen und tranken ein Gemisch aus Cranberrysaft und Wodka, da sagte sie, es wäre langweilig und ob wir nicht zu mir gehen könnten. Ich hatte damals eine kleine Wohnung in der Nähe vom Campus und ich dachte zuerst, dass sie uns und unsere Freunde meinte und bezweifelte, dass in der Wohnung genug Platz wäre. Da lächelte sie, küsste mich und sagte dann: »Nein, ich meinte nur uns zwei.«

Also gingen wir zu mir – die Wohnung kannte sie schon, da sie mich einmal abgeholt hatte – und nachdem wir ein bisschen herumgestanden waren, bot ich an, uns etwas zu trinken zu machen. Ich experimentierte gerne mit Drinks und mischte ihr einen süßen Cocktail zusammen. Für mich machte ich eine stärkere Mischung mit Whisky und als ich aus der Küche kam, saß sie auf meinem Bett.

Ich weiß noch, es sah total unordentlich aus, das Bett war nicht gemacht und am Boden lag schmutzige Kleidung verstreut. Ich stellte die Getränke ab und wollte schnell ein bisschen Ordnung machen, aber sie hielt mich davon ab.

»Ist doch egal«, fand sie. »Schließlich hast du ja nicht gewusst, dass ich heute noch zu dir komme.« Wir stießen auf uns an, tranken ein paar Schlucke, dann stellte ich die Gläser auf den Boden und legte sie vorsichtig nach hinten um, lehnte mich über sie und begann sie zu küssen. Mit der Hand streichelte ich ihren Arm, traute mich aber nicht, unter ihr Top zu greifen, da ich sie nicht verschrecken wollte. Doch Emily war sich sicher, lächelte pausenlos, und als sie mir mein T-Shirt auszog, wusste ich, dass sie nun bereit war, und zog auch sie voller Erwartung aus.

Sie hatte mir schon früher erzählt, dass sie bereits mit anderen Männern zusammen war, und ich war froh, dass es nicht ihr erstes Mal war, weil ich es ihr nicht vermasseln oder ihr wehtun wollte. Dennoch ließen wir uns sehr viel Zeit und ich genoss es.

Als wir dann gemeinsam unter der Decke lagen und ich mich an sie schmiegte, sagte sie, sie habe es schön gefunden, und ich war total glücklich. Es fühlte sich auch für mich besonders an.

Von da an ging alles wie im Flug. Unter der Woche studierten wir und ich ging zum Training, am Wochenende war meistens ein Spiel und danach eine Party. Als wir ein Jahr zusammen waren, zog sie zu mir in die Wohnung und wir waren noch immer wie frisch verliebt. Wir waren ständig unterwegs, trafen Freunde, gingen Essen und ins Kino. Ich erreichte sogar, dass Emily auch ab und zu mit mir laufen oder schwimmen ging. Wir nutzten einfach jeden Tag voll aus und fielen am Abend oft müde ins Bett, und da sie so viel lernte und fleißig war, brachte sie mich auch dazu, mich mehr auf mein Studium zu konzentrieren.

Als ich dann meinen Abschluss in der Tasche hatte, organisierte Emily eine große Überraschungsparty für mich. Sie hatte sogar meine Eltern eingeladen, die extra aus Connecticut herkamen, und sie hatte in einem unserer Lieblingsrestaurants den ganzen Garten für meine Freunde und Familie reserviert. Ich war wirklich überrascht, denn sie hatte sich vorher gar nichts anmerken lassen, und gesagt, sie wolle mich nur zum Essen ausführen. Ich freute mich riesig darüber.

An solchen Tagen, wenn ein großer Abschnitt des Lebens vorbei ist, alle fröhlich sind und Zukunftspläne machen, kommen einem die verrücktesten Ideen – eine Bar aufzumachen, nach Europa auszuwandern – aber auch solche, die tief aus dem Herzen kommen. Als ich Emily an diesem Abend beobachtete, wie sie mit meinen Eltern sprach, in einem hübschen Kleid, die Haare schön zurechtgemacht, und wie sie mich anlächelte, als sie mich sah, wusste ich, dass ich sie heiraten wollte.

In der darauffolgenden Woche kaufte ich den Ring und überlegte pausenlos, wie ich sie am besten fragen sollte.

Ich war mir ziemlich sicher, dass sie keine Szene in der Öffentlichkeit wollte, wo viele Leute zusahen, und ich wollte auch nicht für sie singen oder so. Außerdem hatte ich Bedenken, ob sie überhaupt »Ja« sagen würde, und wenn nicht, wie es dann mit uns weitergehen würde.

So kam es, dass ich den Ring eine ganze Weile in einer Schachtel voller Krawatten versteckt hatte und einfach auf den richtigen Augenblick wartete. Ich war mir absolut nicht sicher; musste man an dem Tag etwas Besonderes machen und sollte ich einen Anzug dabei tragen? Was wurde da eigentlich von einem erwartet?

Als ich eines Morgens, es war ein Samstag, aufwachte und Emily noch neben mir schlief, beschloss ich, sie jetzt gleich zu fragen. Dann hätten wir nämlich den ganzen Tag, um etwas Schönes zu unternehmen, und sie könnte sich aussuchen, was sie wollte.

Ich holte also den Ring heraus und schlich zu ihrer Seite des Bettes, um mich dort hinzuknien. Den Ring hielt ich in der rechten Hand versteckt, mit der linken deckte ich sie vorsichtig ab und strich ihr die Haare aus dem Gesicht, damit sie aufwachte.

Sie war augenblicklich munter und fragte, ob es mir gut ginge und warum ich am Fußboden läge. Gleich wollte sie aufstehen und stellte schon die Füße auf den Boden, da sagte ich schnell: »Ich hab was für dich«, und streckte ihr die Hand entgegen und öffnete sie, damit sie den Ring sehen konnte.

Sie sah mich an, das Schmuckstück in meiner Hand, dann wieder mich und sagte kein Wort. Sie war wohl noch ziemlich verschlafen und ich wusste nicht, ob sie erkannt hatte, dass es ein Verlobungsring war und nicht irgendein normaler Ring, also fragte ich: »Emily, willst du mich heiraten?«

Emily schluckte, brauchte einen Moment, um ihre Sprache wiederzufinden, dann nickte sie und antwortete schließlich mit »Ja«. Ich umarmte sie, gab ihr einen Kuss und steckte ihr den Ring an.

Wir blieben den ganzen Vormittag im Bett, ich brachte ihr sogar Frühstück auf einem Tablett, und wir machten schon die ersten Pläne für die Zukunft.

Ich glaube, ich weiß noch jedes Wort, das sie damals sagte, so gut brannte sich dieser Tag in mein Gedächtnis ein. Oh Mann, ich war wirklich glücklich. Ich war so froh, dass sie mich heiraten wollte. Eine Zukunft ohne sie hätte ich mir nicht vorstellen wollen.

Wir verbrachten also den Vormittag im Bett, zu Mittag aßen wir in der Pizzeria, wo wir unser erstes Date hatten, und danach gingen wir in einem Park spazieren.

Am Nachmittag nahm ich an einem Footballspiel teil und Emily sah wie immer zu, doch statt der Party danach zogen wir uns schick an. Sie trug ein elegantes, rotes Kleid und ich einen Anzug und wir fuhren zu einem romantischen Restaurant mit Tischen im Garten und herrlichem Ausblick. Das Essen war toll, auch wenn es an diesem Abend nebensächlich war. Dann spielte auch noch eine Band live Musik und obwohl ich nicht gut tanzen kann und es vermied, mich vor anderen dabei bloßzustellen, schaffte es Emily, mich auf die Tanzfläche zu zerren, wo wir uns für ein paar Lieder, so gut es ging, hin und her bewegten.

Wir hatten so einen Spaß dabei, dass wir ständig nur lachten, und ich erinnere mich noch ganz genau, wie sie mich damals ansah, als wir als einziges Tanzpaar auf der ganzen Fläche zu irgendeinem Elvis-Lied tanzten, während sich das Restaurant leerte und die Kellner die letzten Tische abräumten und die Sessel daraufstellten.

MILO

Ich lasse das Waschbecken volllaufen und creme mir mein Gesicht mit dem Rasierschaum ein, den ich mühsam aus meiner vollen Tasche hervorgekramt habe. Langsam rasiere ich mir den Bart ab, der mich schon ein wenig genervt hat, und freue mich über die glatt rasierte Haut, als ich fertig bin und die letzten Reste des Schaums abwaschen kann. Geduscht bin ich auch schon, ein Motel alle paar Tage ist absolut notwendig. Außerdem finde ich es toll, wenn ich einmal einen Abend lang vor dem Fernseher liegen kann.

Ich bin froh, dass ich bald meine eigene Wohnung beziehen kann. Es dauert nur noch ein paar Tage, dann kann ich meine Matratze endlich wieder aus dem Auto holen. Nicht dass es so schlimm wäre, im Auto zu schlafen, aber es ist einfach kein Vergleich zu einem echten Bett.

Auch nach dem Essen mit Emily und ihrem Mann muss ich ständig an sie denken. Ich habe echt zu wenig zu tun. Zum Glück hat das mit dem Job in der Bar geklappt, so werde ich nicht nur an etwas Geld kommen, sondern bin auch für ein paar Stunden pro Tag beschäftigt. Morgen Abend geht es los, ich freue mich wirklich darauf.

Die ganze Zeit an Emily zu denken und darüber, wie es weitergehen soll, macht mich wahnsinnig.

Es hat mir gefallen, dass wir uns wiedergesehen haben, obgleich ihr Ehemann scheinbar etwas gegen mich hat und ich auch nicht gerade behaupten kann, dass ich gut mit ihm ausgekommen bin. Aber das ist mir egal. Emily hat gesagt, wir könnten uns wiedersehen, und ich nehme sie beim Wort. Zu ihr nach Hause muss ich so schnell nicht wieder, aber es gibt ja genug Möglichkeiten, sich zu treffen.

Es ist jetzt eine Woche her, dass ich bei ihr zum Abendessen war, und ich brenne darauf, sie erneut zu sehen. Warum also nicht heute?

Meine Sachen lasse ich im Motelzimmer und sperre es ab, als ich es verlasse. Am Weg zu meinem Auto sehe ich auf die Uhr – es ist vierzehn Uhr dreißig – und befinde, dass sich das ganz gut trifft. Ich fahre die paar Minuten Richtung Stadtkern und parke in einer Seitenstraße bei dem Park vor ihrer Anwaltskanzlei.

Da ich keine Ahnung habe, wann sie heute mit der Arbeit fertig sein wird, nehme ich meine Gitarre mit und setze mich damit auf dieselbe Parkbank, bei der ich ihr das erste Mal aufgelauert habe. Es ist ziemlich warm heute, auch wenn die Sonne sich die meiste Zeit hinter einer Wolkenschicht versteckt, und ich ziehe meinen Pullover aus, um ihn neben mich zu legen.

Ich muss nicht lange überlegen, was ich spielen soll, und fange einfach mit dem Lied an, das mir als Erstes in den Sinn kommt. Es gehen nicht sehr viele Leute vorbei und die wenigsten beachten mich oder hören zu, aber das macht nichts. Unbeirrt spiele ich weiter, ohne den Gebäudeausgang aus dem Blick zu verlieren.

Es ist kurz vor vier, als ich Emily entdecke. Sie geht mit einem Mann im Anzug die Stufen hinunter und unterhält sich mit ihm, ich schätze, es ist ein Arbeitskollege.

Da mir momentan sowieso niemand zuhört, unterbreche ich mitten im Lied und stehe auf, die Gitarre noch in der Hand. Ich warte, ob Emily mich sieht oder ob ich sie rufen muss, doch sie ist noch nicht einmal bei der letzten Stufe angelangt, da blickt sie in meine Richtung und bleibt kurz stehen, als sie mich sieht. Das freut mich und sofort huscht ein Lächeln über mein Gesicht. Vielleicht schaut sie jetzt jeden Tag zu dem Park, um zu sehen, ob ich da bin.

Ich beobachte, wie sie sich von dem Mann verabschiedet und dann auf mich zu geht. Als sie näherkommt, erkenne ich, dass sie lächelt.

»Hey!«, begrüßt sie mich fröhlich und ich breite die Arme ein wenig aus, um sie kurz an mich zu drücken.

»Hallo, wie geht's?«, frage ich sie dann und sie erwidert: »Gut.«

»Wie lange wartest du denn schon hier?«, will sie mit hochgezogenen Augenbrauen wissen. »Weißt du, in der Kanzlei gibt es eine Rezeption mit drei gelangweilten Angestellten, die nur darauf warten, dass jemand kommt und nach Emily Rosewood fragt, damit sie demjenigen weiterhelfen können.«

Sie ist gut gelaunt und setzt sich auf die Bank, wo mein Pullover liegt, und schaut mich dann belustigt an. Heute trägt sie einen grauen Rock mit dazu passendem Blazer, darunter irgendetwas Weißes. Ihre Haare sind fast ganz offen, sie hat nur mit einer dünnen Spange eine Strähne nach hinten gesteckt. Sie sieht unglaublich gut aus, wobei ich mich an diesen Kleidungsstil erst gewöhnen muss.

»Ach, ich hab so viel Zeit, ich warte gerne auf dich. Ich will dich ja auch nicht von der Arbeit abhalten«, erkläre ich, setze mich zu ihr und packe meine Gitarre ein. Die paar Dollarscheine und Münzen aus der Tasche stecke ich in meine Hosentasche.

»Ich kann mir meine Arbeit einteilen, also nächstes Mal kannst du mich gerne von meinem Zimmer abholen«, behauptet sie lachend und schaut mich vergnügt an.

»Vielleicht«, gebe ich nur zur Antwort und es freut mich, dass sie jetzt schon vom nächsten Mal spricht. »Hast du jetzt überhaupt Zeit?«, will ich dann wissen.

»Ja, hab noch nichts vor«, bestätigt sie. »Was willst du denn machen?«, fragt sie sofort nach.

Ich überlege. Tatsächlich habe ich noch nicht darüber nachgedacht, was wir machen könnten, mir ging es einfach darum, sie zu sehen.

»Willst du mir etwas auf der Gitarre vorspielen?«, fragt sie bittend, aber ich habe jetzt gerade keine Lust.

»Nein, jetzt nicht«, entgegne ich und lehne mich zurück.

»Bist du schon in der Wohnung? Kann ich sie sehen?«, horcht sie mich aus und ich muss sie enttäuschen.

»Nein, noch habe ich sie nicht. Außerdem muss ich sie erst renovieren, es wird dauern, bis du das erste Mal kommen kannst.«

»Ach so«, meint sie ein wenig gedämpft. »Vielleicht kann ich dir ja dabei helfen?«, schlägt sie dann vor und ihre Augen strahlen.

Ich muss lachen.

»Ich versuche gerade, mir vorzustellen, wie du Fliesen rausreißt oder ein Waschbecken montierst«, offenbare ich ihr und sie tut so, als wäre sie beleidigt.

»Also irgendwas kann ich doch sicher machen«, beharrt sie und verschränkt die Arme vorm Körper.

»Uns wird dann schon etwas einfallen«, versichere ich ihr. »Was willst du denn jetzt tun? Was machst du sonst nach der Arbeit?«, frage ich sie neugierig.

»Nicht viel. Meistens gehe ich gleich nach Hause oder noch etwas einkaufen. Ab und zu trinke ich irgendwo einen Kaffee und heute wollte ich eigentlich ein paar Bücher zurück in die Bücherei bringen, aber das eilt nicht, das kann ich auch ein anderes Mal machen«, schildert sie ihre Gewohnheiten.

»Nein, gehen wir in die Bücherei, ich komme mit«, beschließe ich begeistert, denn mir ist augenblicklich danach, ein paar neue Bücher zu entdecken.

»Wirklich?«, fragt sie unsicher. »Ist das okay?«

»Klar!«, bestätige ich und stehe gleich auf.

»Na gut«, meint Emily und erhebt sich ebenfalls. »Da lang, die Straße runter«, erklärt sie mir und deutet in Richtung Innenstadt. Wir gehen los und ich schultere mir meine Gitarre und trage meinen Pullover in der Hand.

»Liest du immer noch so gerne?«, will sie wissen. »Damals hast du mir ja ständig geschrieben, was du gerade liest und was du noch alles lesen willst«, erinnert sie sich.

»Ja sehr gerne. Ich habe einen Haufen Bücher im Kofferraum, die meisten davon hab ich geschenkt bekommen. Meine Bücher von früher sind alle noch in Anaheim«, erzähle ich.

Wir müssen bei einer Ampel warten und ich mustere sie von der Seite. Ihre Haare glänzen im Sonnenlicht und ich bin nicht der Einzige, der sie anstarrt. Ein paar Meter entfernt stehen zwei Männer, die beide zu Emily schauen und sich scheinbar über sie unterhalten, doch als sie meinen Blick sehen, hören sie schlagartig auf. Kurz bin ich verwundert, dann wende ich mich wieder Emily zu.

»Es ist nicht mehr weit«, teilt sie mir mit, als ich sie ansehe, und ich nicke. Die Ampel wird grün und wir überqueren die Straße.

Es sind wahnsinnig viele Menschen unterwegs, es scheint so, als würden gerade alle von der Arbeit heimgehen. Wir schlängeln uns durch die Massen, bis Emily in eine Seitenstraße abbiegt und dann gleich auf das erste Gebäude zusteuert.

»Hier ist es«, verkündet sie und öffnet die Glastür. Von außen hätte ich nicht gedacht, dass das eine Bücherei ist, aber im Inneren ist es nicht zu übersehen.

Meterhohe Regale stehen aneinandergereiht und das schon ein paar Schritte neben der Eingangstür. Die Gänge sehen alles andere als übersichtlich aus, es ist hier total verwinkelt und eng. Am Boden stehen einige Kisten mit Büchern gestapelt, die einsortiert werden müssen, und ein Korridor ist mit einer riesigen Leiter versperrt.

»Es gefällt mir hier«, finde ich wahrheitsgemäß und Emily stimmt mir zu: »Mir auch.«

»Das könnte aber auch der Beginn von einem Horrorfilm sein«, überlege ich laut und Emily lacht kurz.

Sie geht voraus und bahnt sich einen Weg an den Kisten vorbei und ich folge ihr. Es ist hier so ruhig, als Kontrast zu den Menschenmassen draußen, wirklich sehr angenehm.

»Arbeitet hier überhaupt jemand?«, frage ich Emily und sie antwortet beiläufig: »Manchmal schon. Aber ich glaube, sie haben sich schon mit dem Chaos abgefunden. Sprich bloß niemanden darauf an, letztes Mal wäre der eine fast in Tränen ausgebrochen«, warnt sie mich und ich muss lachen. Sie dreht sich um und strahlt mich an.

»Na gut, ich such mir mal ein paar neue Bücher aus«, informiert sie mich und sieht sich schon ein Regal neben einem Fenster an. »Wenn du willst, kannst du dir auch Bücher mit meiner Karte ausleihen«, bietet sie mir an, ohne aufzusehen.

Ich gehe weiter und stoße auf ein paar alte Bücher, die mich interessieren könnten, und hole sie heraus, um den Klappentext zu lesen.

»Hm, gerne«, antworte ich und konzentriere mich dann auf den Text.

Wir stöbern noch eine Weile herum und da ich schon drei Bücher ausgewählt habe, die ich lesen will, schlendere ich nur so durch die Bücherei und staune über die vielen Gänge. Ich finde es großartig hier.

»Milo?«, ruft Emily und ich drehe mich um.

»Ich bin hier«, erwidere ich und will ihr entgegengehen, habe aber keine Ahnung, wo sie ist und wie ich zu ihr komme.

»Wo?«, fragt sie nach und ihre Stimme klingt schon näher.

»Hier!«, rufe ich wieder und sehe mich um, doch außer Büchern ist natürlich nichts zu sehen.

»Oh, da bist du«, höre ich sie dann sagen und ich entdecke sie hinter dem Regal, bei dem ich stehe. »Bleib stehen, ich komme zu dir«, befiehlt sie und in wenigen Augenblicken steht sie vor mir.

Sie hat einen ganzen Stapel Bücher bei sich und ich nehme ihn ihr ab.

»Ich trage sie schon«, entscheide ich, ohne sie überhaupt zu fragen.

Sie bedankt sich, dann gehen wir den Gang zurück und immer weiter, bis wir wieder bei der Eingangstür sind. Danach biegen wir nach links ein und stehen auf einmal in einem anderen Zimmer, ebenfalls voller Bücher.

Ich pfeife anerkennend.

Emily führt uns weiter direkt zu einem Schreibtisch, wo ein Mann sitzt, der in den Stapeln voller Papiere irgendetwas zu suchen scheint. Er wirkt wirklich unglücklich.

»Hallo, wie geht's?«, grüßt Emily ihn fröhlich und er blickt auf und grüßt verwirrt zurück. Sie holt zuerst ihre Mitgliedskarte aus ihrer großen Handtasche und dann ein Buch nach dem anderen heraus, um es auf den Tisch zu legen, und ich wundere mich gerade, wie schwer die Tasche gewesen sein muss.

Der Mann scannt sie alle ein und fragt, ob sie wieder welche ausleihen möchte.

»Natürlich«, antwortet sie und ich stelle den ganzen Stapel vor ihn hin. Er scannt sie seelenruhig ein und ist gar nicht über die Menge verwundert. Als er fertig ist, wünscht er uns noch einen schönen Tag, senkt seinen Blick gleich wieder und seufzt.

Wir verabschieden uns und ich sage noch bewundernd: »Eine tolle Bücherei!«, doch der Angestellte schaut mich nur kurz finster an, bevor er weitermacht.

Kaum sind wir außer Hörweite, lacht Emily.

»Du solltest doch keinen Kommentar zu der Bücherei machen«, wirft sie mir vor und ich zucke mit den Schultern.

»Das war ein Kompliment. Es ist wirklich toll hier«, bleibe ich dabei und sie nickt.

»Ich weiß.«

»Bist du oft hier?«, frage ich sie und glaube, die Antwort schon zu kennen.

»Jede Woche«, bestätigt sie und ich grinse.

»Zum Glück gibt es so viele Bücher, dir wird der Lesestoff nie ausgehen«, meine ich und sie schmunzelt wieder.

Hat sie immer schon so viel gelächelt? Vielleicht bilde ich mir das auch ein, aber heute strahlt sie mich an, als wäre ich das Beste, was ihr je passiert ist. Es ist schwer, nicht zurückzulächeln. Keine Ahnung, wie man sich nicht in sie verlieben kann.

»Willst du jetzt noch einen Kaffee trinken?«, schlage ich vor, als wir wieder auf der Straße sind, und sie erwidert sofort: »Ja, gerne! Kaffee geht immer«, und wir marschieren los.

»Ein nettes Café«, gebe ich zu und lehne mich gemütlich an die Rückenlehne. Ich bin gerne im Freien und bei dem schönen Wetter umso mehr. Das Café liegt in einer ruhigeren Gasse und hat auch auf einer Terrasse Tische mit gepolsterten und sehr bequemen Sitzbänken. Emily sitzt auf einem großen

Sessel neben mir und hat die Augen geschlossen, um die Sonne zu genießen.

»Ja, ich bin total gerne hier«, stimmt sie mir verträumt zu und ich beobachte sie, während ich meinen Kaffee trinke.

Sie sieht genauso aus wie damals, ihr Gesicht hat sich nicht verändert. Als sie die Augen öffnet und herschaut, sehe ich nicht weg und unsere Blicke treffen sich.

»Du hast dir lauter Krimis ausgesucht, hab ich gesehen. Ich wusste nicht, dass du die gerne liest«, bemerke ich und sie nickt eifrig.

»Ich liebe Krimis. Seit Jahren lese ich praktisch nichts anderes«, erzählt sie.

»Bist du deshalb Anwältin geworden?«, will ich neugierig wissen und sie überlegt.

»Ich weiß nicht, es hat mich schon immer interessiert, Kriminalfälle und so, aber mit meinem jetzigen Beruf hat das wenig zu tun. Ich bearbeite Markenrechtsverletzungen, also eher langweilige Sachen«, erklärt sie.

»Bei der Kriminalpolizei wäre es sicher spannender«, schlage ich vor und sie lacht.

»Klar, die warten da gerade auf mich!«

Sie nimmt einen Schluck von ihrer riesigen Tasse und stellt sie dann wieder auf den kleinen Tisch, der zwischen uns steht.

»Warum hast du denn nicht studiert?«, fragt sie dann ernst und ihr Blick durchbohrt mich.

»Es war mir nicht wichtig«, gestehe ich ausweichend, ich habe tatsächlich kaum Zeit damit verbracht, mir über ein Studium Gedanken zu machen. Bei mir drehte sich einfach alles um sie.

»Früher wolltest du mal Gärtner werden«, erinnert sie sich dann und ich muss schmunzeln.

»Und du hast gemeint, du wirst Stewardess«, entgegne ich. »Bist du überhaupt schon mal geflogen?«, frage ich Emily.

»Klar. Aber nicht oft. Du?«

»Nein, ich fahre lieber Bus«, behaupte ich und sie lacht wieder. »Am liebsten so drei Tage lang«, füge ich grinsend hinzu, als Anspielung auf die Reise von St. Bastian nach Anaheim.

»Genau. Ich verstehe schon, warum du mich nie besucht hast«, meint sie, was mich traurig macht.

»Das bereue ich sehr«, versichere ich ihr ernst und sie blickt auf ihre Tasse.

Wieso sieht sie mir jetzt nicht in die Augen? Ich zögere kurz, dann setze ich nach: »Es hätte alles anders ablaufen können.«

Sie zuckt mit den Schultern, dann schaut sie wieder auf.

»Das weißt du nicht«, behauptet sie, aber ich bin mir sicher.

»Klar. Wenn ich dich öfter besucht hätte, wären wir jetzt noch immer zusammen«, erläutere ich ihr und sie runzelt die Stirn.

»Nein, wohl eher nicht. Wir hätten uns wahrscheinlich irgendwann getrennt«, widerspricht sie, es klingt allerdings wenig überzeugend.

»Warum denn? Weil du mir auf die Nerven gegangen wärst?«, hake ich belustigt nach.

»Nein, eher weil du mich wahnsinnig gemacht hättest!«, korrigiert sie mich und ich tue so, als wäre ich beleidigt.

»Du meinst, wir hätten Schluss gemacht, als du auf die Uni gegangen bist?«, überlege ich weiter und sie bestätigt es: »Zum Beispiel.«

»Ich wäre mitgekommen«, entgegne ich sofort.

»Vielleicht hättest du auch eine andere kennengelernt«, kontert sie und ich lache einmal trocken.

»Ja, klar«, erwidere ich dann sarkastisch.

Sie weiß, dass sie immer die Einzige für mich war. Ich will ihr in die Augen sehen und wissen, was sie jetzt gerade denkt.

Es fühlt sich seltsam an, darüber zu reden, wie es hätte sein können, und ich würde gerne erfahren, wie es ihr dabei geht.

»Wir werden es wohl nie wissen«, beendet sie dann seufzend die Überlegungen und nimmt sich wieder ihre Kaffeetasse.

Ich belasse es dabei. Mein Kaffee ist fast weg und ich trinke ihn mit einem Zug aus. Dann setze ich mich wieder gemütlich hin und streiche mir eine Haarsträhne zurück.

»Also, warum bist du eigentlich nicht Stewardess geworden?«, will ich dann grinsend wissen und Emily rollt mit den Augen, kann sich aber ein Lächeln nicht verkneifen.

EMILY

Ich erinnere mich noch an den Tag, an dem Milo das erste Mal bei mir geschlafen hat. Das war aber keine romantische Sache, dafür waren wir zu jung. Wir müssten so um die elf oder zwölf Jahre alt gewesen sein. Damals waren wir beste Freunde, die es kaum einen Tag ohne einander aushielten.

Eines Abends jedenfalls bin ich schon im Bett gelegen, das Licht hatte ich bereits abgedreht, und wollte gerade einschlafen.

Meine Eltern waren noch im Wohnzimmer und sahen fern, das war an dem schmalen Lichtstreifen zu erkennen, der unter meiner Zimmertür hineinschien. Es war allerdings schon Ruhe eingekehrt, sodass nur das Rascheln der Bäume im Garten und ab und zu ein Auto irgendwo in der Nachbarschaft zu hören waren.

Irgendwann bemerkte ich Schritte und auch ein Knacken von Ästen, die auf unserem Grundstück zuhauf am Boden lagen, und noch bevor ich mich wirklich aufgesetzt hatte, vernahm ich Milos Wispern: »Emily? Emily? Bist du wach?«

Natürlich stand ich sofort auf und ging neugierig zum Fenster, um es zu öffnen. Ich bemühte mich, so leise wie möglich zu sein, und hoffte, dass meine Eltern es nicht hören würden.

Draußen standen Milo und seine kleine Schwester, die er an einer Hand hielt. Beide sahen mitgenommen und verwirrt aus.

Milo kam näher und ich beugte mich zu ihm hinunter und fragte: »Was ist denn los? Was ist passiert?«, und er zögerte eine Weile, bevor er antwortete.

Er hatte den Kopf gesenkt, trat von einem Fuß auf den anderen und blickte kurz auf seine Schwester, ehe er erklärte, dass sein Vater viel zu viel Alkohol getrunken habe und wegen irgendetwas schrecklich wütend sei. Die beiden hatten große Angst gehabt und sich nicht getraut, schlafen zu gehen.

»Können wir vielleicht heute Nacht bei dir bleiben?«, flüsterte er dann. »Wir verschwinden auch gleich am Morgen, sodass niemand etwas merkt.«

»Na klar«, sagte ich ohne Zögern und ich weiß noch, wie aufgeregt ich damals war.

Glücklicherweise war mein Zimmer im unteren Geschoss, sonst wäre das Ganze unmöglich gewesen.

Ich holte schnell eine Kiste, leerte den Inhalt leise auf den Boden und reichte sie hinaus, damit die beiden sie als Stufe verwenden konnten.

Zuerst kletterte Katie hinein und als ich ihr beim Hereinkommen half, bemerkte ich, dass sie nur ihr Nachthemd anhatte und barfuß gekommen war. Ihre Augen kamen mir riesig vor und ihr Blick verriet, dass sie Angst hatte. Sie sagte allerdings kein Wort.

Milo kam alleine durch das Fenster und ich schloss es nahezu geräuschlos wieder. Einen Moment lang dachte ich, dass wir zu laut gewesen wären und gleich jemand meine Tür öffnen würde, und so warteten wir im Stehen, ohne ein Geräusch zu machen. Dabei schauten uns bei der schwachen Beleuchtung durch eine Straßenlaterne und dem Licht, das aus dem Wohnzimmer hereinkam, gegenseitig an.

Nach einigen Augenblicken beruhigten wir uns ein wenig, denn es war nach wie vor still im Haus.

Da bemerkte ich, dass Milo auf der Stirn blutete und die Stelle auch angeschwollen war, doch als ich ihn darauf ansprach, schüttelte er nur den Kopf. Er wollte nicht darüber reden und ich akzeptierte das.

Ich beschloss, dass Katie auf meinem kleinen Sofa schlafen konnte, für sie würde es ausreichen. Also nahmen wir alle Stofftiere, Puppen und unnötigen Kissen weg und ich holte ein Laken aus meinem Kasten und eine Decke, mit der sie sich zudecken konnte. Sie sprach während der ganzen Aktion nicht, legte sich aber sofort hin, als Milo es ihr sagte.

Danach machte ich mich daran, einen Schlafplatz für Milo zu suchen, und sah dann, wie er sich zu seiner Schwester beugte, ihre Hand noch mal drückte und ihr zuflüsterte, sie brauche keine Angst zu haben. Er kümmerte sich immer liebevoll um seine Schwester.

Da ich kein zweites Sofa hatte und der Holzboden viel zu unbequem zum Schlafen wäre, bot ich Milo an, zu mir in mein Bett zu kommen.

Er war sofort einverstanden und nickte kurz, dann zog er sich seinen Pullover aus und ich stellte fest, dass auch er ohne Schuhe gekommen war. Ich stieg zuerst ins Bett, er kam danach hinein und wir beide lagen, ohne ein Wort zu sagen, unter meiner Decke.

Die Situation war schon komisch, aber ich habe mich immer wohl bei Milo gefühlt, ganz natürlich und sehr nahe. Er bedeutete mir wirklich wahnsinnig viel.

Ohne ihn um Erlaubnis zu bitten, wischte ich ihm beim schlechten Licht der Straßenlaterne mit einem Taschentuch das Blut aus seinem Gesicht und tupfte vorsichtig auf die Wunde, die kaum noch blutete.

Er schaute mich dabei nur an, schweigend, und als ich fertig war, nahm ich seine Hand und hielt sie fest, bis wir irgendwann einschliefen.

Milo weckte mich am nächsten Morgen auf und wisperte mir zu, dass sie jetzt gehen müssten.

Ich schaute auf meine Uhr und sah, dass er recht hatte.

Wir standen leise auf, Milo rüttelte seine Schwester wach, die an ihrem Daumen lutschend eingeschlafen war, und ich öffnete vorsichtig das Fenster. Draußen war es schon hell, aber ein schneller Blick auf die Straße verriet mir, dass noch nicht viel los war. Meine Eltern waren zum Glück noch nicht aufgestanden. Sie würden es also unbemerkt hinausschaffen.

Milo half erst Katie nach draußen, dann beeilte er sich beim Herausklettern.

»Wir sehen uns am Schulweg«, sagte er leise, dann reichte er mir die Kiste wieder hinein, nahm seine Schwester an der Hand und ging mit ihr schnell in die Richtung ihres Hauses.

Ich hatte gerade genug Zeit, um mein Zimmer wieder so aufzuräumen, dass niemand Verdacht schöpfen würde, als ich schon meine Mutter hörte, die kam, um mich zu wecken. Sie bemerkte nichts und ich versuchte auch, meine Anspannung zu verbergen.

Als ich das Haus verließ, um mich auf den Weg zur Schule zu machen, hatte ich auf einmal Angst, dass Milo nicht da sein würde, doch er stand bereits bei unserem Treffpunkt, seine Schwester wie immer bei ihm, und wartete auf mich.

»Hat alles geklappt?«, erkundigte ich mich aufgeregt, er nickte nur und wir machten uns auf den Weg.

»Was ist mit deinem Dad?«, wollte ich wissen und er antwortete emotionslos: »Er schläft.«

Also sprachen wir nicht mehr darüber und gingen zur Schule.

Milo und Katie schliefen oft bei mir, manchmal auch mehrere Nächte hintereinander, und mich interessierte, ob sich ihr Vater denn keine Sorgen um die beiden machte.

»Gar nicht. Es fällt ihm nicht mal auf, dass wir nicht da sind«, behauptete Milo einmal.

Irgendwann fragte ich nicht mehr nach, was denn los sei, weil es eigentlich immer dasselbe war und im Grunde war es egal.

Wir entwickelten auch eine gewisse Routine; wenn ich ihn am Fenster hörte, suchte ich gleich nach der Kiste und während er das Sofa herrichtete, holte ich die Decke für Katie.

Einmal weiß ich, hatten die beiden so einen Hunger, dass vor lauter Magenknurren niemand von uns schlafen konnte. Also schlich ich in der Nacht in die Küche, um etwas Brot und Wurst zu holen. Das wurde dann auch bald zur Gewohnheit, wobei ich immer darauf achtete, dass nicht zu viel fehlte, damit meine Eltern mir nicht auf die Schliche kamen. Die beiden hatten ständig Hunger.

Manchmal versteckte ich auch vorsorglich Essen in meinem Zimmer, damit ich ihnen etwas geben konnte, wenn sie kamen. Schokolade oder Kekse, die ich von Verwandten geschenkt bekommen hatte, oder die Süßigkeiten von Ostern; das alles schmeckte am besten, wenn wir es uns mitten in der Nacht teilten.

Es war bald nichts Besonderes mehr für mich, sondern einfach selbstverständlich. Ich freute mich, dass ich helfen konnte, und war stolz, dass wir ein gemeinsames Geheimnis hatten.

Da das Ganze über Monate hinweg gut ging, ohne dass wir Ärger bekamen, vergaß ich irgendwann, mir Sorgen zu machen, dass meine Eltern es herausfinden würden. Umso überraschter war ich dann, als mich eines Morgens mein Vater fragte, warum Milo und Katie eigentlich nie zum Frühstück bleiben würden.

Ich verschluckte mich an meinem Kakao, hustete sekundenlang und wurde knallrot im Gesicht. Als ich meinem

Vater entgeistert in die Augen sah, fing er an zu schmunzeln, und ich erkannte, dass er nicht böse war.

»Ihr Kinder haltet uns wohl für ganz blöd, oder?«, meinte er amüsiert und widmete sich dann wieder seiner Zeitung.

MICHAEL

Ich hatte so einen Kater, dass ich am liebsten den ganzen Tag im Bett geblieben wäre, und wenn ich nichts vorgehabt hätte, wäre das auch der Fall gewesen. Als ich die Augen öffnete, stach es richtig in meinem Kopf, und ich wusste gar nicht, wie ich aufstehen, geschweige denn, mich anziehen sollte. Der Wecker hatte mich aus dem Schlaf gerissen und es kam mir vor, als wären es nur fünfzehn Minuten gewesen. So gern ich ihn einfach abgedreht und weitergeschlafen hätte, es ging nicht. Nicht heute.

Emily hatte mich gewarnt, dass es keine gute Idee wäre, den Junggesellenabend direkt vor der Hochzeit zu machen, und sie hatte natürlich recht.

Ich muss nur dazu sagen, dass ich fix damit gerechnet hatte, dass mich die Jungs schon einen Tag früher zurückbringen würden. Hatten sie aber nicht. Sie dachten, einen Abend lang feiern ist nicht genug, und machten gleich ein ganzes Wochenende daraus. Schließlich war ich der Erste von uns, der heiraten wollte, und deshalb hatten meine Freunde so viel geplant und sich ordentlich ins Zeug gelegt.

Nichts fehlte, was bei einem ordentlichen Junggesellenabend dabei sein sollte: Limousine, Casino und Stripperinnen. Ein Atlantic City-Wochenende, Kopfschmerzen inklusive. Das Ganze war eine Überraschung für mich gewesen, ich hatte bis zur Abfahrt keine Ahnung, was auf mich zukommen würde, und mein Trauzeuge Pete hatte sich wirklich selbst übertroffen. Wir hatten so einen Spaß wie noch nie. Dafür bezahlten wir auch mit einem Mega-Kater.

Ich zog mich schnell an und ging kurz ins Bad, um mich ein wenig frisch zu machen. Dann packte ich meine paar Sachen zusammen, die sich in den zwei Tagen im Hotelzimmer verteilt hatten, da klopfte auch schon Pete und rief, dass wir fahren müssten.

Nachdem wir gezahlt hatten und uns genug Essen und Kaffee fürs Frühstück besorgt hatten, stiegen wir wieder in die Limousine, die uns zurück nach Boston brachte. Keiner von uns hätte fahren können, das war klar. Aber Pete hatte alles gut organisiert. Wir würden zu Mittag wieder daheim sein und es würde noch genug Zeit zum Duschen und Anziehen bleiben.

Die Fahrt war schleppend und wir hingen alle nur so in den Sitzen, keiner hatte das Bedürfnis zu reden oder etwas zu essen. Luke musste sich mehrmals übergeben, weshalb wir kurz anhielten. Die letzten zwei Stunden blickte ich praktisch nur auf meine Armbanduhr, um zu sehen, ob es sich ausgehen würde. Nicht, dass ich jetzt noch etwas hätte ändern können.

Ich rief Emily an und versprach ihr, dass ich rechtzeitig kommen würde.

Sie klang nicht begeistert, auch sie hatte damit gerechnet, dass ich schon gestern zurück sein würde, doch sie war nicht unbedingt böse. Das war sie zum Glück nie. Emily sagte, sie würde mir alles hinlegen, was ich brauchte, und mich dann bei der Kirche treffen. So war es zwar nicht geplant, aber es würde schon gehen, ihre Eltern würden ihr mit den letzten Vorbereitungen helfen.

Als ich vor unserer Wohnung abgesetzt wurde, sprintete ich richtig hinauf und duschte, so schnell ich konnte. Ich versuchte, mich beim Rasieren einerseits zu beeilen, aber andererseits darauf zu achten, dass es nicht in einem Blutbad endete. Dann zog ich Hemd, Hose und Sakko an, die Krawatte band ich erst im Taxi zur Kirche. Da konnte ich erstmals aufatmen, denn es würde sich gut ausgehen und ich hatte mit Sicherheit nichts vergessen – was daran lag, dass ich nichts mitnehmen musste.

Emily hatte sich um alles gekümmert, sie hatte alles organisiert und ausgesucht und hatte auch jetzt dafür gesorgt, dass schon alles bei der Kirche oder im Restaurant war.

Ich hatte ihr freie Hand gelassen, Details wie die Einladungen, die Blumen oder die Tischordnung interessierten mich nicht und bei Dekoration und Brautjungfernkleidern konnte ich ihr sowieso nicht helfen. Wir hatten nur die Kirche gemeinsam ausgesucht und die Ringe und den Anzug gekauft, den musste ich selbstverständlich probieren. Ihr Kleid hatte ich noch nicht gesehen, ich wusste nur, dass es weiß war.

Bei der Kirche bezahlte ich den Taxifahrer und begrüßte schon die ersten Gäste, die sich davor versammelt hatten. Das Wetter war super und es war mir sogar fast zu warm in dem Anzug. Die Sessel standen schon im Garten hinter der Kirche, wo die Trauung stattfinden würde.

Ich fand Emilys Eltern und sie sagten mir, dass sie in einem Raum im Pfarrhof sei und sich dort mit den Brautjungfern fertigmachen würde. Also begab ich mich dorthin und musste gar nicht lange suchen, da traf ich schon ihre Schwester Ellie, die mir das Zimmer zeigte.

Zuerst sah ich sie gar nicht, dann nur die Spiegelung in der Glastür und als sie dann vor mir stand, blieb mir die Luft weg.

Sie war atemberaubend schön. Das Kleid sah richtig gut aus, sie war geschminkt und der Schleier hing schon in den aufgesteckten Haaren.

Emily war nicht böse, dass ich erst jetzt kam, aber ich merkte, dass sie nervös war. Sie müsse an tausend Dinge denken, behauptete sie, und sie hatte Angst, etwas vergessen zu haben.

Ich beruhigte sie, sagte ihr, wie toll sie aussehe, und gemeinsam gingen wir dann ins Freie, weil die Trauung beginnen sollte.

Traditionellerweise brachte Emilys Vater sie zum Altar, wobei das bei uns eher ein Stehpult mit Blumen darauf war, hinter dem der Priester stand.

Aufgeregt wartete ich vorne bei unserer geschmückten Bank und sah mir die Gäste an, die sich alle schon versammelt hatten. Pete stand schon neben mir und war bereit, seine Rolle als Trauzeuge zu spielen. Meine anderen Freunde grinsten mir von weiter hinten zu.

Die Musik fing an zu spielen und Emily ging extra langsam, damit sie den Großteil des Liedes unterwegs war, und sah nach links und rechts zu unseren Freunden und Verwandten.

Als Emily dann zu mir kam, nahm ich ihre Hand, streichelte sie, wir setzten uns hin und die Zeremonie begann.

Ich erinnere mich kaum an das, was danach kam, ich weiß nur, ich war ziemlich angespannt und hoffte, dass ich nichts sagen müsste oder der Priester mich irgendetwas fragen würde, und ich die Antwort nicht wüsste. Ein paar Lieder und Bibeltexte später und wir steckten uns schon gegenseitig die Ringe an und waren verheiratet.

Wir küssten uns und alle klatschten laut, dann gingen wir den Gang zurück und ließen uns mit Reis bewerfen, während die Band noch ein Schlusslied spielte.

Als im Anschluss daran der Sekt kam, war ich schon entspannter, und auch Emily schien erleichtert, dass fürs Erste alles glattgelaufen war. Wir unterhielten uns mit unseren

Gästen und sahen uns kaum, da wir fast achtzig Leute waren und uns im ganzen Garten verteilt hatten.

Nach etwa eineinhalb Stunden brachen wir dann auf, um mit den Autos zum Restaurant zu fahren, nur Emily und ich hatten eine Kutsche mit zwei weißen Pferden, die ihre Schwester für uns organisiert hatte. Emily freute sich riesig darüber, ich fand es ein wenig kitschig. Außerdem brauchten wir Ewigkeiten dorthin und kamen als Letzte an, was aber zum Glück niemanden zu stören schien.

Das Restaurant hatten wir wegen des schönen Ausblicks und des großen Saals gemietet. Es gab genug Platz für die runden Tische und auch eine Tanzfläche mit der Band, die Emily ausgesucht hatte. Zum Essen spielten sie Lieder ohne Gesang, als leise Hintergrundmusik.

Es gab zuerst eine Suppe und Vorspeisen, danach Steak mit Kartoffeln und Spargel und als Nachspeise ein Buffet mit Tiramisu, Eis und Früchten. Alles davon schmeckte köstlich. Zum Essen trank ich dann den ersten Alkohol an diesem Tag, da mir bis dahin noch ein wenig schlecht war. Danach war es auch nicht besser, aber ich hatte Lust darauf, also warum nicht.

Dann mussten wir natürlich tanzen und wie es so üblich ist, schauten alle zu, wie Braut und Bräutigam den ersten Tanz zusammen tanzten. Es war nicht genauso schlimm wie befürchtet, aber es sah sicherlich nicht besonders toll aus, was wir da hinlegten. Zum Glück war Emilys Kleid unten sehr weit, sodass meine Schuhe darunter verschwinden konnten.

Später kamen die Reden, die Spiele und die Torte. Ich sagte nur ein paar Worte, nämlich dass wir uns freuen würden, dass alle gekommen waren, und wir uns jetzt schon für die Geschenke bedanken, sie aber erst in den nächsten Tagen auspacken würden.

Danach war es noch sehr ausgelassen und lustig, die meiste Zeit saß ich bei meinen Freunden. Die Leute verabschiedeten sich nach und nach und die Übriggebliebenen hatten sich alle zusammengesetzt, bis nur noch ein großer Tisch besetzt war, mit Emily und mir, Pete, Adam und George, Ellie und Allison, Emilys Cousine. Wir feierten noch bis vier Uhr früh, bis wir alle nur noch gähnten und keiner mehr etwas trinken wollte, dann brachen wir auf.

Mit dem Taxi fuhren wir zu unserer Wohnung und ich musste die ganzen Geschenke auf siebenmal nach oben tragen, eine Höchstleistung bei dem Alkoholspiegel und dem Schlafmangel. Emily hat sich inzwischen umgezogen und abgeschminkt, sie war nun dabei, die vielen Haarspangen aus ihren Haaren zu ziehen.

»Hoffentlich haben wir nichts vergessen«, meinte sie noch, aber selbst wenn, mir wäre es komplett egal gewesen.

Es war irgendwie lustig, als wir nebeneinanderstanden und uns die Zähne putzten, das erste Mal als Mann und Frau, und wir mussten beide grinsen.

Die Sonne ging schon wieder langsam auf und es kam ein wenig Licht durchs Fenster hinein. Ich zog die Vorhänge zu, schaltete mein Handy aus und war beruhigt, dass wir die nächsten Tage absolut nichts vorhatten und ich mich nun erholen konnte.

Danach holte ich Emily vom Badezimmer ab, hob sie hoch und trug sie – wenn schon nicht über die Türschwelle, dann wenigstens so – zu Bett.

EMILY

Ich habe das Gefühl, dass der Berg an Zetteln auf meinem Schreibtisch immer mehr wächst anstatt zu schrumpfen und ich befürchte, dass ich mich in dem Chaos bald gar nicht mehr auskennen werde.

Mein Computer spinnt auch und glaubt, er muss im Alleingang irgendwelche neuen Programme installieren. Deshalb schaltet er sich so alle zwanzig Minuten selbstständig ab, weshalb ich jegliche Arbeit, die ich darauf erledigen wollte, schon längst abgeschrieben habe, und ihm nur noch böse Blicke zuwerfe, wenn er sich geräuschvoll an- oder abmeldet.

Meine Laune sinkt noch weiter, als die ersten Kollegen sich schon verabschieden, um nach Hause zu gehen, und ich werfe einen Blick auf ihre perfekt aufgeräumten Schreibtische und bin neidisch – und verärgert.

Gerade überlege ich, mir den vierten Kaffee für heute zu holen, da läutet mein Telefon. Was ist denn jetzt schon wieder, denke ich genervt. Schnell suche ich den Telefonapparat, der unter Zetteln begraben liegt. Als ich ran gehe, ist es die Rezeption.

»Ms. Rosewood? Ein Mr. Castano ist für Sie da. Soll ich ihn zu Ihnen bringen?«, säuselt die Stimme der Rezeptionistin und ich bin total überrascht.

»Oh, tatsächlich«, sage ich verwirrt. »Nein, sagen Sie ihm, er soll warten, ich komme runter«, entscheide ich spontan.

»Wie Sie wünschen«, erwidert die Frau, mit der ich seit meiner Anstellung hier noch nie mehr gesprochen habe als »Guten Morgen« und »Auf Wiedersehen«, und legt auf.

Ich nehme meine Handtasche, ziehe dem Computer bösartig den Stecker raus und verabschiede mich flüchtig, als ich das Zimmer verlasse. Bevor ich nach unten gehe, betrete ich noch schnell die Toilette, um in den Spiegel zu sehen und meine Haare zu richten. Dann laufe ich, so gut es geht, die Stufen hinunter bis zur Eingangshalle.

Ich erblicke Milo, der sich an die Rezeption gelehnt interessiert umsieht und die Anwälte und ihre Mandanten mustert, die hier ein und ausgehen.

Er trägt Jeans, ein weißes T-Shirt und darüber seine Lederjacke, die Hände hat er in den Hosentaschen und die Haare hängen ihm leicht ins Gesicht.

Ich freue mich riesig, ihn zu sehen. Sein Anblick neben den perfekt gestylten Angestellten hinter der Rezeption, die ihn naserümpfend und fassungslos anstarren, bringt mich augenblicklich zum Lächeln.

Milo sieht mich auch und kommt langsam auf mich zu. Als er vor mir steht, meint er grinsend: »Nettes Büro. So viel Marmor«, und ich versuche, mein Lachen zu unterdrücken.

»Ich weiß«, sag ich nur und nehme ihn dann am Arm, um ihn Richtung Ausgang zu bugsieren.

Er kommt mit, fragt aber: »Willst du mir nicht dein Zimmer zeigen?«, und ich schüttle den Kopf und lehne ab.

»Nein, heute nicht. Ich bin froh, dass ich jetzt einen Grund zu gehen habe!«

Milo öffnet mir die Tür und wir treten ins Sonnenlicht hinaus. Meine schlechte Laune von vorhin ist sofort verflogen. Ich seufze.

»Schlimmer Tag heute?«, will er mitfühlend wissen und ich winke ab.

»Geht schon. Ich hab nur ein Zettelchaos angerichtet und mein Computer ist gestorben. Morgen hab ich dann wieder Nerven dafür, aber für heute reicht es mir.« Milo nickt und lächelt.

»Wie waren deine ersten Arbeitstage? Wie sind die Kollegen?«, erkundige ich mich, während wir langsam die Stufen zur Straße hinuntersteigen.

»Es gefällt mir, schön mal wieder was zu tun zu haben. Die Kollegen sind nett und die letzten Abende war nur sehr wenig los, ich denke mal, am Wochenende kommen mehr Leute«, berichtet Milo.

»Na sehr gut«, bekunde ich und versuche, ihn mir als Barkeeper hinter einem Tresen vorzustellen. Irgendwie passt das zu ihm.

»Natürlich kein Vergleich zu Miami«, behauptet er dann wehmütig und ich sehe ihn kurz von der Seite an.

Ich wette, wenn es mich nicht gäbe, wäre er in Miami in seiner Bar geblieben, es scheint ihm dort wirklich gefallen zu haben. Andererseits wäre er wohl nie dort gelandet, wenn er nicht nach mir gesucht hätte.

Als wir am Gehsteig angelangt sind, bleibe ich stehen und Milo hält auch an.

»Und was machen wir jetzt?«, frage ich neugierig und bemerke, dass er nicht einmal seine Gitarre dabeihat.

»Mir ist etwas eingefallen, bei dem du mir helfen kannst«, verkündet er gut gelaunt und ich nicke sofort freudig. »Die Wohnung ist praktisch komplett leer, ich hab mir gedacht, wir fahren zu Ikea und sehen uns nach Möbeln um. Wenn ich wieder Geld hab, kann ich sie mir dann kaufen. Ich bin mir sicher, du bist besser beim Aussuchen«, ist er überzeugt und ich bin begeistert.

»Oh, ja gerne! Ich war schon so lange nicht mehr dort«, lasse ich ihn wissen. »Öffentlich kommt man zwar eher mühsam hin, aber kein Problem«, überlege ich laut, doch er schüttelt den Kopf.

»Wir fahren mit dem Auto«, macht er mir klar, als wäre es das Selbstverständlichste auf der Welt. »Ich parke dort vorne«, sagt er und zeigt auf eine Reihe von Autos.

»Das geht natürlich auch«, erwidere ich überrascht, habe aber gar nichts dagegen.

Milo geht los und ich ihm nach, bis wir vor seinem Wagen stehen und er ihn aufschließt. Die Rückbank ist noch immer nach vorne geklappt, doch die Matratze ist weg. Während ich mir die Sachen im Kofferraum ansehe, öffnet Milo die Tür vom Beifahrersitz und deutet mir mit einer Kopfbewegung, dass ich einsteigen soll.

Ich sage »Danke« und setze mich dann schnell hin, damit er die Tür schließen kann. Milo steigt beim Fahrersitz ein und als wir beide angeschnallt sind, fährt er los.

»Weißt du, wie ich hinkomme?«, fragt er mich und ich antworte zögerlich: »Ich hoffe es.«

»Na dann sag mal an«, bittet er fröhlich und ich bemühe mich, ihm die schnellste Route aus der Stadt anzusagen.

Normalerweise muss ich das nie machen, da Michael immer fährt und sich selbst gut auskennt, aber zum Glück fällt mir der Weg ein, sobald wir vor einer Kreuzung stehen.

Nach ein paar Minuten entdecke ich ein Schild und freue mich: »Schau, da steht es schon angeschrieben, noch zwei Meilen geradeaus«, und Milo sagt: »Okay.«

Er ist ein ruhiger Autofahrer, sehr geduldig. Das Radio läuft nur leise im Hintergrund und ich achte kaum darauf.

»Kannst du eigentlich Auto fahren, Emily?«, will er neugierig wissen, ohne den Blick von der Straße zu nehmen.

»Ich hab den Führerschein damals in Miami gemacht und es hat ewig gedauert, bis ich es halbwegs konnte. Jetzt bin ich schon seit Jahren nicht gefahren«, erzähle ich ihm.

»Unser Auto gehört eigentlich Michael und er fährt nicht nur gerne selbst, er will mich auch unter keinen Umständen an sein Auto lassen.«

Milo lacht. »Wie viele Unfälle hattest du schon?«, will er wissen.

»Keinen einzigen«, antworte ich ihm.

»Ich würde dir ja mein Auto zum Üben borgen, aber das brauche ich leider noch«, scherzt er dann vergnügt und ich gebe ihm einen Klaps auf die Hand, die beim Schalthebel ist, worauf er noch mehr lacht.

»Da, abbiegen!«, weise ich ihn an und tue so, als würde ich schmollen.

Nachdem wir einen Parkplatz gefunden haben und Milo sich geweigert hat, einen Einkaufswagen zu nehmen, da wir ja sowieso nur schauen und nichts kaufen, betreten wir das Möbelgeschäft. Im Inneren sind viele Leute, aber ich bin trotzdem gut gelaunt, denn ich bin sehr gerne hier.

»Also, womit willst du anfangen? Oder gehen wir einfach alles durch?«, schlage ich vor und er antwortet: »Ja gehen wir alles durch. Zeit genug haben wir ja, oder?«

»Ja, ich hab heut nichts mehr vor«, lasse ich ihn wissen und wir gehen los. Als Erstes kommen Vorzimmermöbel. Die sind jetzt nicht das Wichtigste, die braucht er vorerst nicht.

»Musst du dann nicht Abendessen kochen?«, will Milo wissen und ich gebe zu: »Ja schon, aber bis dahin ist noch lange Zeit. Außerdem bin ich schnell.«

»Nicht, dass dein Mann verhungert«, ergänzt er gespielt besorgt und ich werfe ihm einen schrägen Blick zu.

»Keine Sorge«, versichere ich ihm und mir fällt auf, dass er nicht Michael sagt, sondern »dein Mann«.

Wir schlängeln uns durch die Möbelstücke und kommen zu den Küchen.

»Also, wie sieht es mit einer Küche aus?«, frage ich und sehe mich sofort eifrig um, doch Milo stoppt mich gleich.

»Eine Küche hab ich, das ist das Einzige, was da war und noch zu gebrauchen ist.«

Ich sage »Okay« und wir gehen weiter.

»Wie sieht denn die Wohnung eigentlich aus? Ich meine, wie viele Zimmer hat sie und wie viel Platz hast du?«, befrage ich ihn und sehe ihm dabei in die Augen.

»Ich habe ein großes Zimmer, das ist Wohn- und Schlafzimmer in einem. Einen Tisch brauche ich nicht, da steht einer in der Küche. Also ideal wäre irgendwann ein Kleiderschrank, ein Bett, ein großes Regal vielleicht und ein neues Sofa, denn das jetzige ist schon ziemlich alt und schmutzig«, zählt er auf und ich versuche, es mir vorzustellen.

»Es wäre besser gewesen, wenn ich sie mir vorher angesehen hätte«, äußere ich mich vorwurfsvoll und Milo schüttelt den Kopf.

»Das geht nicht, es ist gerade Baustelle dort«, erinnert er mich und dann fällt ihm ein: »Ah, und ich brauche noch ein Kästchen für das Badezimmer. Und ein Regal oder so.«

»In Ordnung«, bestätige ich und sehe mich um. »Dort sieht es nach Regalen und Kästen aus«, finde ich und zeige nach vorne.

Ich gehe vor und Milo legt seine Hand auf meinen Rücken, um mich ein Stück zur Seite zu ziehen, damit eine Familie an uns vorbeikann. Dann marschieren wir zu der Abteilung mit den Regalen hin.

»Das gefällt mir«, teile ich ihm sofort mit, als ich ein helles Holzregal sehe, das wie ein Gitter aussieht. »Das wäre zum Beispiel eine gute Möglichkeit, den Wohn- und den Schlafbereich voneinander abzugrenzen.« Erwartungsvoll sehe ich ihn an.

»Sieht gut aus, aber besser gefällt mir das abgestufte dort«, bemerkt er und wir gehen hin.

Prüfend betaste ich das Holz. »Ja, dann kannst du die höhere Seite ganz an die Wand stellen«, überlege ich, »aber ich weiß natürlich nicht, ob das zu dem Parkett passt!«

»Ich glaub schon«, behauptet Milo und ich wette, er hat keine Ahnung, aus welchem Holz sein Boden ist.

»Soll ich dir den Namen aufschreiben? Und den Preis?«, biete ich an und nehme mir Papier und Stift, die für die Kunden aufliegen.

»Ja bitte«, erwidert er schmunzelnd und ich notiere es gleich.

Danach kommen wir zu der Badezimmerausstattung. Ich erkundige mich, wie die neuen Fliesen aussehen – weiß – und empfehle ihm einen ebenfalls weißen Schrank mit Ablageflächen und ein einfaches Regal für die Wand.

»Welche Maße hat das Bad denn?«, will ich wissen und suche auf der Beschreibung nach der Breite des Möbelstücks.

»Keine Ahnung«, sagt Milo nur und ich schaue ihn verwundert an.

»Hast du es nicht ausgemessen?«, frage ich ungläubig.

»Nein, hätte ich das tun sollen?«, entgegnet er unschuldig und ich fange mich recht schnell wieder.

»Wäre nicht schlecht gewesen«, brumme ich, dann schreibe ich ihm die Maße und den Preis des Schranks auf den Zettel.

»Das heißt, du weißt gar nicht, ob das Regal von vorhin überhaupt in das Zimmer passt?«, fällt mir ein, doch er erklärt mir ganz zuversichtlich: »Doch sicher, das Zimmer ist groß. Das geht sich auf jeden Fall aus.«

Ich ziehe zweifelnd die Augenbrauen hoch.

»Und bevor ich irgendwas kaufe, messe ich daheim alles aus«, verspricht er mir.

Es gefällt mir, mit ihm herumzugehen und seine Wohnung mit ihm einzurichten. Er ist zwar total unorganisiert und ich glaube, es ist ihm in Wahrheit ganz egal, was ich aussuche, doch mich stört das nicht. Ich verbringe gerne Zeit mit ihm. Wahrscheinlich hätten wir überall unseren Spaß.

Wir verbringen eine Weile bei den Schränken, doch es scheint keinen geeigneten zu geben, der ganz neutral ist und zu allem passt, darum beschließen wir, zuerst wegen des Betts zu schauen.

Als wir in der Abteilung ankommen, frage ich ihn erst einmal, was er sich denn vorstellt.

»Eine Holzfassung sollte es schon haben, die Farbe ist mir egal, nur nichts Grelles«, meint er.

»Gut, und wie groß soll es sein?«, hake ich nach und er antwortet: »Na schon ein Doppelbett.«

Automatisch nicke ich und schaue mich um, dabei muss ich augenblicklich daran denken, wie er mit einer Frau das Bett teilt. Ich bin überrascht, über meinen Gedanken und darüber, wie sehr er mir missfällt.

»Was meinst du, solche Bettwäscheladen sind doch praktisch, oder?«, überlege ich und zeige ihm welche bei einem Bett. Er gähnt lautstark und erwidert wohlwollend: »Wenn du meinst.«

Wir gehen zwischen den vielen Betten herum und ich habe keine Ahnung, welches gut passen würde, da zeigt Milo auf eines und schlägt vor: »Was hältst du von dem?«

Wir nähern uns und mir kommen schon die ersten Zweifel.

»Na ich weiß nicht, die Rückseite ist ziemlich hoch, sieht das nicht seltsam aus?«, beginne ich, doch Milo zuckt mit den Schultern, pfeift einmal zwischen den Zähnen hervor und sagt: »Also darauf kommt es doch nicht an.«

Ich schaue ihn beleidigt an und er hebt entschuldigend die Schultern.

»Bequem soll es sein, oder?«, findet er und bevor ich ihm widersprechen kann, hebt er mich schnell hoch und legt mich schnurstracks auf das Bett.

»Hey«, protestiere ich, doch da liegt er schon neben mir und streckt sich gemütlich aus.

»Rutsch mal ein bisschen«, befiehlt er nur, denn wir liegen Haut an Haut. Umständlich bewege ich mich von ihm weg und er sagt: »Sehr gut.« Dann dreht er sich zu mir um.

»Was denn? Das darf man«, erklärt er scheinheilig und ich muss lächeln.

Ich lege mich auch bequemer hin und es ist wirklich sehr angenehm. Unsere Hände berühren sich ein bisschen und bis jetzt hat keiner von uns sich bewegt und seine Hand weggezogen.

Schweigend schaue ich Milo an und überlege, wann wir das letzte Mal so nebeneinandergelegen sind. Es ist ewig her, dennoch kommt es mir so vertraut vor und ich muss plötzlich dem Drang widerstehen, meinen Kopf an seine Brust zu legen.

Ich schaue ganz bewusst auf die andere Seite, wo gerade ein Paar mit einem Baby an uns vorbeigeht. Beide grinsen uns an und ich lächle zurück, vor allem weil ihr Kind wirklich süß aussieht mit dem kleinen Strampelanzug.

Milo rückt geräuschvoll ein Stück näher an mich ran und ich drehe mich zu ihm um und wäre dabei fast mit meinem Kopf an seinem angestoßen. Er lächelt nur, dann schaut er der Familie von vorhin hinterher.

»Warum habt ihr eigentlich keine Kinder?«, fragt er scheinbar beiläufig, aber ich höre heraus, dass ihn das schon länger beschäftigt. Vielleicht wusste er bis jetzt nicht, wie er es ansprechen soll.

Ich schaue dem Baby ebenfalls nach, bevor ich ausweichend antworte: »Wir sind ja noch jung.«

»Wäre jetzt nicht ein guter Zeitpunkt? Ich meine, ihr seid verheiratet, … du wolltest doch immer ein Baby, oder?«, hakt er nach und sein Tonfall ist ernst und seltsam traurig.

»Schon«, gebe ich zu und weiß nicht recht, was ich ihm alles erzählen soll, ich meine, einerseits ist das schon privat, doch andererseits ist er ja mein Freund.

»Ihr seid ja schon eine Weile verheiratet, ich meine, dafür wäre schon Zeit gewesen«, macht Milo weiter und tut so, als müsse er nachrechnen.

Ich sehe ihn an und verdrehe die Augen. Er lächelt kurz, dann wird er wieder ernst.

»Schon gut, wir müssen nicht darüber reden«, beschwichtigt er mich, greift dabei nach meiner Hand und streicht vorsichtig darüber.

»Es gibt nicht viel dazu zu sagen«, gestehe ich ihm leise. »Wir haben es uns überlegt und ich habe beschlossen, dass momentan kein guter Zeitpunkt ist.«

Milo nickt, dann vergewissert er sich noch einmal.

»Also in naher Zukunft kein Baby?«, und ich bestätige es ihm. Dann lehnt er sich wieder zurück an das Kissen, ohne meine Hand loszulassen. Es ist angenehm, also lasse ich ihn weitermachen.

»Wann kann ich deine Wohnung sehen?«, will ich jetzt wissen und hoffe, dass er das Thema Baby nun sein lässt.

»Bald. Ich schätze, ich brauche noch ein paar Tage für das Badezimmer, ich muss erst die Dusche besorgen und montieren«, verspricht Milo.

»Wo duschst du denn jetzt?«, frage ich nach und überlege, ob ich ihm anbieten kann, dass er bei uns duscht.

Er gähnt und meint schläfrig: »Eigentlich habe ich gehofft, dass ich das auch hier erledigen kann«, und tut so, als würde er sich nach einer Dusche umsehen, und ich muss lachen.

»Seit wann bist du so witzig?«, wundere ich mich und er grinst.

Milo gähnt wieder und ich sage zu ihm: »Hör auf, das ist ansteckend. Wir schlafen hier sonst noch ein!«, und er erwidert nur: »Hab nichts dagegen.«

Ja, das ist mir klar.

MILO

Der CD-Player, den ich damals in Miami für mein Zimmer gekauft hatte, steht nun im Wohn-Schlafzimmer meiner ersten eigenen Wohnung und läuft in voller Lautstärke. Zwar ist es keine Eigentumswohnung, aber ich habe erstmals ein Bad und eine Küche für mich und keinen Mitbewohner.

Ich liebe es, laut Musik zu hören. Meine CDs stehen bereits geordnet in dem Wandregal, das von den Vormietern hiergeblieben ist, ebenso wie ein kleiner Küchentisch mit zwei Sesseln und ein Sofa, das ich aber so bald wie möglich ersetzen möchte, da es wirklich schon sehr alt und ziemlich ekelhaft ist.

Das Zimmer wirkt erstaunlich groß, aber das liegt vermutlich daran, dass es fast leer ist. Beim Fenster in der Ecke befindet sich meine Matratze – ein Bett dazu muss ich auch noch besorgen. Auf der gegenüberliegenden Seite ist das Regal mit meinen CDs und Büchern und mitten im Raum steht das rote Sofa, von dem aus man die Wand anstarren kann, wenn man will. Ein Fernseher wäre natürlich auch nicht schlecht. Aber alles nach der Reihe.

Das Bad habe ich vor zwei Tagen fertiggestellt, dann habe ich die Reste und den ganzen Müll entfernt, alles ordentlich geputzt und nun habe ich mit dem Ausmalen begonnen. Gerade stehe ich auf der kleinen Leiter, die mir der Vermieter geborgt hat, ein sehr netter, gesprächiger Mann, und streiche mein Zimmer, fürs Erste komplett weiß. Die vielen Vormieter haben Streifen, Flecken und Kratzer hinterlassen und anscheinend ist es hier nicht üblich, dass man beim Ausziehen alles wieder in Ordnung bringt. Aber da ich gerne ausmale und die Farbe nicht viel kostet, ist das kein Problem für mich. Bad, WC und Küche sowie der winzige Vorraum sind schon komplett fertig, nur mit dem großen Zimmer habe ich erst vor einer Stunde oder so angefangen.

Ich habe eines der beiden großen Fenster geöffnet, damit ich nicht nur den unangenehmen und sicher auch gesundheitsschädigenden Geruch der Farbe einatme. Draußen wird es langsam wärmer und die Sonne scheint auch heute wieder, sodass mir in dem ärmellosen Shirt, das ich für die Arbeiten im Bad und das Ausmalen geopfert habe und das schon dementsprechend schmutzig ist, gar nicht kalt ist.

Als das letzte Lied auf der CD aus ist, höre ich es laut an der Tür klopfen.

Ich steige die Stufen der Leiter hinunter und schmeiße den Farbroller auf die Zeitungen, die ich am Boden als Tropfschutz hingelegt habe. Gespannt öffne ich die Tür, mache die Türklinke dabei ein bisschen dreckig und sehe Emily, die eine große Tragetasche vor ihren Füßen stehen hat.

Sie schaut mich verwirrt und vorwurfsvoll an und begrüßt mich mit den Worten: »Hey, was ist denn los? Ich klopfe schon seit fünf Minuten! Und wieso gibt es hier keine Klingel?«

»Oh, das tut mir leid«, erwidere ich und öffne die Tür ganz, damit sie hereinkommen kann. »Ich bin beim Ausmalen und hab Musik gehört.«

»Ja, die Musik hab ich auch gehört«, bemerkt sie und versucht dabei böse zu klingen, was sie gar nicht kann. Je mehr sie sich bemüht, verärgert dreinzuschauen, desto mehr muss sie lachen.

Ihre Haare sind offen und sie streicht eine blonde Strähne, die ihr über das rechte Auge fällt, hinters Ohr.

»Das nächste Mal werfe ich Steine an dein Fenster«, kündigt sie an, hebt die Tasche vom Boden auf und tritt ein.

»Ja, ist gut, schau nur, dass du auch wirklich mein Fenster triffst, ich kenne die meisten Nachbarn noch nicht und weiß nicht, wie sie darauf reagieren würden«, bitte ich sie grinsend und schließe die Eingangstür hinter ihr. »Ich dachte, du kommst erst später.«

»Ich hatte im Büro nicht viel zu tun und habe mir gedacht, ich kann dir beim Malen oder beim Putzen helfen«, erklärt sie, zieht sich ihre Schuhe aus, geht ins Wohnzimmer und sieht sich um. Sie trägt eine hellrosa Hose und eine weiße lange Weste, die vorne offen ist, und darunter ein blaues Top mit dünnen Trägern. Nicht das beste Outfit, um sich schmutzig zu machen.

»Ich muss nur noch hier fertig streichen, das dauert sicher nicht mehr so lange. Dabei musst du mir nicht helfen«, teile ich ihr mit, »aber schön, dass du da bist.«

Sie dreht sich zu mir um, schaut mich kurz an und sagt: »Na schauen wir mal. Ich hab dir auf jeden Fall etwas mitgebracht.« Emily hebt die Tragetasche verheißungsvoll in die Höhe.

Ich muss seufzen.

»Ich hab dir aber schon gesagt, dass du mir nichts kaufen sollst?«, erinnere ich sie, kann ihr aber auch nicht böse sein.

»Das ist ein Einweihungsgeschenk. Du musst doch noch so viel kaufen, das ist nur eine Kleinigkeit«, behauptet sie fröhlich und geht damit in die Küche und ich folge ihr. Am Tisch packt sie dann aus und ich erkenne, dass es eine Kaffeemaschine ist.

»Oh, danke. Ja, die kann ich gebrauchen«, gebe ich zu und freue mich wirklich darüber. »Leider habe ich keinen Kaffee und keine Milch, sonst könnten wir gleich einen trinken…«, setze ich an, doch da nimmt sie zwei Packungen Kaffeepulver, eine Schachtel mit Filtern, eine Flasche Milch und einen

Schokoladenkuchen aus der Tasche, dreht sich zu mir um und strahlt.

»Hab an alles gedacht«, verkündet sie gut gelaunt und ich muss auch schmunzeln.

Während der Kaffee durchläuft, gehe ich ins Bad und wasche mich ein bisschen. Erst jetzt im Spiegel sehe ich, dass ich überall Farbkleckser habe, nicht nur auf dem Shirt und auf den Händen, sondern auch im Gesicht und teilweise in den Haaren. Ich ziehe das schmutzige Shirt aus, mache mich schnell sauber und gehe dann raus, um mir ein frisches zu holen.

Das dreckige werfe ich in die Ecke, wo die Leiter steht. Wegen des Geräuschs kommt Emily aus der Küche und sieht mich fragend an.

»Ich zieh mir nur etwas anderes an«, erkläre ich und sie nickt. Ich spüre, wie sie mich beobachtet, als ich in meiner Tasche krame und ein T-Shirt heraushole. Als ich aufsehe, bestätigt sich mein Verdacht, doch als meine Augen ihre treffen, verschwindet sie schweigend in der Küche. Ich ziehe mir das Shirt über und frage mich, was gerade durch ihren Kopf geht.

War es ihr unangenehm, mich mit nacktem Oberkörper zu sehen? Das kann ich mir nicht vorstellen, schließlich ist das nicht das erste Mal, wobei ich jetzt anders aussehe als mit vierzehn. Ein paar mehr Muskeln habe ich jedenfalls. Es ist so komisch, dass sie verheiratet ist, ich gewöhne mich einfach nicht daran.

»Hast du eigentlich Tassen?«, ruft sie, von vorher scheinbar unbeeindruckt, aus der Küche heraus und ich komme zu ihr.

»Ja, da oben«, antworte ich und hole zwei ramponierte, bunte Tassen aus dem Küchenschrank über dem Kühlschrank.

»Okay, gut, weil sonst hätten wir uns etwas einfallen lassen müssen«, bemerkt sie und fängt an, uns einzuschenken. Sie reicht mir die Milchflasche, nachdem sie sich fast genauso viel Milch wie Kaffee eingeschenkt hat, und ich nehme sie ihr ab und murmle »Danke«, bevor auch ich mir Milch dazugebe.

»Willst du ihn hier trinken oder am Sofa?«, möchte ich wissen und sie entscheidet: »Am Sofa.«

Wir gehen hinüber und lassen uns beide auf die Decke sinken, die ich über die Couch gelegt habe. Emily sitzt an einem Ende und zieht gleich die Beine hoch und umschlingt sie mit dem linken Arm, in der rechten Hand hält sie die Kaffeetasse. Ich sitze auf der anderen Seite des Sofas, mein Ellbogen ist auf der Lehne abgestützt, und drehe mich zu ihr, und betrachte sie.

Sie ist unbeschreiblich schön, ich glaube, ich könnte sie die ganze Zeit beobachten.

»Es ist komisch, die weiße Wand anzusehen«, findet sie und dreht sich zu mir um.

»Hm, ja, aber einen besseren Blick kann ich dir momentan nicht bieten«, erwidere ich mit gespielter Traurigkeit.

»Dafür ist der Ausblick aus den Fenstern ziemlich gut. Und die sind so groß«, stellt sie fest.

Ich überlege kurz, dann stehe ich auf, stelle die Tasse auf den Boden und schiebe dann das Sofa mit der überraschten Emily zu dem offenen Fenster hin.

Sie lacht und ich rücke es noch vorsichtig ganz an die Mauer, sodass sie nun gut auf die Bäume im Innenhof sehen kann. Emily stellt ihre Tasse am Fensterbrett ab, schaut mich an und sagt: »Perfekt!«

Ich schmunzle und sage: »Gern geschehen.« Dann hole ich meinen Kaffee, steige vorsichtig über die Lehne und setze mich, diesmal ein bisschen näher, zu ihr.

Wir unterhalten uns über früher, unsere Freunde von damals und die Schule, wie immer, wenn wir uns treffen. Seit dem Abendessen bei ihr daheim mit ihrem Mann haben wir uns dreimal gesehen, zweimal in der Stadt und vor zwei Tagen war sie das erste Mal in meiner Wohnung.

Sie behauptet, es sei ihr egal, was Michael dazu sagt, und ich frage auch nicht näher nach, ich bin einfach froh, dass ich ein paar Stunden mit ihr verbringen kann. Es macht süchtig, sie um mich zu haben, kaum ist sie weg, wünsche ich mir schon, dass sie wiederkommt.

Wir reden über die lustigen Sachen, die traurigen und auch über die schönsten Erinnerungen an unsere gemeinsame Zeit. Ich habe gemerkt, dass sie sich anfangs nicht wohlgefühlt hat, wenn ich von uns als Paar gesprochen habe, aber mittlerweile glaube ich nicht, dass es ihr etwas ausmacht.

»Ich denke so gerne an den Sommer zurück, nur wir beide am Teich«, schwärme ich ein wenig in Gedanken verloren.

»Ja, Sommer wäre jetzt schön«, murmelt sie daraufhin und ich frage mich, warum sie nicht darauf eingeht, was ich eigentlich meinte.

Sie umarmt sich und reibt sich die Arme. »Machen wir das Fenster zu? Es wird langsam kalt«, findet sie und das überrascht mich, da mir gar nicht kalt ist.

»Können wir noch kurz offenlassen?«, bitte ich sie. »Der Geruch von der Farbe ist noch so stark.«

»Ja klar«, sagt sie zwar, aber fängt sofort an zu frösteln. Sie übertreibt, wie immer.

Ich rutsche näher zu ihr, stelle meine leere Tasse zu ihrer auf das Fensterbrett und lege, ohne groß darüber nachzudenken, einen Arm um sie.

Emily erstarrt kurz, schaut mich an, doch dann lässt sie locker und lehnt sich an mich.

»Ist das okay?«, frage ich sie leise und sie zuckt mit den Schultern.

»Ich glaube schon«, nuschelt sie, ohne mich dabei anzusehen.

Jetzt wo ich ihr so nahe bin, kann ich unauffällig an ihr riechen. Ich bekomme nicht genug von ihrem Geruch. Meine Hand liegt auf der Lehne des Sofas, ich würde sie so gerne mehr berühren, aber das ist glaube ich »nicht okay«. Was ist erlaubt mit einer verheirateten Frau?

»Arbeitest du heute?«, will sie wissen und ich nicke.

»Und gefällt es dir noch immer? Wie sind die Leute dort?«

»Es ist schon in Ordnung im Pub, es ist immer was los, die Gäste sind alle ziemlich jung. Die anderen Barkeeper sind nett. Ich würde gerne die Musik ein bisschen ändern. Da läuft nur ein seltsamer Mix aus den Achtzigern in Dauerschleife, das ist grauenhaft. Und im hinteren Teil vom Pub wäre genug Platz für Livekonzerte, das werde ich dem Chef mal vorschlagen«, schildere ich ihr.

»Du bist jetzt noch keine drei Wochen dort, warte vielleicht mit den Vorschlägen noch eine Zeit lang«, rät sie mir schmunzelnd.

»Ja, klar. Ich frag nicht vor nächster Woche«, informiere ich sie und Emily lacht.

Wenn sie lacht, muss ich auch immer lächeln.

Während wir uns ansehen, lege ich meine Hand von der Lehne auf ihre und streiche vorsichtig mit dem Daumen hinauf und hinunter. Ich beobachte ihre Reaktion und sie setzt an, um etwas zu sagen, doch sie lässt es. Man sieht ihr an, dass sie nicht weiß, ob das in Ordnung geht oder nicht, aber da sie schweigt, lasse ich meine Hand dort. Stattdessen schaut sie mich nur lange an, dann lehnt sie sich wieder an mich und ich bin glücklich.

Eine Weile sitzen wir so da und sagen kein Wort, ihr Kopf liegt an meiner Schulter und meine Hand streichelt immer noch ihre.

Ich weiß nicht, warum sie nicht spricht, aber ich genieße jede Sekunde und denke nur daran, was ich nicht noch alles mit ihr machen würde. Jetzt stelle ich mir vor, dass sie dasselbe denkt und den Moment genauso empfindet wie ich. Ihr Schweigen und dass sie meine Berührungen zulässt, deuten schon darauf hin, dass sie es mag.

Meine Gefühle für sie werden, wie erwartet, stetig stärker anstatt schwächer, ich finde es aufregend, die neue Emily kennenzulernen. Das, was ich bis jetzt von ihr gesehen habe, gefällt mir sehr gut.

Ich kann mir nicht vorstellen, sie jemals wieder zu verlassen.

Nach sicher zwanzig Minuten in dieser Position kann ich nicht anders und drehe mein Gesicht zu ihrem Kopf und gebe ihr einen leichten Kuss auf die Haare.

Sie erschreckt sich kaum und beugt sich langsam weg von mir. Ich erwarte schon ein »Nein« oder »Lass das«, doch sie sagt nur: »Ich muss jetzt gehen.«

Nun habe ich die Grenze überschritten.

Emily löst sich aus meiner Umarmung und ohne mich anzusehen, steigt sie über die Sofalehne auf den Boden. Dann streckt sie sich darüber und nimmt die Kaffeetassen vom Fensterbrett. Ich klettere auch wieder hinüber und folge ihr in die Küche. So schnell kann ich gar nicht schauen, da beginnt sie, die Tassen abzuwaschen.

»Lass, ich mach das später«, biete ich ihr an.

»Schon fertig«, erwidert sie, den Blick auf ihre Hände gerichtet.

»Na gut«, sage ich unsicher. »Wann sehen wir uns wieder?«

»Nächste Woche irgendwann?«, schlägt sie vor.

Heute ist Donnerstag und am Wochenende sehen wir uns nie. Da ist sie mit ihrem Mann zusammen.

»Ja gerne. Was willst du machen?«, frage ich und sie dreht sich zu mir um und schaut mir in die Augen.

»Vielleicht kann ich dir ja doch irgendwie helfen in der Wohnung. Vielleicht möchtest du ein paar Streifen oder eine ganze Wand in einer anderen Farbe haben und wir streichen sie gemeinsam?«, bietet sie an.

»Klingt gut. Wir können ja noch reden, wann genau.«

Ich gehe mit ihr ins Vorzimmer und schalte das Licht ein, weil es hier schon dunkel ist. Sie zieht sich ihre Schuhe an und hebt ihre Handtasche auf, die danebenstand.

»Dann viel Spaß beim Arbeiten«, wünscht sie mir und kommt näher, um mich zu umarmen.

Ich sage »Danke« und halte sie fest in meinen Armen.

Die Umarmung dauert länger als jede der letzten Wochen und ich mache lange keine Anstalten, sie zu lösen. Als sie langsam loslässt, gebe ich nur ein wenig nach, sodass ihr Gesicht genau vor meinem ist. Wir schauen uns in die Augen, dann dreht sie den Kopf zur Seite und seufzt: »Milo.«

Sie legt die Hände auf meinen Oberkörper und will mich vorsichtig zurückschieben, aber ich gebe nicht nach.

»Emily«, flüstere ich und ohne, dass ich es mir gut überlegt hatte, entscheide ich, dass jetzt der Zeitpunkt gekommen ist.

Beim Klang meiner Stimme schaut sie wieder auf.

»Ich will nicht nur mit dir befreundet sein. Ich will mehr. Und ich glaube, auch wenn du es selbst noch nicht weißt, du willst es auch!«

Emily schüttelt sofort den Kopf und schafft es, sich fast ganz von mir loszureißen, nur ihre Hand halte ich noch fest.

»Lass das Milo, du weißt, das geht nicht. Ich bin verheiratet!«, sagt sie entsetzt und verzweifelt.

»Ich weiß«, erwidere ich leise und ernst. »Na und? Was fühlst du? Wenn du noch Gefühle für mich hast, dann verlass ihn. Er ist sowieso nicht gut genug für dich«, behaupte ich erregt.

»Lass mich los!«, jammert sie und ich gebe ihre Hand sofort frei.

»Entschuldige«, sage ich, doch sie hat sich schon umgedreht und geht zur Eingangstür.

Ich folge ihr und halte mit meiner Hand die Tür zu.

»Emily, bitte warte. Ich will nicht, dass du traurig bist«, beruhige ich sie. Emily wartet, bleibt aber mit dem Rücken zu mir stehen.

»Ich wollte dir nur sagen, was ich fühle, ich weiß, das ist nicht leicht für dich. Aber ich bin mir sicher, dass wir zusammengehören. Ich liebe dich, Emily, und ich weiß, dass ich dich glücklich machen kann. Ich will, dass du dich für mich entscheidest.«

Ich erwarte keine sofortige Antwort von ihr, darum nehme ich die Hand von der Tür weg und trete einen Schritt zurück. Sie bleibt noch zwei Sekunden stehen, dann öffnet sie die Tür, geht ohne ein weiteres Wort hinaus und die Stufen hinunter.

Ich sehe ihr noch kurz nach und mein ganzer Körper zittert vor Aufregung. Langsam atme ich aus.

Jetzt habe ich das ausgesprochen, von dem ich gedacht habe, dass ich es ihr unmöglich sagen kann. Doch die Worte sind ganz leicht über meine Lippen gekommen, jedes einzelne davon war wahr und es fühlte sich richtig an.

Dann schließe ich die Tür.

EMILY

Ich will nur möglichst schnell aus dem Haus hinaus und laufe hastig die zwei Stockwerke hinunter. So gut es geht, versuche ich mich zu beruhigen, aber das funktioniert einfach nicht. Nun hat er alles kaputtgemacht. Wie sollen wir denn jetzt noch Freunde bleiben? Ich glaube, ich kann ihn nicht mehr wiedersehen, nicht, wenn er so für mich empfindet.

Bevor ich auf die Straße gehe, wische ich mir mein Gesicht im Ärmel ab. Ich hatte mich bemüht, sie zu unterdrücken, aber es hilft nichts, ein paar Tränen sind mir schon die Wange hinuntergelaufen und ich sehe ganz verschwommen.

Eigentlich könnte ich mit dem Bus fahren, aber ich will jetzt einfach nur alleine sein und gar nicht so schnell nach Hause kommen, also gehe ich zu Fuß los. Langsam beruhige ich mich, aber ich bin mir sicher, mein Gesicht sieht total verheult aus.

Dass er noch etwas für mich empfindet, das weiß ich schon lange, aber ich hätte gedacht, er wird es unterdrücken und irgendwann kommt er dann darüber hinweg. Wohl eher nicht.

Natürlich habe ich auch Gefühle für ihn, schließlich war er mein erster fester Freund, meine erste Liebe. So etwas vergisst man nicht.

Aber die Situation hat sich verändert, ich bin jetzt verheiratet und glücklich mit meinem Ehemann. Vielleicht nicht so, dass ich singend durch das Haus tanze und jeden Tag vor Glück zerspringe, aber so, wie es ist, ist es okay. Was soll ich mehr erwarten?

Michael ist auch nicht bloß irgendwer für mich, er ist der Mann, dem ich geschworen habe, den Rest meines Lebens mit ihm zu verbringen.

Natürlich weiß ich, dass es nicht bei jedem so ist, aber ich nehme das sehr ernst. Ich würde ihn nie betrügen und ich erwarte dasselbe von ihm. Nicht, dass ich auch nur einmal Angst hatte, er würde mich hintergehen. Michael würde das nicht tun.

Die Sache mit Milo ist schwierig, ich wollte wirklich nur mit ihm befreundet sein und ihn in meiner Nähe haben, aber je öfter wir uns sehen, desto mehr mag ich ihn. Als wir heute so dagesessen sind, habe ich mir erstmals eingestehen müssen, dass ich nicht bloß freundschaftliche Gefühle für ihn habe.

Er ist eben nicht nur ein Freund für mich, er war und ist mein Seelenverwandter und der Mann, der mich immer bedingungslos geliebt hat, auch als ich ihn aufgegeben habe. Es war angenehm, in seinem Arm zu liegen und seine Hand auf meiner zu spüren, so sehr, dass ich verdrängt habe, dass es nicht in Ordnung ist.

Milo hat mich früher ständig berührt, er hat sich immer nach körperlicher Nähe und Geborgenheit gesehnt, vermutlich weil er das nie von seinen Eltern erfahren hat.

Aber ich habe ein schlechtes Gewissen. Sicher, wir reden hier nicht von betrügen, wenn man jemanden umarmt oder seine Hand streichelt, aber meine Gedanken und mein Kopfkino gingen in dem Moment weiter. Und wer weiß, was passiert wäre, wenn ich es nicht abgebrochen hätte?

Nichts, denn ich hätte es nicht zugelassen. Es wäre so in Ordnung gewesen, wir hätten uns verabschieden und nicht mehr darüber reden können. Ich hätte unsere Zeit zu zweit jedes Mal genießen können, hätte meine Gedanken schön für mich behalten und vielleicht abends beim Einschlafen an ihn gedacht. Aber er musste es ja aussprechen, mir seine Liebe gestehen und mich bitten, meinen Mann für ihn zu verlassen.

Vielleicht bin ich feige, weil ich ihm meine Gefühle nicht offenbare, aber das geht nun einmal nicht. Ich werde Michael definitiv nicht verlassen und ich fange auch mit Sicherheit keine Affäre mit Milo an. Also ist es besser, wenn ich es für mich behalte.

Ich werde ihn am besten eine Weile nicht sehen, dann werde ich ihm sagen, dass ich bei meinem Mann bleiben werde, und darauf hoffen, dass er es versteht. Ich will ihn nicht noch einmal verlieren und ich würde fast alles machen, damit wir uns weiterhin sehen können, aber nichts, was meine Ehe gefährden könnte. Fürs Erste brauche ich Abstand.

Ein paar Minuten später und meine Gedanken sind bereits viel klarer und die Situation scheint gar nicht mehr so schlimm wie zuvor. Die frische Luft und die Bewegung tun mir gut und ich gehe so schnell, dass ich ein wenig außer Atem bin und etwas trinken könnte.

Nach Hause brauche ich aber noch gut fünfzehn Minuten und als ich auf mein Handy sehe, stelle ich fest, dass Michael angerufen hatte. Da ich es meistens auf lautlos habe, höre ich nicht, wenn es läutet.

Er will sicher wissen, wo ich bin, es ist bereits halb sechs und er ist wohl schon daheim. Ich habe jetzt keine Nerven, um ihn zurückzurufen, außerdem bin ich ja gleich zu Hause, also gebe ich das Handy zurück in die Tasche und gehe weiter.

Michael mag es gar nicht, dass ich Milo treffe. Beim ersten Mal, nachdem er bei uns zu Hause gewesen war, ist er richtig sauer gewesen.

»Ich will nicht, dass du ihn wiedersiehst!«, hat er zu mir gesagt oder eher gefaucht und ich habe geantwortet, dass es mir egal sei. Ich würde ihn weiterhin sehen und wenn er es nicht hören möchte, dann könne ich ihn auch gerne anlügen, wenn ihm das lieber sei, aber ich möchte ehrlich zu ihm sein. Daraufhin hat er sich beruhigt, aber ich habe schon befürchtet, dass das nicht auf Dauer funktionieren wird.

Ich habe immer gedacht, dass er mir vertraut, so wie ich ihm vertraue, aber dass er dermaßen eifersüchtig reagiert, hätte ich nicht gedacht. Eigentlich ist er ein ruhiger, ausgeglichener Mensch.

Ich frage mich, was ihn so an Milo stört. Liegt es daran, dass er früher mein Freund war oder weil er mich gesucht hat, um mit mir zusammen zu sein? Im Grunde ist es doch egal, denn er weiß schließlich, dass ich ihn nicht betrügen würde, das glaube ich schon.

Oder vielleicht gefällt es ihm nur nicht, dass ich etwas mache, was er nicht gutheißt. Aber da kann er sich aufregen, so viel er will, ich kann für mich alleine entscheiden. Ich lasse mir doch nichts vorschreiben.

Auch wenn es trotzig klingt, aber ich finde, dass ich im Recht bin. Ich habe bewusst nicht erwähnt, wo Milos Wohnung ist und wo er arbeitet, obwohl er danach gefragt hat, denn ich habe Angst, dass er sonst zu ihm geht und Ärger macht. Das wäre ja wohl das Letzte.

Es macht mir auch nichts aus, dass der Milo-Konflikt seit Wochen zwischen uns steht. Es ist nicht so, dass wir uns anschreien, aber wir reden nur das Minimum miteinander und zeigen uns sonst die kalte Schulter. Wenn wir abends schlafen gehen, wünschen wir uns nicht einmal mehr eine gute Nacht.

Wie gesagt, mich bringt das nicht aus der Fassung. Ich verbringe neuerdings meine Abende lesend im Bett und bevor Michael hinaufkommt, schlafe ich schon oder bin unter der Decke mit dem Rücken zu ihm gedreht.

Ich finde, er sollte sich bei mir entschuldigen und wieder normal sein, dann habe ich auch kein Problem damit, wieder netter zu sein. Aber ich denke nicht daran, klein beizugeben. Auch nicht nach dem, was heute passiert ist.

Als ich das Gartentor aufmache, zögere ich noch kurz, atme einmal bewusst tief ein und aus und erinnere mich, dass ich ruhig bleiben werde, ganz egal wie sehr es mich aufregt.

Logischerweise werde ich nichts von dem erwähnen, was Milo gesagt hat.

Ich sperre auf und sehe, dass Michael vor dem Fernseher sitzt.

»Ich bin da«, rufe ich aus dem Vorzimmer, obwohl er mich sicherlich ohnehin gehört hat. Kaum habe ich meine Schuhe ausgezogen, steht er schon vor mir.

»Wo warst du?«, fragt er ernst und als ich aufsehe, hat er die Arme verschränkt und die Lippen zusammengepresst.

»Bei Milo«, antworte ich beiläufig, gehe in die Küche und öffne den Kühlschrank.

Ich weiß schon, was ich heute für das Abendessen geplant habe, und räume die Zutaten hinaus.

Michael kommt auch in die Küche und lehnt sich an die Wand neben der Tür.

»Ich will nicht, dass du ihn triffst«, sagt er langsam und betont dabei jede Silbe.

»Ja, das hast du schon mal erwähnt«, gebe ich ihm genervt zur Antwort und beginne mit dem Kochen.

»Wie oft soll ich es dann noch sagen?«, presst er ungeduldig zwischen den Lippen hervor.

»Von mir aus gar nicht mehr. Es wäre mir recht, wenn du dich nicht so darüber aufregen würdest. Das ist absolut kindisch und unnötig«, finde ich kühl. Es ist leichter, mit ihm zu reden, wenn ich ihn dabei nicht ansehen muss.

»Ist es dir denn völlig egal, wie ich darüber denke? Wie's mir dabei geht?«, will er erbost wissen und ich muss kurz überlegen.

»Egal ist es mir nicht, aber in dem Fall finde ich, dass du falsch reagierst. Und das werde ich nicht unterstützen, indem ich dich beruhige oder mache, was du mir vorschreiben willst«, stelle ich klar, dann drehe ich den Herd auf.

Eine Weile sagt er gar nichts. Aus dem Augenwinkel sehe ich, dass er noch dasteht, und ich bereite weiter das Essen vor.

»Was macht ihr eigentlich, wenn du bei ihm bist?«, fragt er dann so leise, dass ich es gerade noch hören kann. Ich halte kurz inne.

»Was meinst du?«, erwidere ich irritiert.

»Du weißt genau, was ich meine«, behauptet er und reibt sich genervt die Augen. »Küsst ihr euch? Schläfst du mit ihm?«, hakt er nun lautstark nach und ich bin so überrascht, dass ich mich umdrehe.

»Nein! Spinnst du?«, antworte ich schockiert und starre ihn an. »Er ist nur mein Freund, verstehst du das nicht? Darf ich denn keine Freunde haben? Außerdem würde ich dich nie betrügen. Unsere Ehe bedeutet mir etwas«, füge ich traurig hinzu, dann widme ich mich wieder genervt dem Gemüse.

»Den Eindruck machst du aber nicht«, meint Michael tonlos, dann bekomme ich mit, wie er aus der Küche geht. Wenig später höre ich Schlüssel klimpern, danach wie die Haustür zufällt.

Ich bin so verblüfft, dass ich mich sekundenlang nicht rühren kann. Dann gehe ich ins Vorzimmer und schaue die Tür von innen an, als ob sie mir mehr sagen könnte. Er ist einfach abgehauen.

Das hat er noch nie gemacht, zu verschwinden, ohne sich zu verabschieden und ohne mir zu sagen, wo er hinwill.

Ich bin fassungslos und gehe wieder in die Küche zurück. Mein Gemüse ist schon ein wenig angebrannt und ich rühre schnell um, dann drehe ich die Platte ganz ab.

Ich überlege, ob ich überhaupt weiterkochen soll, und beschließe, es zu lassen. Noch immer geschockt, räume ich das Fleisch wieder zurück in den Kühlschrank und drehe das Wasser ab, in dem ich Nudeln kochen wollte. Dann gebe ich eine Portion Gemüse auf einen Teller, nehme eine Gabel, setze mich an den Tisch und fange an zu essen.

Irgendwie bin ich wütend, dass Michael gegangen ist. Was soll das? Er unterstreicht sein kindisches Verhalten damit nur, finde ich. Am liebsten würde ich jetzt auch einfach aufbrechen, aber wohin?

Als Erstes fällt mir Milo ein, aber zu ihm möchte ich in der gegenwärtigen Situation lieber nicht. Außerdem würde er es ganz sicher falsch verstehen und ich will ihn auf keinen Fall zu irgendwas ermuntern. Wo soll ich sonst hingehen? In eine Bar und mich betrinken, wie in den Filmen? Nein danke.

Meiner Ansicht nach habe ich nichts falsch gemacht. Für Michael ist es scheinbar in Ordnung, wenn er seine Abende sonst wo verbringt, aber ich darf nicht am Nachmittag einen alten Freund treffen? Das ärgert mich schon und ich nehme mir vor, ihm das genauso zu sagen, wenn er wieder mit Milo anfängt.

Kurz überlege ich, ob er überhaupt wiederkommen wird, aber der Zweifel daran legt sich schnell. Wieso auch nicht, wo soll er denn sonst hin.

Ich esse mein Gemüse auf, Hunger hatte ich eigentlich nicht wirklich, dann denke ich nach, was ich jetzt machen soll. Lust habe ich auf gar nichts, also wasche ich zuerst ab und bringe die Küche in Ordnung, im Anschluss daran gehe ich duschen.

Als ich damit fertig bin, ist es noch nicht einmal acht Uhr. Ich beschließe, den Fernseher aufzudrehen. Dazu nehme ich mir meine Decke und mache es mir auf dem Sofa gemütlich. Ich schalte von einem Sender zum nächsten, bis ich einen Film finde, den ich sehen will.

Es fällt mir schwer, mich zu entspannen und die Komödie zu genießen. Normalerweise schaue ich diesen Liebesfilm alle paar Jahre total gerne, aber heute kann ich mich kaum darauf konzentrieren. Es fühlt sich so an, als würde der Fernseher nur im Hintergrund laufen und im Vordergrund tauchen abwechselnd Milo und Michael vor mir auf.

Ich bin ganz schön fertig, es war ein emotional anstrengender Tag für mich.

Da mir aber nichts Besseres einfällt, sehe ich mir den Film zu Ende an, dann sperre ich die Haustür ab und ziehe die Vorhänge zu.

Es ist vor dreiundzwanzig Uhr, als ich mir die Zähne putze, und ich bin schon hundemüde. Ich glaube nicht, dass Michael in naher Zukunft heimkommt. Es ist mir auch ganz egal.

Im Bett lese ich noch ein Kapitel, obwohl mir die Augen dabei zufallen, dann schalte ich das Licht aus und lege mich schlafen. Innerhalb weniger Minuten bin ich weg und eine traumreiche Nacht beginnt.

MILO

Hundert Tage Sommer. So stand es in großen Buchstaben in der Zeitung und schon Anfang Juli war die erste Hitzewelle von vielen da. Es war, auch was das Wetter betraf, ein außergewöhnlicher Sommer. Von Juni bis September war es extrem heiß und schwül und die ganze Stadt wirkte wie ausgestorben.

Einige Bewohner waren sicherlich auf Urlaub, aber auch alle hiergebliebenen schienen das Haus bloß zu verlassen, wenn es wirklich notwendig war. Selten sah man jemanden im Vorgarten sein Auto waschen und nur die Kinder und Jugendlichen waren öfter unterwegs anzutreffen, am Weg zum Supermarkt oder zur Eisdiele. Aber abgesehen davon war es komplett ruhig und am Abend, wenn die Sonne langsam unterging, war meistens nur das Zirpen der Grillen, das Zwitschern der Vögel und ab und zu, aus der Ferne, ein vorbeifahrendes Auto oder Motorrad zu hören.

Es war der Sommer, in dem Emily und ich ein Paar waren. Ich kann mich noch an so vieles von diesem Sommer erinnern. Wir waren täglich zusammen und oft wirklich von Sonnenaufgang bis Sonnenuntergang. Die Tage waren fast alle gleich, wir trafen uns bereits morgens, es war so heiß, dass wir uns ohne Wasserflasche gar nicht hinaus trauten, und dann blieben wir entweder bei ihr daheim, im Garten oder wir gingen schwimmen, was mir am liebsten war.

Emily und ich waren beinahe täglich bei unserem Teich, zumindest für ein paar Stunden, wenn wir davor oder danach etwas anderes vorhatten. Ich hatte den ganzen Sommer absolut gar nichts vor, doch Emily musste ab und zu etwas mit ihren Eltern machen. Gelegentlich ging ich auch mit Katie zu dem kleinen See, wenn Emily keine Zeit hatte, oder wir waren zu dritt dort.

Er gehörte natürlich nicht wirklich uns, er war Teil eines öffentlichen kleinen Waldes, an dessen Rand hinter einer riesigen Wiese, die in diesem Sommer sehr hoch und bräunlich gelb war, der Teich lag. Ich weiß gar nicht, ob er zum Schwimmen gedacht war, das Wasser war trüb und manchmal voller Blätter. Bestimmt gab es auch Wasserschlangen. Aber es war eine herrliche Erfrischung, wenn es so heiß war. Außerdem war es ein Ort, an dem wir ungestört waren.

Emilys Eltern arbeiteten tagsüber und ihnen war es egal, wo Emily sich herumtrieb. Sie wussten, dass sie mit mir unterwegs war, denn wir waren schon als Kinder unzertrennlich und hatten auch in den letzten Sommerferien immer etwas gemeinsam unternommen. Ab und zu fragten sie nach, doch sie vertrauten ihr vollkommen, und außerdem konnte man in einer Kleinstadt wie unserer nicht viel anstellen.

Mein Dad interessierte sich nie dafür, was meine Schwester und ich machten, und wir hatten diese unausgesprochene Regel, dass wir Kinder erst am Abend nach Hause kommen sollten, leise und am besten unsichtbar, sodass er nichts von uns mitbekam.

Wir beide waren froh darüber, wir waren ungern daheim, selbst wenn er noch in der Arbeit war. Lange Zeit nahm ich Katie überall hin mit und es störte mich auch nicht; ich wollte mich ja um sie kümmern und schauen, dass es ihr an nichts fehlte. Seit Emily und ich zusammen waren, wollten wir aber auch alleine sein, und so fügte es sich gut, dass Katie sich mit einem Mädchen aus ihrer Schule anfreundete und bei ihr zu Hause herzlich willkommen war. Darüber war ich wirklich erleichtert, denn sie war sonst immer einsam und traurig, und seit sie diese Freundin hatte, hörte ich sie tatsächlich manchmal lachen. Das fand ich schön. Und ich brauchte kein schlechtes Gewissen haben, dass ich meine ganze freie Zeit mit Emily verbrachte.

Ich war so glücklich, an dem Tag als ich sie fragte, ob sie meine Freundin sein möchte und sie Ja sagte. Schon lange hatte ich gedacht, dass da irgendwie mehr zwischen uns war als Freundschaft, wir standen uns wirklich seit wir klein waren sehr nahe.

Einige Wochen oder Monate zuvor begann ich mir vorzustellen, dass wir ein Paar wären, und der Gedanke gefiel mir sehr. Natürlich war ich zu schüchtern, um sie darauf anzusprechen, und so war ich froh, dass Emily es plötzlich tat.

Ich hatte keine Ahnung, dass sie ähnliche Gefühle für mich hegte, aber es freute mich wahnsinnig. Für mich war sie das klügste und hübscheste Mädchen in der ganzen Stadt und ich liebte sie über alles. Von da an begann die schönste Zeit in meinem Leben, der Sommer, der nie zu enden schien.

Besonders in Erinnerung habe ich auch die Party von einer Mitschülerin von Emily namens Olivia. Wir waren nicht miteinander befreundet, aber sie lud damals die ganze Schulstufe oder vielleicht auch die gesamte Schule ein. Ihre Eltern waren über das Wochenende verreist und Olivia nutzte das aus. Man könnte jetzt sagen, ganz klassisch, aber damals hatte ich wirklich keine Ahnung von so etwas. Ich sah nie viel fern, sodass ich mein Wissen nicht aus irgendwelchen Teenie-Filmen beziehen hätte können.

Es war die erste Party, zu der ich eingeladen war, abgesehen von Emilys Geburtstagsfeiern jedes Jahr, und ich war ein wenig aufgeregt deshalb. Das war definitiv etwas anderes als eine Geburtstagsfeier, das war mir schon klar. Immerhin waren meine Mitschüler und ich um die vierzehn Jahre alt und es hieß, dass keine Erwachsenen, also Aufpasser, da sein würden. Das klang so, als würde es spannend werden.

Ich weiß noch, ich machte mir davor viele Gedanken. Was sollte ich anziehen? Was tat man dort? Einige Jungen aus unserer Schule gaben öfter damit an, dass sie Alkohol tranken und rauchten. Machte man das auf solchen Partys? Oder was war mit Tanzen?

Ich versuchte mir das ganze Szenario vorzustellen und an dem Samstag selbst war ich dann leicht nervös. Jedoch sehr positiv nervös. Emily und ich waren damals höchstens zwei Wochen zusammen und ich fragte sie, gleich nachdem wir von der Party erfahren hatten, ob wir gemeinsam hingehen würden. Sie sagte zu und freute sich. Emily war deshalb sogar mit ihrer Schwester in die Mall zum Einkaufen gefahren. Das hatte sie meines Wissens noch nie gemacht.

Am Abend der Party probierte ich dann mehrere Shirts, Hemden und Hosen in Kombination an, bis ich mich für ein Outfit entscheiden konnte. Ich nahm mir vor, mehr Kleidung zu kaufen. Bisher hatte mich mein leerer Kleiderschrank nicht gestört, aber an diesem Abend verzweifelte ich ein wenig wegen der begrenzten Auswahl – und weil ich nicht wusste, wie sich die anderen kleiden würden.

Sorgfältig duschte ich und versuchte dann, meine Haare zur Seite zu kämmen, damit sie mir nicht ins Gesicht hingen.

Ich erklärte Katie, wo ich hingehen würde, und sie war alles andere als begeistert. Sie wollte nicht alleine mit unserem Vater zu Hause bleiben. Ich beruhigte sie und schlug vor, dass sie sich im Zimmer einschließen könnte und wir uns dann einfach morgen früh wiedersehen würden. Damit war sie zum Glück einverstanden.

Eigentlich war ich mir zwar ziemlich sicher, dass es meinem Vater egal war, ob ich wegging oder nicht, doch ich zog es vor, aus dem Fenster zu klettern, um ja nichts zu riskieren. Direkt vor meinem Fenster war ein kleiner, dünner Baum, der mehr tot als lebendig war, doch für meine Zwecke reichte es. Es kam nicht oft vor, dass ich mich rausschleichen musste, aber ich war immer froh, dass es so leicht ging.

Wie zuvor ausgemacht, holte ich Emily um halb neun von daheim ab, und ich nahm auch bei ihr zu Hause eine außergewöhnliche Stimmung wahr. Scheinbar waren alle aufgeregt. Für Emily war es auch die erste echte Party und ich war froh, dass sie hingehen durfte.

Ich begrüßte ihre Eltern, die mich hineinließen, und während ihre Mutter nach Emily rief, setzte sich ihr Vater vor den Fernseher. Allerdings wanderte sein Blick mehrmals in das Vorzimmer, wo ich mit Emilys Mutter wartete.

Ellie helfe Emily beim Anziehen, erklärte sie mir, was auch sehr ungewöhnlich war. Die Schwestern verstanden sich zwar gut, doch sie unternahmen nicht viel gemeinsam. Das war wohl so eine Mädchensache, die man zu zweit machen musste.

Nervös blieb ich auf der Stelle stehen und lauschte nach oben, doch ich verstand nicht, was die zwei miteinander redeten. Wahrscheinlich war ich zu früh und Emily war noch gar nicht fertig. Meine Armbanduhr hatte ich vergessen und hier im Vorzimmer war keine, weshalb ich nicht sicher sein konnte.

Ihre Mutter fragte, ob ich noch etwas essen wolle, und ich verneinte, denn ich hatte schon mit Katie gegessen. Gerade als sie sich dann erkundigte, wie mein Zeugnis dieses Jahr ausgesehen habe, hörte ich oben eine Tür aufgehen und wir unterbrachen, um zu sehen, ob Emily jetzt käme.

Auf einmal erschien sie dann oben auf der Treppe. Sie hatte mich noch nicht gesehen und ging mit dem Blick auf ihre Schuhe gerichtet langsam hinunter.

Ich bekam augenblicklich Herzklopfen, als ich sie erblickte, und strahlte sie an, wobei sie noch gar nicht zu mir herschaute. Sie sah unglaublich aus.

Emily hatte ihre neuen Sachen an: ein weißes Sommerkleid mit Spaghettiträgern, das bis zu den Knien ging und an der Hüfte ein bisschen weiter wurde. Die Haare trug sie offen, wie meistens, doch irgendwie sahen sie anders aus. Ein wenig gewellt oder so. In den Ohren hatte sie lange, dünne Ohrringe, die glitzerten. Ihre Schuhe waren golden, mit Riemchen und einem Absatz. Das erklärt auch, warum sie so langsam ging und zusehen musste, dass sie nicht die Stufen hinunterfiel.

Als sie mich dann bemerkte, lächelte sie. Ich sah, dass sie sogar geschminkt war. Ihre Mutter musste auch grinsen, wünschte uns einen schönen Abend und ging dann ins Wohnzimmer. Kurz wunderte ich mich, dass sie Emily keine Ratschläge erteilte oder klarmachte, wann sie wieder zu Hause sein müsse, doch wahrscheinlich hatten sie das schon vorher besprochen.

Nach einer Ewigkeit stand Emily dann vor mir und schaute mir tief in die Augen. Das war einer dieser Momente, der wie eine Ewigkeit erschien.

»Du bist wunderschön«, sagte ich gerührt und konnte meinen Blick kaum abwenden.

EMILY

Diese Party bei Olivia damals, ganz zu Beginn unserer Beziehung, habe ich noch gut in Erinnerung. Ich war extrem nervös und verbrachte sicherlich zwei Stunden damit, mich anzuziehen und zu schminken. Zuvor hatte ich noch nie Make-up außer Haus getragen, in die Schule durfte ich damit nicht, meine Mutter wollte das nicht – dennoch tuschte ich mir manchmal ein wenig die Wimpern und hoffte, sie würde es nicht bemerken – und sonst probierte ich es gerne im Badezimmer aus und wusch es dann wieder ab.

Es war die erste echte Party, auf die ich ging und ich wusste nicht genau, was mich erwarten würde, freute mich aber wahnsinnig darauf. Ich war froh, dass ich gemeinsam mit Milo hinging, der genauso aufgeregt war wie ich.

Als er mich abholte, machte ich mir so viele Gedanken über die Schuhe oder ob ich vielleicht mit dem Make-up übertrieben hatte. Ellie half mir damals, daran erinnere ich mich noch. Hauptsächlich beruhigte sie mich, ich war wohl ziemlich hysterisch.

Ich weiß noch genau, wie ich die Treppe hinunterging und Milo mit meiner Mutter warten sah. Er lächelte mich an und ich fühlte mich sofort wohl und dachte nicht mehr an meine Sorgen von zuvor, sondern bloß an ihn. Er sagte, ich sehe wunderschön aus, und ich war überglücklich.

Am Weg zu Olivias Haus hielt er meine Hand und wir unterhielten uns darüber, wer wohl kommen würde und was sich seit den nicht ganz zwei Wochen nach Schulschluss getan hatte.

Bei der Party angekommen, wurden wir gleich überschwänglich von unseren Mitschülern begrüßt. Alle waren ausgelassen und die gute Stimmung war ansteckend. Es waren bereits einige Leute da, wobei ich bei Weitem nicht alle kannte. Meine Freundinnen zogen mich gleich von Milo weg, um mir den neusten Tratsch zu erzählen – Lisa und Tommy hatten sich getrennt – und um über die Kleider, Schuhe und dann die unbekannten Jungs zu sprechen, die in der Küche standen und Bier tranken.

Ich hielt nach Milo Ausschau, der sich mit ein paar Schulkameraden scheinbar angestrengt über Sport unterhielt. Er hatte keine Ahnung von Sport, es interessierte ihn gar nicht. Als er mich sah, musste er grinsen, und ich erwiderte es sofort.

Nach einer Weile stand ich auf, ging zu ihm und fragte ihn, ob er nicht auch etwas trinken wolle. Er sagte Ja und wir gingen gemeinsam zur Küche, wo alle Getränke eingekühlt waren, wie mir Olivia zuvor mitgeteilt hatte. Als wir uns den ganzen fremden Jungs näherten, umschlang Milo mit seinem Arm meine Taille und hielt mich so in seiner Nähe. Das hatte er bis dahin noch nie gemacht.

Wir sagten »Hi« zu allen und machten uns an den Kühlschrank. Olivia hatte gut vorgesorgt, außer Alkohol und Säften war nichts anderes darin.

Ich holte eine Flasche nach der anderen raus und wir begutachteten sie. Wir hatten keine Ahnung, wie was schmeckte, und einige Getränke kannte ich überhaupt nicht. Nach ein paar Minuten meinte Milo, er würde ein Bier nehmen, und ich reichte ihm eines. Ich entschied mich für einen Malibu, den ich mit Orangensaft mischte. Er wurde viel zu stark und ich musste noch zweimal Saft nachfüllen, damit er halbwegs gut schmeckte.

Wir blieben in der Küche, obwohl es recht eng war. Einer der Jungen fragte, ob wir auf dieselbe Schule wie Olivia gehen würden, und ich bejahte das. Er und seine Freunde kannten sie anscheinend aus einem Nachtklub.

Ich war noch nie in einer Bar gewesen. Es war ja für Minderjährige nicht erlaubt und ich fand das aufregend. Ich konnte mir gut vorstellen, dass Olivia sich irgendwie hineingeschummelt hatte, ich traute ihr so ziemlich alles zu.

Der Junge wollte weiter mit mir reden und höflich, wie ich war, beantwortete ich seine Fragen, hatte aber nach ein paar Minuten keine Lust mehr und wandte mich ganz Milo zu.

Von da an unterhielt ich mich fast die ganze Zeit mit ihm, wir nippten ab und zu an unseren Getränken und ignorierten alles rund um uns. Irgendwann drehte jemand Musik auf und im Wohnzimmer wurde getanzt. Als ich von der Küche aus zusah, fragte Milo, ob ich auch dahin wolle.

Ich nickte, trank meinen Malibu in einem Zug leer und verzog anschließend das Gesicht. Milo lachte und tat daraufhin mit seinem Bier das Gleiche. Er stellte mein Glas und seine Flasche weg, nahm mich an der Hand und wir gingen zu unseren Freunden. Es waren lauter bekannte Lieder, die gespielt wurden, und obwohl wir beide ein wenig unbeholfen waren, tanzten wir und es machte sehr viel Spaß. Wir lachten und sangen laut mit und ich erinnere mich, wie fantastisch ich mich fühlte.

Als dann das erste langsame Liebeslied kam, zog mich Milo vorsichtig zu sich und lächelte mich nervös an.

»Willst du immer noch tanzen?«, fragte er und ich nickte. Er hob seine Hand und strich mir mit den Fingern eine Haarsträhne aus dem Gesicht. Seinen Gesichtsausdruck dabei werde ich nie vergessen. Dann legte er seine Hände an meine

Hüfte und ich verschlang meine in seinem Nacken. Wir schauten uns in die Augen und bewegten uns langsam hin und her, und das eine Ewigkeit lang. Milo und ich kamen uns immer näher, bis gar kein Abstand mehr zwischen uns war. Meine Wange berührte seine und ich legte meinen Kopf ein bisschen an seine Schulter. Wir sprachen gar nichts miteinander, aber jedes Mal, wenn wir uns ansahen, strahlten wir um die Wette.

Ich war so glücklich und konnte mir nicht vorstellen, mit irgendjemanden lieber hier zu sein als mit Milo.

Als dann auf einmal wieder schnellere Musik aufgelegt wurde, lösten wir uns voneinander.

»Soll ich dir noch etwas zu trinken bringen?«, fragte Milo, und ich bat ihn um ein Glas Wasser. Alkohol interessierte mich an diesem Abend nicht mehr.

Ich wartete im Wohnzimmer, wo ich plötzlich von lauter Schulkameradinnen umzingelt war, die alles über Milo und mich wissen wollten. Es wusste noch niemand, dass wir jetzt zusammen waren, obwohl es viele schon geahnt hatten.

Damals hatte ich niemanden, den ich als beste Freundin bezeichnen würde, es gab zwar ein paar Mädchen, mit denen ich mich gut verstand und mit denen ich in der Schule gerne quatschte, aber für mich waren sie nicht unbedingt Freundinnen, Milo war mein Freund. Sonst brauchte ich niemanden.

Ich wusste gar nicht, was ich sagen sollte, aber das war komplett egal, denn die Mädchen redeten ohne Punkt und Komma. Alle waren begeistert. Ich glaube, sie waren alle betrunken.

Milo kam mit unseren Getränken aus der Küche zurück und als er die Mädchenschar bemerkte, wurde er immer langsamer. Unsicher sah er zu mir, ich lief ihm entgegen und schlug vor, nach draußen zu gehen, weil mir heiß war. Die Mädchen ließ ich ohne ein Wort stehen.

Die Terrassentür war schon geöffnet und wir gingen in die Wiese hinaus. Es war ein großer, gepflegter Garten und ich ging auf einen weißen Marmortisch mit einer Bank zu. Dort angekommen setzten wir uns nebeneinander hin und tranken unser Wasser.

Ich fragte ihn, ob er Spaß habe, und er sagte, es sei einer der schönsten Tage seines Lebens. Als ich lachte und meinte, wir müssten öfter auf Partys gehen, schüttelte Milo den Kopf und erklärte, es wäre nicht wegen der Party, sondern meinetwegen.

Er sah mir in die Augen, so wie er es beim Tanzen getan hatte, so, dass es in meinem ganzen Körper kribbelte. Schließlich griff er mit seiner Hand an meine Wange und küsste mich zum ersten Mal. Der erste Kuss war ganz kurz, danach schaute er mich an, um zu sehen, ob es in Ordnung wäre, also lehnte ich mich zu ihm und wir küssten uns weiter. Es war wirklich unbeschreiblich schön. Er hatte einen guten Moment ausgesucht.

In Wahrheit wartete ich schon lange auf unseren ersten Kuss und obwohl ich sonst immer die von uns war, die die Initiative ergriff, wollte ich das in dem Fall nicht machen. Beim Tanzen war ich schon kurz davor gewesen, doch die vielen Leute hatten mich abgeschreckt. Es wäre mir unangenehm gewesen, dass man über uns sprach. Außerdem war ich, was das betrifft, doch altmodisch, ich fand, dass der Junge den ersten Schritt machen musste.

Ich kann nicht sagen, wie lange wir dort saßen. Milo legte seinen Arm um meine Schulter, als mir kalt wurde, und ich kuschelte mich an ihn, wenn wir uns gerade nicht küssten.

Wir sprachen weiter, als wäre nichts gewesen, sahen zu den anderen, die nun auf der Terrasse tanzten und herumalberten, und wir waren uns sicher, dass demnächst die Polizei kommen würde, wenn sie weiter so laut waren.

Milo hielt abwechselnd meine Wange oder meine Hand fest und ich streichelte ihn am Hinterkopf. Er lächelte mich an und ich wusste, er war genauso glücklich wie ich. Während wir so umschlungen dasaßen, blendeten wir das Gejohle der anderen einfach aus. Niemand kümmerte sich um uns und das war auch gut so, denn wir genossen den Moment in vollen Zügen.

Irgendwann meinte er dann, wenn ich rechtzeitig zu Hause sein wolle, müssten wir nun los. Also verabschiedeten wir uns schnell von unseren Freunden und eilten nach Hause.

Wir waren wirklich schon sehr spät dran, darum zog ich meine Schuhe aus, damit ich schneller rennen konnte. So liefen wir lachend die leeren Straßen entlang, bis wir vor meiner Haustür standen. Ein Blick auf seine Armbanduhr verriet Milo, dass wir gerade noch pünktlich waren. Dann zog er mich ein letztes Mal zu sich, küsste mich und wünschte mir eine gute Nacht.

Ich ging die Treppen zur Veranda hinauf und sperrte leise die Tür auf, doch meine Eltern waren sowieso noch wach, das Licht brannte im Wohnzimmer. Von innen winkte ich Milo noch einmal und er rief: »Bis morgen!«

An diesem Abend konnte ich kaum einschlafen. Ich musste die ganze Zeit lächeln und hoffte, dass dieses aufregende Gefühl nie vergehen würde.

MICHAEL

Unruhig warte ich am Sofa vor dem Fernseher, während Emily sich fertigmacht. Wir wollen ins Kino gehen, eine Verabredung als Wiedergutmachung sozusagen. Ein Versuch, die blöden Streitereien hinter uns zu lassen und wieder eine normale Beziehung zu führen.

Sie war nicht sehr böse, dass ich an dem einen Abend letzte Woche nicht nach Hause gekommen bin. Also ich bin schon irgendwann spät heimgekommen, aber ich habe den Rest der Nacht auf dem Sofa verbracht, und als Emily mich am nächsten Morgen, als sie zur Arbeit ging, so gesehen hat, hat sie kein Wort gesagt und ist gegangen.

Als sie dann von der Kanzlei gekommen ist, habe ich mich entschuldigt, für alles. Dass ich mich so stur und dumm verhalten habe, ihr vorgeworfen habe, dass sie mich betrügt und dass ich die Nacht weg war, in einer Bar, wo ich mich ordentlich betrunken habe.

Emily hat die Entschuldigung angenommen und gesagt, sie hoffe, dass es in Zukunft leichter sein würde, denn sie wolle Milo weiterhin sehen. Ich habe so getan, als wäre das in Ordnung für mich, und gemeint, ich würde an meiner Selbstbeherrschung und Eifersucht arbeiten.

Aber eigentlich habe ich mich gar nicht entschuldigen wollen, denn ich finde, dass sie im Unrecht ist, doch ich weiß ja, dass sie eigensinnig ist, und der beste Weg, alles wieder ins

Lot zu bringen, war eben eine Entschuldigung. Seitdem gehen wir freundlicher miteinander um, aber es ist noch immer nicht alles so wie früher. Eine gewisse Spannung liegt in der Luft, doch wir sprechen nicht darüber.

Heute wollen wir uns einen Film ansehen und vorher eine Kleinigkeit essen gehen, das war meine Idee. Schließlich haben wir ewig nichts mehr gemeinsam gemacht, außer manchmal am Wochenende Lebensmittel einkaufen zu gehen und uns beim Abendessen über den Tag des anderen auszufragen.

Emily hat sich gefreut, als ich ihr den Kinoabend vorschlug, aber sie hat auch verwundert gewirkt. Normalerweise kommen solche Vorschläge immer von ihr.

Endlich kommt sie herunter und ich drehe den Fernseher ab.

»Bist du fertig?«, frage ich sie und sehe, dass sie sich komplett umgezogen hat. Statt dem Top und der Hose von vorher trägt sie jetzt ein Sommerkleid und eine Weste darüber.

Heute ist es erstmals richtig warm, ein schöner Maitag. Ich überlege auch, ohne Pullover zu gehen.

»Ja, ich trinke nur noch einen Schluck und dann nehme ich noch eine andere Tasche«, kündigt sie an und geht in die Küche.

Ich seufze leise, denn ich würde gerne losfahren, damit wir bald essen können, deshalb gehe ich ins Vorzimmer und schlüpfe in die Schuhe.

»Ich geh schon zum Auto«, rufe ich hinein, dann trete ich nach draußen und genieße kurz die Wärme der Sonnenstrahlen. Nach ein paar Augenblicken gehe ich zu unserem Auto, das einige Meter entfernt geparkt ist, doch bevor ich ganz da bin, erstarre ich und halte an.

Milo kommt gerade die Straße runter, sieht mich und macht langsam ein paar Schritte in meine Richtung.

Ärger braut sich in mir zusammen und ich versuche sofort, ruhig zu bleiben.

»Hallo, ich wollte mit Emily sprechen«, teilt er mir mit, als er vor mir stehen bleibt. Er schaut ins Auto hinein und bevor ich irgendetwas erwidern kann, öffnet Emily unsere Haustür und geht nach draußen. Sie will gerade abschließen, da sieht Milo sie, sagt »Okay« zu mir, dann geht er auf sie zu.

Am liebsten würde ich sofort hinterhergehen und ihn aufhalten, aber ich halte mich zurück. Ich will Emily beweisen, dass ich damit umgehen kann und brav beim Auto warten werde, bis sie fertig gesprochen haben. Ich beiße mir auf die Lippen und entferne die Blätter von der Windschutzscheibe.

Als Emily Milo entdeckt, schaut sie auch gleich zu mir, so als ob sie meine Reaktion testen will, und ich mache ein bemüht freundliches Gesicht und bleibe, wo ich bin.

»Hallo, ich wollte nur nach dir sehen. Du hast auf meine Anrufe nicht reagiert«, meint Milo leise und ich höre ihn kaum durch die Entfernung.

Emily wirkt nervös und sie klimpert mit dem Schlüssel in ihrer Hand. »Ich hab mir gedacht, wir brauchen vielleicht ein paar Tage Abstand«, gibt sie ihm zur Antwort und schaut dabei auf ihre Schuhe.

»Wenn es wegen dem ist, was ich letztes Mal gesagt hab, dann tut es mir leid. Ich wollte dich nicht erschrecken oder dich verletzen«, entschuldigt sich Milo und ich spüre schon wieder die Eifersucht in mir hochsteigen.

Wovon redet er? Ich gehe ein paar Schritte näher und die beiden scheinen es nicht zu bemerken.

»Milo, ich weiß, dass du immer geradeheraus und ehrlich bist. Aber das, worum du mich bittest, geht nicht und das weißt du«, behauptet Emily dann und sieht ihn nun dabei an.

Milo kommt noch einen Schritt auf sie zu und ich trete automatisch ebenfalls näher.

Um was geht es hier? Ich bin schon komplett unruhig und mittlerweile auch ungeduldig. Ich versuche, mir nichts davon anmerken zu lassen, und rufe Emily so nett wie möglich zu: »Schatz, wir müssen dann los!«

Emily dreht sich zu mir um und erwidert: »Einen Moment noch.« Milo starrt sie weiterhin an.

Ich atme kräftig aus, dann gehe ich auf unser Auto zu und lehne mich an die Fahrertür. Von da aus beobachte ich sie weiter. Zum Glück kann ich sie immer noch hören.

»Du musst ja jetzt noch nichts entscheiden, aber ich will nur wissen, was in dir vorgeht«, drängt Milo und Emily schüttelt energisch den Kopf und stellt fest: »Ich werde überhaupt nichts entscheiden! Du solltest jetzt gehen, es ist gerade ein schlechter Zeitpunkt.«

»Bitte sag mir, ob du das auch gefühlt hast, damals auf meinem Sofa«, bittet Milo leise, statt endlich zu gehen, und ich balle meine Fäuste.

Jetzt reicht es. Wutentbrannt richte ich mich auf und gehe auf sie zu.

»Milo geh jetzt, wir reden nächstes Mal darüber«, versucht Emily ihn abzuwimmeln, doch er greift nach ihrem Arm und hält sie fest.

Ich bleibe stehen und sehe mir das Ganze von unserem Zaun aus an.

»Empfindest du noch etwas für mich? Ich muss es einfach wissen!«, raunt er ihr eindringlich zu, wahrscheinlich, damit ich es nicht höre.

Doch Emily schüttelt nur den Kopf, verzieht dann das Gesicht, als würde sie gleich zu weinen anfangen, und schluchzt schließlich: »Ich kann nicht!«

Milo berührt sie zärtlich an ihrer Wange und ich bebe vor Zorn.

»Nimm deine Hand da weg!«, brülle ich ihn an und bin in zwei Sekunden bei ihnen.

Er schaut mich nur kurz genervt an, doch seine Hand bleibt, wo sie ist.

Mit voller Kraft schlage ich ihm ins Gesicht, sodass er einige Schritte zurücktaumelt. Emily schreit einmal laut und schluchzt dann weiter. Meine Finger kribbeln vor Schmerz.

Milo schaut auf und ich erkenne, dass Blut aus seiner Nase rinnt. Er sieht nicht so aus, als würde er zurückschlagen, aber ich bin noch lange nicht fertig.

Ich greife mit der linken Hand nach seinem Pullover und will ihm mit der rechten wieder eine reinhauen, aber er weicht mit seinem Kopf nach hinten aus.

»Hör auf, lass ihn!«, ruft Emily panisch und ich spüre ihre Hände an meinen Schultern.

Ich ignoriere sie, schüttle sie ab und versuche ihn noch einmal zu treffen, was mir auch gelingt, allerdings nicht so fest wie ich es gerne hätte.

Sein Kopf kippt nach hinten und er wankt rückwärts, bis er an der Hausmauer anlangt, wo er sich abstützt. Eigentlich erwarte ich, dass er sich wehrt, aber er starrt mich nur abschätzig an.

Ich lasse meine Arme sinken, keuche, doch ich schäume immer noch vor Wut.

Da dreht sich Milo zu Emily und fragt: »Gehen wir?«, und ich glaube, mich trifft der Schlag. Ich will schon wieder auf ihn losgehen, doch Emily packt mich von hinten und sagt laut und bestimmt: »Nein. Geh jetzt, Milo!«

Er schaut sie traurig an und es vergehen ein paar Sekunden, in denen wir genauso stehenbleiben, schließlich geht er knapp an mir vorbei, ohne mich auch nur eines Blickes zu würdigen, und verlässt unseren Garten durch das Tor.

Ich sehe ihm kurz nach, als er den Gehweg hinuntergeht und sich mit dem Arm das Blut aus dem Gesicht wischt, dann widme ich mich Emily.

»Was sollte das?«, knurre ich sie an und sehe nun, wie verzweifelt sie gerade aussieht.

»Das könnte ich dich auch fragen«, antwortet sie leise und schaut zu mir hoch. »Wieso um alles in der Welt hast du ihn geschlagen?«

»Na, weil er dich angefasst hat! Und was hat er da gesagt, was war auf dem Sofa?«, fahre ich sie an.

Sie will von mir, dass ich ihr vertraue, und redet mir ein, dass sie bloß Freunde wären, und jetzt das. Sie hat mir ins Gesicht gelogen.

»Da war gar nichts, das schwöre ich dir«, jammert sie und vergräbt ihr Gesicht in den Händen.

»Wovon hat er dann gesprochen?«, brülle ich weiter und mir ist egal, wie laut ich bin. Doch Emily antwortet nicht und schüttelt den Kopf.

»Er liebt dich noch, stimmt's?«, hake ich nach und balle meine Hände wieder zu Fäusten.

Sie sagt nichts und ich deute es als Ja. Das war klar, natürlich hatte ich recht.

»Und du liebst ihn auch«, werfe ich ihr vor und meine Stimme bebt vor Anspannung.

»Nein«, antwortet sie leise, allerdings nicht sehr überzeugend.

»Lüg nicht, sag mir die Wahrheit«, fordere ich sie lautstark auf und rüttle sie dabei leicht an der Schulter. Ich schaue ihr in die Augen, die sich mit Tränen gefüllt haben. Nach einer Ewigkeit beginnt sie zu sprechen.

»Ich werde immer etwas für ihn empfinden. Aber ich habe dich geheiratet, ich liebe dich und ich würde dich nie betrügen.«

Ich bin so zornig, dass ich sie loslasse und wie ein Tiger im Kreis gehe.

»Reden wir im Haus weiter?«, schlägt sie zerknirscht vor, sie hat das Kino also schon aufgegeben, so wie ich, und es ist ihr unangenehm, dass ich im Vorgarten so herumschreie.

Nun schüttle ich den Kopf. »Nein. Das kann so nicht weitergehen«, erkläre ich, ohne sie dabei anzusehen, und spüre einen Druck in meinem Hals, der mir die Luft nimmt.

Sie sagt einen Moment lang gar nichts, dann beschwichtigt sie mich und meint wieder, dass wir die Angelegenheit besprechen könnten.

Aber mir reicht es, ich will nicht mehr darüber diskutieren. Wir haben in den letzten Wochen so oft über ihn gesprochen und seinetwegen gestritten. Außerdem werden wir uns nie einig werden, wenn sie ihn weiter treffen will, das geht nun einmal absolut nicht für mich. Wenn keiner von uns nachgibt, dann gibt es auch keine Lösung.

Es ist alles Milos Schuld, wäre er nicht hier aufgetaucht, wäre alles beim Alten. Wie kann er sich so zwischen uns drängen, das ist nicht nur frech, das tut man einfach nicht. Warum konnte er nicht akzeptieren, dass Emily und ich verheiratet sind? Er hat so getan als wären sie nur Freunde, dabei hat er sich mehr und mehr an sie herangemacht. Sie ist ja manchmal so naiv.

Ich glaube ihr schon, dass sie anfangs lediglich mit ihm befreundet war, aber er hat sie so bearbeitet oder vollgejammert, dass sie sich zu irgendetwas überreden hat lassen, wozu auch immer. Das Bild von den zweien auf dem Sofa geht mir nicht mehr aus dem Kopf.

Sie hat vielleicht nicht damit begonnen, aber sie ist diejenige, die den Fehler gemacht hat. Er hatte ja nichts zu verlieren.

»Ich will nicht mit einer Frau verheiratet sein, die einen anderen liebt«, sage ich, mehr zu mir selbst als zu ihr, aber dennoch laut und verständlich.

»So ist das nicht«, widerspricht sie tonlos, doch ich weiß es.

Nun sehe ich sie an, wie sie dasteht, und eine Träne ihre Wange hinunterrinnt. Ich fühle gleichzeitig Wut, Trauer und ein Gefühl von Aufgeben. Allerdings sehe ich inzwischen eine Spur klarer.

»Ich lasse mich scheiden«, erkläre ich leise, warte kurz ihre Reaktion ab, dann drehe ich mich um und gehe zum Auto. Ich steige ein, starte den Motor und fahre so schnell wie möglich weg, ohne mich anzuschnallen. Im Rückspiegel sehe ich, dass sie noch immer genauso dasteht wie zuvor.

EMILY

Nach einer Weile habe ich mich auf die Stufen vor unser Haus gesetzt, weil ich weder draußen stehen bleiben wollte, noch habe ich mich dazu entschließen können, wieder die Tür aufzuschließen und hineinzugehen. Wie in Trance sitze ich nun da, die Strahlen der untergehenden Sonne blenden mich, doch ich kann mich nicht über die Wärme freuen. Ich habe eine Gänsehaut, obwohl mir nicht kalt ist, und mein Kopf fühlt sich an, als würde er explodieren. Meine Brust schmerzt mich und ich weiß nicht, ob es daran liegt, dass ich plötzlich keine Luft bekomme, oder dass ich so viel auf einmal empfinde. Wahrscheinlich beides.

Ich kann noch immer nicht glauben, was Michael da gesagt hat. Nun, wo wir uns gerade wieder angenähert haben und ich gehofft habe, dass alles so weitergehen kann wie zuvor. Ich fühle mich schuldig, weil Michael sich jetzt plötzlich scheiden lassen will. Ich habe zwar nichts angestellt, aber ich wusste, dass es ihn aufregt, wenn ich Milo treffe, und habe es trotzdem, ohne mit der Wimper zu zucken, getan. Warum war ich so egoistisch? Das war nicht gerade feinfühlig von mir.

Andererseits hat er auch mächtig überreagiert und dass er ihn geschlagen hat, ist einfach nicht in Ordnung. Ich bin ganz schön entsetzt, wie der Abend verlaufen ist.

Wir werden uns scheiden lassen. Bei dem Gedanken wird mir ganz mulmig. Ich werde dann geschieden sein. Jetzt muss ich mir eine Wohnung suchen und vielleicht auch einen Anwalt. Was wird mit dem Haus geschehen? Immerhin haben wir beide dafür angezahlt. Ich bin zwar Anwältin, aber mit Scheidungsrecht habe ich mich kaum befasst.

Wie soll es jetzt weitergehen, können wir bis dahin unter einem Dach wohnen? Das wird nicht gut funktionieren. Er wird es nicht wollen und ich will es auch nicht mehr.

Vielleicht ist es besser so, überlege ich. Können wir uns überhaupt noch gegenseitig glücklich machen? Wie würde unser Leben in ein paar Jahren aussehen, wenn wir so weitermachen wie bisher? Und was wäre mit Milo? Schließlich will ich ihn noch immer sehen und Michael wird es wohl nie tolerieren.

Eine Frau geht mit ihrem Hund an unserem Garten vorbei und blickt zu mir hinüber. Ich schaue sie nicht an und verdecke dann mein Gesicht mit den Händen. Der Gedanke, dass ich bald eine geschiedene Frau sein werde, erschreckt mich sehr, aber ich bekomme nun wieder Luft. Ich atme ein paar Mal mit geschlossenen Augen ein und aus und mit jedem vollen Atemzug geht es mir ein bisschen besser.

Als ich sie wieder aufmache, ist es dunkel geworden, aber nicht, weil die Sonne schon untergegangen ist. Eine dicke Wolkenschicht ist aufgetaucht und es sieht nach Regen aus, obwohl sie das nicht angesagt haben. Ich muss an Milo denken und ich fühle mich irgendwie leichter.

Michael hatte recht, ich liebe ihn. Auch wenn ich es nicht wahrhaben wollte und alles darangesetzt habe, dass es unausgesprochen bleibt. Es kribbelt in meinem Körper und ich muss auf einmal lächeln.

Ich liebe Milo, jetzt bin ich mir sicher, und es fühlt sich wunderbar an. Sofort sehne ich mich nach ihm und wünsche mir nur noch, dass er mich in den Arm nimmt.

Ich hätte es nie gewagt, aber Michael hat mir die Entscheidung abgenommen. Mir ist, als würde mir ein Stein vom Herzen fallen.

Das klingt vielleicht verrückt in Anbetracht der Tatsache, was hier gerade passiert ist, aber ich bin auf einmal richtig glücklich. Ich bin jetzt frei und kann zu ihm gehen, so oft und so lange ich will – falls er mich noch haben will.

Ich stehe auf und blicke in den Himmel. Die dunklen Wolken wirken bedrohlich und es wird sicher bald regnen. Entschlossen nehme ich meine Handtasche und renne los.

Am Weg zur Busstation fallen schon die ersten Tropfen und ich sehe von der Ferne, dass der Bus gerade in der Station anhält. Ich laufe, so schnell ich kann, aber ich bin noch viel zu weit weg. Der Busfahrer sieht mich nicht und fährt los.

Bei der Haltestelle angekommen, bleibe ich stehen, aber ich brauche nicht auf den Fahrplan zu sehen, denn ich weiß, dass der nächste Bus erst in gut zwanzig Minuten kommen wird. So lange kann ich jetzt nicht warten.

Es ist mir egal, ob ich nass werde, ich renne weiter den Gehweg entlang, vorbei an Leuten, die sich nach mir umdrehen und verwundert anschauen, zu Milos Wohnung.

Der Regen wird immer stärker und ich bekomme Seitenstechen, noch bevor ich in der Innenstadt bin. Ich versuche, die Schmerzen wegzuatmen und ein bisschen langsamer zu rennen. Große Pfützen bilden sich auf der Straße und am Gehsteig und ich laufe um sie herum, um meine Füße in den Sandalen nicht ganz nass zu machen. Meine Haare sind feucht, mein Kleid und meine Strickjacke kleben bereits an mir, aber das ist mir im Moment egal. Ich sprinte immer weiter und weiter, bleibe nur bei roten Ampeln stehen, bis ich endlich vor seinem Haus ankomme.

Die Eingangstür ist wie üblich unverschlossen und ich gehe schnell die Stufen bis in den zweiten Stock hinauf, dann klopfe ich mehrmals fest an seine Wohnungstür, ohne genau zu wissen, was ich sagen soll.

Während ich darauf warte, dass er öffnet, keuche ich und blicke an mir herunter, wie schlimm ich nun aussehe. Ich bin dermaßen nass, dass ich den ganzen Boden volltropfe. Kurz habe ich Angst, dass er vielleicht gar nicht nach Hause gegangen ist, sondern zur Arbeit oder sonst wohin, doch in dem Moment macht er langsam die Tür auf.

Milo ist so überrascht über meinen Besuch, dass er kein Wort sagt. Er sieht mich fragend an, das linke Auge leicht geschwollen und an der Nase sind noch Spuren von Blut erkennbar.

»Ich habe mich entschieden«, verkünde ich noch immer außer Atem, dann gehe ich auf ihn zu, schlinge meine Arme um seinen Hals und küsse ihn auf den Mund.

Milo ist zwar perplex, doch er umarmt mich auch sofort und erwidert den Kuss leidenschaftlich. Da ich noch immer von dem Lauf hierher atemlos bin, muss ich meine Lippen bald von ihm lösen. Ich schnappe nach Luft. Er setzt an, etwas zu sagen, doch ich küsse ihn gleich wieder.

Es fühlt sich wunderbar an, endlich das zu tun, was ich mir insgeheim gewünscht habe, und ich will nie mehr damit aufhören.

Milo scheint es ähnlich zu gehen, er vergräbt seine Hände in meinem Nacken und so stehen wir eine ganze Weile da. Irgendwann schiebt er mich sanft ein paar Zentimeter von sich weg, hält mich aber mit beiden Händen an den Schultern fest.

»Was ist geschehen?«, will er ebenfalls atemlos wissen und ich verstehe seine Neugier. »Ich bin erst vor einer Viertelstunde heimgekommen.«

»Michael hat sich von mir getrennt, er will sich scheiden lassen«, antworte ich und bin plötzlich aufs Neue betroffen und fühle mich schuldig. Sofort habe ich wieder Gewissensbisse.

Milo allerdings strahlt. »Wirklich?«, fragt er und ich nicke.

»Das heißt wohl, du hast doch noch etwas für mich übrig?«, murmelt er in mein Ohr und streicht mit seiner Hand eine Haarsträhne dahinter, dann fährt er mit der Hand zu meinem Mund, um mit dem Daumen meine Lippen zu berühren.

Ich sehe ihm in die Augen und ich habe das Gefühl, als würde mein Herz vor Glück zerspringen, und ich sage: »Ich liebe dich, Milo!«

Er zieht mich wieder an sich und unsere Lippen treffen sich erneut, dieses Mal noch hemmungsloser als zuvor. Ich will ihm nicht wehtun, da sein Gesicht ja lädiert ist, und versuche, seine Leidenschaft ein wenig zu bremsen, aber seine Ekstase ist ansteckend. Wir lösen uns wieder voneinander und Milo meint, dass wir hineingehen sollten.

Ich betrete nach ihm die Wohnung und ziehe meine Schuhe aus.

Er beobachtet mich und als ich wieder aufschaue, umarmt er mich erneut. »Du bist ja komplett nass«, stellt er fest und lächelt.

»Ja, stell dir vor, es regnet«, entgegne ich sarkastisch, das Gewitter ist nun vollkommen aufgezogen und die Regentropfen, die gegen seine Fenster trommeln, sind auch im Vorzimmer lautstark zu hören.

»Bist du sicher, dass du am Weg hierher nicht in einen Swimmingpool gefallen bist?«, witzelt er und ich will ihm einen leichten Klaps geben, aber er hält meine Hände fest, umschlingt meinen Körper und gibt mir einen Kuss auf die Stirn.

»Soll ich dir was zum Anziehen borgen?«, bietet er mir dann an und ich überlege kurz, doch natürlich habe ich nichts anderes in meiner Handtasche. Also stimme ich zu: »Ja bitte, vielleicht ein langes Shirt? Das kann ich als Kleid tragen«, und er geht ins Wohnzimmer. Ich folge ihm und langsam wird mir auch kalt, ich sollte mich wirklich umziehen, damit ich nicht krank werde.

»Wieso bist du trocken geblieben?«, fällt mir auf und er erklärt: »Na, ich bin mit dem Bus gefahren.«

»Ach so, auf den wollte ich nicht warten«, gestehe ich und er drückt mir ein zusammengefaltetes T-Shirt in die Hand.

»Verstehe ich«, erwidert er lächelnd und gibt mir einen schnellen Kuss. »Ich gebe dir noch ein Handtuch für deine Haare«, sagt er dann und geht mit mir an der Hand ins Badezimmer. Dort holt er aus einem kleinen Kasten ein weißes Tuch hervor und gibt es mir.

»Hier, bitte, ich hab leider keinen Föhn«, entschuldigt Milo sich und ich entgegne, dass es schon okay wäre. »Willst du einen Tee?«, schlägt er dann vor und ich antworte: »Gerne.«

Er geht aus dem Badezimmer und macht die Tür leicht hinter sich zu, sodass sie gerade mal halb geschlossen ist. Ich ziehe mir sofort die Weste aus, weil mir schon so kalt ist, dass ich fröstle, dann streife ich mir mühsam das Kleid über den Kopf.

»Das Badezimmer ist schön geworden«, rufe ich ihm nach draußen zu, da ich es erst jetzt bemerkt habe. Bei meinem letzten Besuch hatte ich es mir gar nicht angesehen.

Ich betrachte mich im Spiegel, finde, dass mein Make-up sich trotz Tränen und Regen eigentlich nicht schlecht gehalten hat. Dann nehme ich das T-Shirt und muss lächeln, als ich den Bandnamen sehe.

Da höre ich Milo, der zum Badezimmer kommt und fragt: »Was hast du gesagt?«, und dabei die Tür aufschwingen lässt.

Seinem überraschten Blick nach, hat er wohl nicht damit gerechnet, dass ich schon ausgezogen bin.

Ich halte das T-Shirt fest und sehe ihn ebenfalls verwundert an, mit nichts bekleidet außer BH und Stringtanga, beides in Schwarz und Violett, wie immer zusammenpassend.

»Äh, ich habe gemeint, dass das Badezimmer schön geworden ist«, wiederhole ich unsicher und Milo starrt mich nur mit heraufgezogenen Augenbrauen an. Ich bin peinlich berührt und ziehe mir sein T-Shirt über, dann begutachte ich es. Zum Glück reicht es bis unter meinen Hintern, aber viel länger ist es nicht. Ich schaue ihn an, ob er weggeht, doch er lehnt sich an den Türrahmen, und ich glaube, er seufzt, aber ich bin mir nicht sicher.

»Wie sehe ich aus?«, frage ich, mehr aus Verlegenheit und ohne, dass ich eine Antwort erwarte, und fange an, mir mit dem Handtuch die Haare trocken zu ribbeln. Die werden ohne Föhn und Bürste mit Sicherheit grauenhaft aussehen, das steht fest.

Milo räuspert sich, dann antwortet er doch und findet: »Extrem sexy.«

»Haha«, erwidere ich nur, trockne weiter meine Haare und er schmunzelt.

»Das war mein Ernst«, behauptet er und ich kann mir nicht vorstellen, dass er das so sieht.

Das schwarze Shirt ist viel zu groß und ich muss darin wie ein Sack mit Beinen aussehen.

Ich hänge das Handtuch auf einen Haken, dann bücke ich mich und hebe das Kleid und die Strickjacke vom Boden auf. »Ich hänge das in die Dusche, okay?«, informiere ich ihn, er nickt und ich steige mit den Kleidungsstücken hinein. Ich strecke mich, um das Kleid über den aufgehängten Duschkopf zu legen, aber es rutscht zweimal hinunter, bevor es oben bleibt.

Auf einmal steht Milo hinter mir und legt mir sanft seine Hände von hinten an die Hüfte und seinen Kopf in meinen Nacken. Zärtlich streicht er mit den Daumen meinen String entlang, dann rutschen seine Hände weiter hinunter, er fasst meinen Hintern an und seufzt dabei leise.

Ich drehe mich langsam zu ihm um, werfe die Weste auf die Armatur, von wo sie gleich wieder hinunterfällt, und lasse sie liegen. Meine Augen auf seine gerichtet küsse ich ihn und streichle ihm liebevoll durch die Haare, seine Hände halten mich noch immer fest und ich erschauere leicht. Langsam löse ich mich wieder von ihm, hänge die Weste auf und finde: »Als Kleid ist es vielleicht doch zu kurz«, und er macht nur »Hm«; klingt, als wolle er jetzt nicht aufhören.

Eher widerwillig lässt er mich aus der Dusche steigen und schlägt – nicht ganz begeistert – vor, dass ich Boxershorts von ihm haben könne. Ich zögere und entscheide mich dann dagegen.

»Ich werde mich einfach zudecken«, beschließe ich, dann fahre ich mir vor dem Spiegel mit den Fingern noch ein paar Mal durch die Haare und wir verlassen das Bad.

»Hast du eine Decke?«, erkundige ich mich bei Milo, der mich an der Hand genommen hat, und er sagt sogleich freudig: »Natürlich.« Dann lotst er mich zu seinem Bett – also zu seiner Matratze – und zeigt auf die Decke.

»Hier! Mach's dir schon mal gemütlich, ich hol nur den Tee«, meint er verschmitzt lächelnd und auch ich kann mir ein Lächeln nicht verkneifen. Was glaubt er, dass ich sofort zu ihm ins Bett steige?

Auf halbem Weg zur Küche dreht er sich um und schaut, ob ich mich schon unter die Decke gelegt habe, und lacht lauthals, als er mich, noch genauso wie gerade eben, davorstehen sieht.

Ich schaue mich um, doch ich bin mir sicher, dass ich in der Wohnung noch keine andere Decke gesehen habe außer dieser und der, die auf dem Sofa liegt. Es steht noch immer am Fenster, so wie er es letztens für mich hingeschoben hat, und darauf ist ein Berg von Kleidung, Büchern und CDs.

Ich überlege, ob ich das alles auf den Boden legen soll, um mir die Decke zu schnappen, entscheide dann aber, dass es zu mühsam wäre. Was solls, denke ich mir, dann setze ich mich so aufrecht wie möglich in sein Bett, lehne mich an die Wand und ziehe die Decke bis zum Bauch hoch. Augenblicklich wird mir wärmer und ich kann nicht anders und schnappe mir einen Zipfel, um an der Bettwäsche zu riechen. Milos Geruch ist so angenehm, dass ich mich eigentlich auch gerne ganz hinlegen und mein Gesicht in seinem Kissen vergraben würde.

Milo kommt mit einer Kanne voll mit heißem Wasser, zwei Tassen und jeder Menge Teebeutel wieder. Er geht am Bett vorbei und stellt alles auf das Fensterbrett neben mir.

»Such dir einen aus«, bittet er mich und legt die Beutel in meine Reichweite. Ich entscheide mich für einen Früchtetee, er nimmt einen mit Kräutern, dann gießt er das Wasser darüber.

»Musst du heute eigentlich arbeiten?«, fällt mir ein und er schüttelt den Kopf.

»Nein, erst morgen wieder«, verneint er. »Zum Glück!«

Er mustert mich im Stehen, während ich unter seiner Decke liege, und verschränkt die Arme. Er weiß nicht, ob er sich zu mir setzen soll.

»Na komm«, lade ich ihn ein und hebe die Decke links von mir leicht an, als Zeichen, dass er zu mir kommen kann.

Milo setzt sich an meine Seite und greift mit seiner linken Hand langsam unter die Decke, um meine Beine zu streicheln. Dabei küsst er mich sanft und ich schließe die Augen und genieße es.

Plötzlich muss ich an Michael denken und ich bekomme ein schlechtes Gewissen. Ich versuche, mich zu beruhigen, schließlich haben wir uns getrennt, doch es ist einfach noch zu frisch und ich werde wieder nervös.

Milo beendet den Kuss, dann bietet er mir seinen Arm an und ich kuschle mich hinein. Eine Weile sagen wir gar nichts, dann fragt er, ob alles in Ordnung sei.

Ich zögere, dann antworte ich: »Ja. Es ist nur so viel passiert heute, meine Gedanken schwirren herum.«

»Versteh ich«, versichert er mir ernst und streichelt mich, »das muss schwierig für dich gewesen sein. Aber ich bin mir sicher, in ein paar Tagen sieht das Ganze schon wieder anders aus und du wirst glücklich sein. Ich jedenfalls bin jetzt schon überglücklich.«

»Ich weiß«, murmle ich, lehne den Kopf an seinen und schon geht es mir wieder besser.

»Wie hast du diese Matratze eigentlich in dein Auto gebracht? So klein ist die gar nicht«, bemerke ich und er schildert es mir: »Das ging sich gerade so aus. Meine Mitbewohner aus Boston haben mir dabei geholfen, aber das Herausholen war, glaub ich, noch schwieriger.«

Ich begutachte das Bett und bemerke, dass neben der Decke nur ein Kissen da ist. Dann greife ich zu den Tassen am Fensterbrett und teste, ob man den Tee schon trinken kann. Meiner ist noch sehr heiß, aber es ist angenehm. Ich reiche Milo seine Tasse und er nimmt sie vorsichtig.

»Danke. Da wird mir jetzt, glaub ich, zu warm«, findet er und zieht sich die Decke langsam runter und deckt mich dafür sorgfältig zu. Wir trinken unseren Tee und halten dabei Händchen.

Ich bin zuerst fertig, stelle die leere Tasse auf das Fensterbrett, dann gehe ich auf die Toilette. Mit nackten Füßen ist mir schnell kalt und ich beeile mich, wieder unter die Decke zu kommen. Ich klettere über Milo, der seine Tasse auf den Boden gestellt hat, und er will mich festhalten und zu sich ziehen. Ich lasse ihn, setze mich kurz auf ihn und küsse ihn, dann sage ich ihm, was mir gerade eingefallen ist.

»Milo, kannst du für mich Gitarre spielen?«, bitte ich ihn und er stöhnt leise auf.

Seine Hände sind an meinen Seiten und wandern langsam unter dem T-Shirt rauf und er raunt mir leicht gequält ins Ohr: »Jetzt?«

»Ja, bitte«, wünsche ich mir und er brummt zwar, doch dann löst er sich von mir. Ich setze mich wieder auf das Bett und er erhebt sich. Die Gitarre steht im Vorzimmer und Milo holt sie aus der Tasche heraus. Ich sehe gespannt zu, wie er prüft, ob die Saiten gestimmt sind. Dann kommt er zu mir und kniet sich am Fußende auf die Matratze.

»Was hättest du denn gerne?«, will er wissen und streicht sich eine Haarsträhne zurück.

»Einfach alles«, antworte ich und er schaut mich schräg an.

»Na gut, ganz egal, such du aus«, fordere ich ihn auf und er sagt: »Okay.«

Bevor er anfängt, muss er lächeln, dann schüttelt er kurz den Kopf.

»Was ist?«, frage ich, weil mir das nicht entgangen ist.

Er wartet einen Augenblick und erklärt mir dann: »Du weißt nicht, wie oft ich mir vorgestellt habe, dass ich für dich spiele«, und seine Stimme klingt dabei traurig und glücklich zugleich.

Dann fängt er an und spielt ein Lied nach dem anderen, zuerst ein paar Lieder von früher, die wir gemeinsam gehört haben und die er damals schon geübt hat, ein paar Liebeslieder, Rockklassiker und auch Eigenkompositionen. Seine Stimme hat sich zu damals verändert und es klingt wunderschön, wenn er singt. Als wäre jedes Wort komplett ehrlich gemeint und mit einer Emotionalität, die mir ganz nahe geht.

Ich bekomme eine Gänsehaut und beobachte ihn genau, wie er die Saiten zupft und die Akkorde greift, wie sich seine Lippen bewegen und seine Augen geschlossen sind oder in meine schauen. Nach wie vor sitze ich auf der Matratze und genieße es, dazwischen gieße ich uns noch Wasser nach und nippe an meinem Tee, während ich ihn nicht aus den Augen lassen kann.

Nach etwa einer Stunde hört er dann auf. Die ganze Zeit über habe ich kein Wort zu ihm gesagt und bin auch jetzt sprachlos. Ich bin so gerührt, dass ich Angst habe, mir würden die Tränen kommen. Milo legt die Gitarre hinter sich auf den Boden, dann kommt er zu mir ins Bett und beugt sich über mich, um mich zu küssen.

»Mein Mund ist so trocken, ich muss jetzt mal etwas trinken«, verkündet er und greift dann nach seiner Tasse, um sie in ein paar Zügen zu leeren.

»Hat es dir gefallen?«, erkundigt er sich dann, scheinbar verunsichert, da ich noch nichts gesagt habe, und ich nicke.

»Es war wirklich wunderschön«, bringe ich tonlos hervor. »Ich wünschte, du würdest ewig weitermachen, nur für mich.«

Milo strahlt, stellt seine Tasse weg und küsst mich erneut. »Gerne. Ich spiele jeden Abend für dich, den Rest unseres Lebens«, flüstert er mir ins Ohr und ich seufze ihm zur Antwort »Ich liebe dich« in seines.

Wir küssen uns wieder und seine Hände erkunden liebevoll meinen Körper, während ich durch seine Haare streiche. Nach einer Weile frage ich ihn dann: »Milo, kann ich heute bei dir schlafen?«, und er sieht mich verwundert an.

»Natürlich. Glaubst du, ich will jetzt auch nur eine Nacht mehr ohne dich verbringen?«

»Nein, ich meine nur, weil alles so schnell gegangen ist, vielleicht willst du es ja langsam angehen«, werfe ich ein, aber in seinem ungläubigen Blick erkenne ich sofort, dass er das nicht will.

»Also ich bin definitiv bereit für dich«, stellt er klar und ich sage: »Okay.«

»Ich will dich aber zu nichts drängen«, setzt er nach. »Ich kann auch gerne auf dem Sofa schlafen, wenn dir das lieber ist«, doch das will ich gar nicht.

»Nein, nein«, versichere ich ihm. »Ich will bei dir schlafen, ich will nicht alleine sein.«

Wir sind aufgestanden und ich lehne am Sofa beim offenen Fenster, schaue in die Dunkelheit und lausche dem starken Regenfall. Milo bietet mir noch etwas zu essen oder zu trinken an, aber ich brauche nichts.

»Was möchtest du jetzt machen?«, fragt er und legt von hinten seine Arme um mich.

»Was machst du denn immer am Abend?«, will ich wissen und er sagt, er würde Gitarre spielen und Musik hören.

»Gitarre spiele ich heute nicht mehr«, ergänzt er gleich und ich möchte CDs hören.

»Willst du dabei in den Regen schauen?«, schlägt er vor und ich stimme begeistert zu. Er kennt mich wirklich gut.

Milo legt als Erstes ein Album von Guns n' Roses ein, dann räumt er das Sofa leer. Ich helfe ihm dabei und schaue mir neugierig seine Sachen an. Er macht eine Stehlampe an und dafür das große Licht aus und als ich mich schon auf das Sofa setze, holt er noch die Decke aus dem Bett, um uns damit zuzudecken. Der Regen prasselt stetig weiter und einige schwere Tropfen fallen auch auf das Fensterbrett.

Langsam wird die Luft draußen immer kühler, doch unter der Decke ist uns nicht kalt. Wir sitzen erst nebeneinander, dann aufeinander und küssen uns leidenschaftlicher denn je. Seine Hände wandern über meinen ganzen Körper und mein Verlangen nach ihm wird immer größer. Ich rieche an seinem Hals, fasse ihn unter seinem T-Shirt an und streiche mit den Fingern über seinen Hüftknochen unter dem Hosenbund.

Als die CD aus ist, legt er eine andere ein – Oasis – und holt eine Flasche Wasser für uns. Danach geht es weiter. Milo zieht mich auf seinen Schoß und streicht über jeden Zentimeter meiner Beine, greift an meinen Hintern und presst mich an sich, dann kitzeln seine Daumen die Innenseiten meiner Schenkel, dass ich vor Erregung nur so schaudere.

Die Musik verstummt wieder und diesmal sucht Milo die nächste CD aus. Er fragt, ob wir das Fenster jetzt schließen könnten, weil es kalt werde, und ob ich im Bett weitermachen möchte.

Ich bin einverstanden, gehe aber vorher noch ins Bad, um mich, so gut es geht, zu waschen. Eine Zahnbürste habe ich natürlich nicht hier, aber ich nehme meine Handtasche mit und schaue, ob ich zufällig etwas Brauchbares finde. Ich sehe kurz auf mein Handy – weder entgangene Anrufe noch Nachrichten – und schalte es aus.

Tatsächlich bringe ich einen Lippenbalsam, einen Eyeliner und ein paar Wattepads zum Vorschein, leider keine Bürste für meine Haare. Ich durchkämme sie mit meinen Fingern und da sie schon wieder trocken sind, gelingt es auch so, dass ich damit zufrieden bin. Dann schminke ich mir alles Überflüssige ab und trage dafür einen neuen Strich unter meinen Augen auf, spüle mir den Mund ein paar Mal ordentlich aus, um dann den Lippenstift aufzutragen. Er ist farblos, aber tut wahnsinnig gut auf den Lippen, die von all den Küssen schon ganz trocken waren. Dann verlasse ich das Badezimmer und Milo geht hinein.

Ich höre ihn Zähne putzen und sehe mir inzwischen wieder seine Sachen im Regal an. Die Musik läuft noch und ich bemerke jetzt, dass er die Vorhänge zugezogen hat und statt der Stehlampe eine andere kleine Lampe neben der Matratze leuchtet, die das Zimmer in einem orangefarbenen Licht erhellt.

Milo betritt das Zimmer wieder und ich drehe mich zu ihm um. Lächelnd kommt er auf mich zu, gibt mir ein paar Küsse auf den Mund, dann greift er unter mein Gesäß und zieht mich scheinbar mühelos zu sich hinauf. Vorsichtig trägt er mich so zu der Matratze und legt mich behutsam auf das Laken.

Er entledigt sich seines T-Shirts und seiner Socken, dann zieht er seine Hose aus, ohne mich dabei aus den Augen zu lassen.

Ich staune über seinen Oberkörper, wie muskulös er ist. Langsam richte ich mich auf und knie mich hin, damit ich ihn berühren kann.

»Hm, keine Tattoos«, stelle ich lächelnd fest, obwohl ich eigentlich damit gerechnet habe.

Er geht direkt vor mir auch auf die Knie und seine Lippen berühren zart die meinen.

»Nein«, flüstert er in mein Ohr. »Und du?« Doch statt auf meine Antwort zu warten, zieht er mir langsam und voller Vorfreude mein Shirt aus.

»Auch nicht«, sage ich leise und beobachte ihn, wie er meine Brüste betrachtet und dann zärtlich mit seinen Fingerspitzen am BH-Rand berührt. Ich lege mich seitlich hin und hole ihn an der Hand neben mich.

Seine Lippen berühren meinen ganzen Körper und für ein paar Minuten liege ich nur da und genieße es lustvoll. Als sein Mund meinen Hals berührt, zucke ich unwillkürlich zusammen, weil mich seine Bartstoppeln so kitzeln.

Er liegt auf mir, vergräbt sein Gesicht in meinem Busen und ich spüre seine Erregung in meinem Schoß. Schließlich schieben sich seine Hände unter meinen String und in dem Moment schießt es mir durch den Kopf.

»Milo«, sage ich seinen Namen und er stöhnt leise »Emily« zurück.

»Milo, es tut mir leid, aber ich kann nicht mit dir schlafen«, stelle ich traurig fest und ärgere mich wahnsinnig darüber. »Ich will es, glaub mir, aber ich bin immer noch verheiratet. Es würde riesige Probleme in dem Scheidungsprozess geben, Michael wird sicherlich auf Untreue setzen und ich könnte alles verlieren. So kann ich dann wahrheitsgemäß behaupten, dass wir nicht miteinander geschlafen haben«, erkläre ich bekümmert.

Milo schaut jetzt erst auf und mir in die Augen. Er seufzt einmal unglücklich, dann streicht er sich die Haare aus dem Gesicht.

»Ich habe befürchtet, dass du das sagen wirst«, gesteht er und streicht mir über den Kopf. Er bleibt noch einen Moment auf mir liegen, dann rutscht er neben mich und umarmt mich.

»Das ist zwar eine Qual, aber das halten wir schon aus«, meint er zuversichtlich. »Hauptsache, du bist bei mir und ich kann dich wenigstens berühren.«

»Es wird bestimmt einige Wochen dauern«, überlege ich und er schüttelt den Kopf.

»Ein paar Wochen mehr oder weniger sind mir jetzt auch egal«, beschließt er und lächelt.

Dann küssen wir uns wieder, allerdings nicht ganz so innig wie zuvor, und irgendwann schlafen wir schließlich eng umschlungen ein. Ich weiß gar nicht, ob die Musik noch läuft oder das Licht noch brennt.

MILO

Als ich aufwache, schläft Emily noch tief und fest. Es ist schon sehr hell draußen, ich schätze, es ist acht oder neun Uhr morgens, doch ich bin trotzdem müde. Der gestrige Tag war aufwühlend, aber auch so schön, dass ich mir sicher bin, es war der beste seit gut zehn Jahren. Die Vorfreude auf den heutigen und jeden noch kommenden Tag lösen ein angenehmes Kribbeln in mir aus.

Ich drehe mich um, damit ich Emily ansehen kann. Sie hat eine Hand unter und eine über dem Kissen, das ich ihr überlassen habe, und die Decke, unter der wir gemeinsam geschlafen haben, hat sie bis zum Hals hochgezogen. Ihre Haare liegen teilweise über ihrem Gesicht und sie atmet so leise, dass man es kaum hört. Ich bin auch noch zugedeckt und würde gerne näher bei ihr sein, habe aber Angst, sie zu wecken.

Mein Magen knurrt dezent und mir fällt ein, dass ich fast nichts zum Essen daheim habe. Vorsichtig schlüpfe ich unter der Decke hervor und schleiche Richtung Tür. Am Weg dorthin sammle ich meine Kleidung vom Boden auf. Ich ziehe mich an, schlüpfe in meine Schuhe, dann werfe ich einen Blick auf Emily, aber sie schläft nach wie vor, also nehme ich meinen Schlüssel und verlasse die Wohnung.

Die Sonne scheint hell und es ist jetzt schon angenehm warm, was meine Laune noch verbessert. Am Weg zu meinem üblichen Laden binde ich mir meine Armbanduhr um und schaue dabei, wie spät es ist: kurz nach neun. So lange schlafe ich sonst nicht, außer ich war am Tag zuvor arbeiten, aber wir waren ja gestern bis weit nach Mitternacht wach.

Es war wahnsinnig romantisch, absolut perfekt. Wenn ich an ihren Körper denke, muss ich seufzen. Obwohl sie jetzt zu mir gehört, kann ich trotzdem nicht mit ihr schlafen. Ich verstehe es ja, aber es ist wie Folter. Mein Verlangen nach ihr ist unbeschreiblich und ich kann es schon wieder kaum erwarten, sie zu küssen, wenn ich wieder nach Hause komme.

Ich beeile mich mit dem Einkauf, denn ich will nicht, dass sie sich fragt, wo ich bin, falls sie aufwacht. Mit einer vollen Tüte mit Brot, Muffins, Milch und Erdbeeren mache ich mich gleich wieder auf den Heimweg. Als ich den Schlüssel in der Wohnungstür so geräuschlos wie möglich umgedreht und die Wohnung betreten habe, sehe ich, dass das Bett leer ist.

»Emily?«, rufe ich und streife mir die Schuhe ab, dann gehe ich ins Zimmer und schaue nach links und rechts.

»Milo?«, höre ich ihre Stimme aus dem Badezimmer und gleich darauf erscheint sie in der Tür. Sie hat das T-Shirt von gestern an und kommt schnurstracks auf mich zu.

»Hey, ich war was fürs Frühstück einkaufen, tut mir leid, dass du ohne mich aufgewacht bist«, entschuldige ich mich.

»Kein Problem, ich hab nur gehofft, dass du nicht davongelaufen bist«, meint sie gut gelaunt und wir gehen zur Küche.

»Also da musst du dir keine Sorgen machen, nicht nach gestern Nacht«, versichere ich ihr und stelle die Tüte ab, um sie zu umarmen und liebevoll zu küssen.

Als sie unterbricht, murmelt sie unsicher: »Obwohl ich dir nicht das geben konnte, was du willst?«, und ich muss lächeln.

»Das, was ich will, bist du«, sage ich bestimmt und sie strahlt mich glücklich an.

Wir kochen Kaffee und richten gemeinsam das Frühstück her, nicht ohne uns ständig zu berühren oder zu lachen. Sie ist noch immer so wahnsinnig kitzlig. Es macht Spaß zu sehen, wie lange sie eine Berührung meiner Fingerspitzen aushält, bevor sie lacht und versucht, meinen Händen zu entkommen.

Beim Frühstück sitzen wir einander gegenüber und nachdem wir den ersten Hunger gestillt haben, wenden wir uns wieder uns zu. Ich streichle unter dem Tisch ihre nackten Beine und sie lehnt sich, mit ihrer Kaffeetasse in der Hand, entspannt zurück und lächelt mich an.

»Wie hast du überhaupt geschlafen?«, will ich wissen und sie klingt begeistert: »Fantastisch, wie ein Stein. Von mir aus brauchen wir gar kein Bett, nur ein zweites Kissen«, schlägt sie vor. Es gefällt mir, dass sie von uns als wir spricht und davon redet, in Zukunft hier zu schlafen.

»Eine zweite Decke auch?«, erkundige ich mich und sie tut so, als müsste sie darüber nachdenken, dann antwortet sie verschmitzt: »Ich glaube nicht, das war gestern eigentlich ganz nett so.«

Ich schnaube leicht und muss lachen. Ganz nett? Die Untertreibung des Jahres.

»Willst du eigentlich hier einziehen? Ich meine, wir können uns auch eine andere Wohnung suchen, eine größere, wenn du magst?«, frage ich wieder ernst und sie überlegt.

»Eigentlich mag ich die Wohnung, ich finde, für uns beide ist hier genug Platz. Ich ziehe gerne zu dir«, verkündet sie und ich freue mich.

Es hätte mich auch nicht gestört, wenn sie umziehen wollen würde, aber mir ist die Wohnung auch ans Herz gewachsen. Ich denke mit Freude daran, wie es werden wird, wenn die Wohnung voll möbliert ist und sie so richtig hier wohnt. Vielleicht werde ich mir dann einen anderen Job suchen, damit wir mehr Zeit zusammen verbringen können. Momentan muss ich ja doch fünf Abende bis spät nachts arbeiten, das wäre mit ihrem Rhythmus nicht so gut vereinbar. Ich werde es mir überlegen.

Emily ist ruhig und träumt scheinbar vor sich hin. Sie wirkt teilnahmslos und ich vergesse ständig, dass die Situation für sie extrem schwierig sein muss. Ich weiß, sie gehört nicht zu den Menschen, die ihren Ehemann betrügen würden oder ein Eheversprechen nicht ernst nehmen, im Gegenteil, sie nimmt vieles zu genau.

Ich stelle meine Tasse ab und beuge mich zu ihr, damit ich ihre Hand fassen kann.

»Denkst du nach?«, frage ich mitfühlend und sie erwacht aus ihrer Starre.

»Ja«, sagt sie und nimmt sich noch eine Erdbeere. »Ich überlege, was als Nächstes zu tun ist. Am Montag werde ich mich wegen der Scheidungspapiere informieren, außerdem muss ich klären, ob ich einen Anwalt brauche. Irgendwann muss ich dann mit Michael reden, wie er sich das vorstellt, wegen Haus, Auto …«, unterbricht sie sich selbst und schaut mich dann aufmunternd an.

»Das wird schon«, spricht sie sich Mut zu und ich biete ihr an, auch etwas beizutragen.

»Sag mir, wie ich dir helfen kann. Wenn du willst, hole ich mit dem Auto dein Zeug aus dem Haus ab.«

Sie nickt. »Ja, ich muss heute jedenfalls hinfahren, ich brauche etwas zum Anziehen und eine Bürste. Den Rest muss ich erst zusammensuchen und einpacken, dann kannst du mir gerne beim Abholen helfen.«

»Wann willst du denn nach Hause gehen?«, will ich wissen, damit ich sie begleiten kann.

»Am Nachmittag vielleicht, dann bin ich da, bevor du zur Arbeit gehst. Hey, wenn du willst, komme ich mit dir mit ins Pub«, überlegt sie und ich finde, das wäre lustig.

»Ich gehe mit dir mit, wenn du deine Sachen holst«, sage ich, doch sie schüttelt den Kopf.

»Das ist keine gute Idee. Was ist, wenn Michael da ist? Das endet sonst wieder in einer Schlägerei«, gibt sie zu bedenken, aber das ist mir egal, ich will nicht, dass sie alleine auf ihn trifft, wenn er so wütend ist. Außerdem tun meine Verletzungen von gestern gar nicht mehr weh.

»Ich mach mir nur Sorgen um dich«, versuche ich, ihr klarzumachen, »und ich habe keine Angst vor ihm!«

»Er wird mir nichts tun, sicher nicht, und es ist besser, wenn ich alleine gehe«, erwidert sie bestimmt.

Das ist mir zwar nicht ganz recht, aber ich beschwichtige mich selbst, dass das Thema Michael hoffentlich bald vom Tisch sein wird. Ich sage: »Okay«, und sie bedankt sich für mein Verständnis.

»Willst du noch einen Kaffee?«, biete ich ihr an und sie reicht mir ihre Tasse, damit ich ihr eingieße.

»Wir könnten ihn auf der Matratze trinken«, schlage ich beiläufig vor, als ich mir selbst auch nachschenke, und sie lächelt.

»Sehr gerne«, gibt Emily mir zur Antwort, steht auf, beugt sich zu mir und dreht meinen Kopf an der Wange zu ihr, um mich zu küssen. Nach einem Kuss nimmt sie dann ihre Tasse und die Schüssel mit den Erdbeeren, geht raus in Richtung Bett und schaut strahlend über ihre Schulter, ob ich nachkomme.

Nachdem sie das Geschirr auf das Fensterbrett gestellt hat, geht sie ins Badezimmer, um ihre Kleidung zu holen. Das Kleid ist noch immer leicht nass und sie will es über die Heizung beim Fenster hängen, was ich für sie mache.

Als ich zur Matratze zurückkomme, liegt sie schon am Bauch, quer über der Decke, den Kopf auf den Händen abgestützt und die Beine in der Luft gekreuzt. Alleine ihr Blick und ihr straffer Hintern, nur mit dem knappen String bekleidet, der unter dem T-Shirt hervorblitzt, reichen aus, um mich zu erregen. Ich entledige mich meiner Jeans und Socken, danach komme ich neben sie.

Wir trinken schnell unseren Kaffee aus, dann kriechen wir unter die Decke und ich versuche, nicht darüber nachzudenken, was ich die letzten zehn Jahre alles verpasst habe, sondern bemühe mich, sie nun einfach festzuhalten und mich darauf zu freuen, dass wir uns irgendwann nicht mehr so zurückhalten müssen.

Aus dem Augenblick werden Stunden. Wir haben beide noch einmal die Augen zugemacht und eng umschlungen geschlafen. Es ist früher Nachmittag, als wir schließlich aufstehen und das essen, was vom Frühstück übriggeblieben ist, bevor Emily sich anzieht, um zu gehen.

Als sie ihr Handy rausholt, um es einzuschalten, fällt mir ein, dass ich ihr noch gar nicht gesagt habe, dass ich mir auch eines angeschafft habe. Ich krame die Verpackung aus meiner Tasche hervor und hole es dann heraus.

»Ich kenn mich gar nicht damit aus«, gestehe ich und habe auch wenig Lust, die Gebrauchsanleitung zu lesen.

»Gib mir mal deine Nummer«, fordert Emily mich auf.

Ich lese sie ihr vor und sie speichert sie ein.

»Zuerst musst du es stundenlang aufladen lassen«, erklärt sie und nimmt es mir aus der Hand, um es dann mit dem Ladekabel an den Strom anzuschließen.

»Bevor das hier nicht grün leuchtet, greifst du es am besten gar nicht an«, weist sie mich ein und zeigt auf das rote Licht.

»Und bis dahin bin ich vermutlich sowieso wieder da«, fügt sie lächelnd hinzu und gibt mir einen Kuss auf die Wange.

Ich richte mich auf, damit ich sie ordentlich küssen und umarmen kann. Ihr Kleid gefällt mir, sie sieht darin eher wie das Mädchen von damals, als wie eine Anwältin aus.

»Ich will nicht, dass du ohne mich zu deinem Haus fährst«, teile ich ihr noch mal mit, ganz ruhig, aber deutlich, denn ich möchte ganz ehrlich zu ihr sein. »Es wäre mir lieber, wenn ich dich begleite«, versuche ich sie zu überreden und halte ihre Hände, doch keine Chance.

»Nein, bitte sei nicht böse, aber das ist jetzt eine Sache, die ich selbst klären muss. Das bin ich ihm auch schuldig, sollte er überhaupt da sein«, weist sie mich zurück und ich habe kein gutes Gefühl dabei.

»Wie du willst«, gebe ich nach, und versuche, nicht so angespannt zu wirken, wie ich mich fühle. Ich lasse ihre Hände los, doch sie greift wieder nach mir, hält mich am Oberkörper fest und küsst mich sanft.

»Sei nicht böse«, bittet sie erneut und es fällt mir auch schwer, so wie sie mich berührt und zärtlich ihre Wange an meine schmiegt.

»Ich bin ganz bald wieder da, ich schätze in spätestens zwei Stunden, also wir sehen uns jedenfalls noch, bevor du zur Arbeit gehst«, muntert sie mich auf und ich fühle mich ein bisschen, als würde sie mich wie ein beleidigtes Kind behandeln.

»Okay, na gut«, erwidere ich wieder besänftigt und drücke sie noch einmal an mich und gebe ihr einen langen, letzten Kuss.

»Ich liebe dich«, sage ich ihr zum sicher hundertsten Mal in den letzten vierundzwanzig Stunden und streichle ihr Gesicht mit meiner Hand.

»Ich liebe dich auch«, erwidert sie strahlend, gibt mir einen Kuss und wuschelt mit ihren Händen durch meine Haare, das macht sie gerne. Anschließend zieht sie ihre Schuhe an, nimmt ihre Handtasche hoch, öffnet die Tür und dreht sich erneut um.

Ich komme ihr nach, würde sie am liebsten wieder küssen, doch sie winkt nur und sagt: »Bis später.« Danach geht sie die Stufen hinunter. Kurz sehe ich ihr nach, dann schließe ich die Tür und sehne den Moment herbei, in dem sie wiederkommt.

Ich schaue auf meine Armbanduhr – fast fünfzehn Uhr – und hoffe, dass sie nicht länger als zwei Stunden fort sein wird. Sofort möchte ich mich beschäftigen, damit die Zeit schneller vergeht, also räume ich das Geschirr von unserem Frühstück und Mittagessen weg und verstaue die Reste. Dann wische ich einmal über den Tisch und die Arbeitsflächen der Küche, säubere die Kaffeemaschine und begutachte dann den Inhalt meines Kühlschranks und der Küchenschränke.

Ich kann heute Abend für uns kochen, bevor ich ins Pub gehe, das habe ich ihr eigentlich schon lange versprochen. Das sollte sich zeitlich ausgehen, aber ich muss noch Lebensmittel einkaufen gehen.

Zuerst will ich aber ins Bad, nehme eine Dusche und entspanne mich, während ich das Wasser auf mich herunterprasseln lasse.

Ich denke wieder an gestern Abend und meine Vorfreude auf Emily steigt. Gott, wie schön wäre es, wenn sie jetzt mit mir duschen würde? Ich lasse mir Zeit bei der Körperpflege, dann ziehe ich mir etwas Frisches an und rasiere mich sorgfältig.

Mir fällt ein, dass ich keinen Föhn habe und Emily gestern einen gebraucht hätte. Ich sollte eine Liste mit Dingen schreiben, die ich für die Wohnung noch kaufen muss. Oder aber Emily nimmt sich ihren Föhn von zu Hause mit, überlege ich dann, und beschließe, dass wir eine solche Auflistung besser gemeinsam machen sollten.

Als ich fertig bin, will ich Katie anrufen. Ich habe wieder seit ein paar Wochen nicht mehr mit ihr gesprochen und endlich kann ich ihr einmal etwas Erfreuliches erzählen, ich bin gespannt, was sie sagen wird.

Wenn Emily dann offiziell geschieden ist, können wir hoffentlich nach Kalifornien fahren und Katie, Louisa und Phil besuchen. Und Colin, wenn er zufällig daheim sein sollte. Eventuell geht das noch diesen Sommer, das wäre wunderbar. Ich bin mir sicher, Emily wird Kalifornien lieben.

Da ich das Handy nicht anrühren will, verlasse ich das Haus und gehe zu einem Münzautomaten, der am Weg zum Supermarkt liegt, bei dem ich nachher einkaufen werde.

Katie hebt schnell ab und sie klingt fröhlich.

»Hi, ich bin's, Milo«, sage ich und sie freut sich.

»Hi, wie geht's dir?«, will sie wissen, fängt dann aber selbst an zu erzählen. »Ich war gerade einkaufen mit Alex, du weißt schon, meinem Freund, denn wir gehen heute Abend zu einer Party! Hab mir ein neues Kleid gekauft, sieht echt toll aus. Ich kann dir ein Foto schicken, du weißt bestimmt nicht mal mehr, wie ich aussehe«, schmollt sie dann.

»Ja, schick mir ein Foto, am besten auf mein neues Handy«, schlage ich fröhlich vor und sie schnappt nach Luft.

»Du hast endlich ein Handy? Wieso hast du mir noch keine SMS geschickt?«, fragt sie empört und ich versuche, mir vorzustellen, wie sie gerade aussieht.

»Ich hab's noch nicht lange, es lädt gerade auf«, erkläre ich. »Und ich weiß wirklich nicht mehr, wie du aussiehst«, gestehe ich ihr. »Was meinst du, soll ich euch diesen Sommer besuchen kommen?«

»Hey, ja, das wäre toll! Ich hab zwar schon einige Pläne, aber die sag ich zur Not alle ab! Wir haben uns schon viel zu lange nicht gesehen«, findet sie begeistert.

»Ja du hast recht, wir müssen uns unbedingt wiedersehen«, stimme ich ihr zu.

»Wie geht's dir denn? Bist du noch in Hartford? Hast du einen Job? Und was ist mit Emily?«, erkundigt Katie sich ernst.

»Um ehrlich zu sein, es geht mir wunderbar, es könnte gar nicht besser sein. Ich habe einen Job in einem Pub, hab eine kleine Wohnung und Emily hab ich auch«, berichte ich freudig.

»Was? Ehrlich? Wie hat das mit Emily geklappt, was hast du getan und was hast du ihr gesagt?«, fragt sie außer sich und ich beschwichtige sie.

»Ganz ruhig. Ich habe gar nicht viel gemacht. Wir haben uns mehrmals getroffen, als Freunde, aber ich hab ihr dann gesagt, dass ich sie liebe und nicht nur mit ihr befreundet sein will«, erzähle ich.

»Sonst nix?«, will sie wissen und klingt enttäuscht. Sie hat sich vermutlich etwas Filmreifes vorgestellt.

»Na ja, deshalb ist ihr Mann durchgedreht, hat mich geschlagen und sie dann verlassen. Darum ist sie zu mir gekommen, hat mir gesagt, dass sie noch immer etwas für mich empfindet und wohnt jetzt bei mir.«

»Wow«, sagt sie nur fassungslos. »Ist ja arg!«

»Ja, und das Ganze war erst gestern, also alles noch recht frisch«, füge ich hinzu und mir wird wieder bewusst, wie schnell das gegangen ist.

»Das heißt, Emily lässt sich scheiden und verlässt ihren Mann wegen dir?«, hakt sie nach und ihre Worte treffen mich hart.

So hört sich das an, als hätte ich eine Ehe zerstört. Habe ich das wirklich? Irgendwie hat es sich ergeben und ich habe all das nur aus Liebe zu ihr gemacht. Natürlich war es egoistisch von mir, sie für mich haben zu wollen, obwohl sie vergeben war. Aber wenn wir beide dabei glücklich sind, dann kann es doch nicht so falsch gewesen sein.

»Hm, ja, genau«, sage ich nachdenklich und fühle mich ein wenig mies.

»Sie muss dich wirklich lieben«, behauptet Katie ehrfürchtig.

»Ja, das tut sie«, erwidere ich, »und ich liebe sie noch mehr als je zuvor, falls das überhaupt möglich ist«, vertraue ich ihr an.

»Dann hat sie die richtige Wahl getroffen, Milo. Keiner könnte sie mehr lieben und glücklicher machen als du«, findet sie und ich weiß, sie liegt damit richtig.

»Danke. Ich bin auch total glücklich«, gestehe ich und mein Gewissen beruhigt sich.

»Das glaube ich. Endlich hast du es geschafft! Heißt das, ihr beide kommt uns im Sommer besuchen?«, hakt Katie nach und ich sage ihr, dass ich das noch nicht wisse und erst mit Emily darüber reden müsse und ihr dann bald Bescheid geben würde.

»Die Lage sollte sich vielleicht noch ein bisschen beruhigen«, finde ich und Katie sieht es ein.

»Na gut, dann lass Emily ganz lieb grüßen und melde dich wieder. Schreib mir eine SMS!«, verlangt sie und ich verspreche es.

»Pass auf dich auf, kleine Schwester«, bitte ich sie und wir legen auf.

Ich seufze leise. Jetzt wo ich Emily gefunden und sozusagen zurückerobert habe, sehne ich mich danach, Katie wiederzusehen. Ich war jahrelang nicht »daheim« in Kalifornien und würde mich riesig freuen, alle zu treffen.

Am Weg zum Supermarkt schaue ich wieder auf die Uhr und stelle fest, dass Emily seit fast eineinhalb Stunden weg ist, also beeile ich mich mit dem Einkauf, damit ich jedenfalls vor ihr zu Hause bin, da sie ja keinen Schlüssel hat. Ich muss ihr den zweiten Wohnungsschlüssel geben, nehme ich mir vor.

Als ich die Stufen zu meiner Wohnung hinauf gehe, erwarte ich schon fast, dass sie mit ihren Sachen vor der Tür sitzt und auf mich wartet, aber da ist niemand. Ich gehe hinein, verstaue die Lebensmittel und drehe mir Musik auf, während ich auf sie warte. In der Wohnung ist sonst nicht viel zu tun, darum scheint die Zeit so gar nicht zu vergehen.

Um siebzehn Uhr werde ich nervös – jetzt ist sie über zwei Stunden weg, eigentlich müsste sie jeden Moment hier sein. Ich begutachte mein Handy und sehe, dass das grüne Licht nun leuchtet. Also stecke ich es ab und brauche eine Weile, um es einzuschalten, was es schließlich lautstark macht. Es wirkt gar nicht so kompliziert wie befürchtet und ich schaue mir das Menü und die einzelnen Symbole an, habe aber keine Lust, mich näher damit zu beschäftigen, also lege ich es auf die Matratze. Stattdessen schaue ich aus dem Küchenfenster auf die Straße, ob ich sie kommen sehe.

Nach ein paar Minuten fange ich dann an zu kochen, habe jedoch ein ganz mulmiges Gefühl. Ob ich nicht lieber zu ihrem Haus fahren soll? Nur hat sie mich mehrmals gebeten, das nicht zu tun, also halte ich mich daran. Während ich mir noch den Kopf zerbreche, läutet auf einmal mein Handy.

EMILY

In Wahrheit hätte ich es gerngehabt, dass Milo mich begleitet. Ich will nicht ohne ihn zu meinem Haus zurückkehren, denn so fühlt es sich an, als wären die letzten vierundzwanzig Stunden nur ein Traum gewesen, und ich habe Angst, dass er, kaum dass ich den Schlüssel umdrehe, zerplatzt wie eine Seifenblase. Als ob das alles nie passiert wäre und nur eine Tagträumerei war, die mich den Alltag für einige Zeit vergessen ließ.

Es war aber kein Traum, es ist tatsächlich so gewesen, sage ich mir fest entschlossen, ein Gedanke, der mir Mut machen soll. Mir graut davor, dorthin zu gehen, wo die letzten Jahre mein Zuhause war. Ich will den Tag weiter mit Milo verbringen, von der Zukunft träumen und mich nicht erst der Realität stellen: Ich muss meine Sachen packen, mich über Scheidungsformalitäten informieren und ich kann auf Michael treffen und muss mit ihm klare Worte sprechen. Aber dann kann ich mit Milo zusammen sein, schärfe ich mir ein, da muss ich jetzt durch, dann wird alles gut.

Die Chancen, dass Michael daheim sein wird, stehen fünfzig zu fünfzig. Ich habe keine Ahnung, was in ihm gerade vorgeht und wo er gestern nach seiner Ankündigung hingefahren ist. Er könnte überall sein, in einer Bar, einem Hotel, in seinem Büro, bei Freunden, in Australien oder jedem anderen Ort auf dieser Welt.

Doch er sitzt auf den Stufen vor unserer Eingangstür, als ich zu Hause ankomme.

Ich sehe ihn, bevor er mich entdeckt, und bleibe wie erstarrt stehen. Während ich die Luft anhalte, überlege ich allen Ernstes, wieder umzudrehen und wegzulaufen. Vielleicht hätte ich es auch noch getan, ich weiß, ich bin feige, doch er schaut plötzlich auf und erkennt mich.

Er springt auf und kommt so schnell auf mich zu, dass ich gar nicht reagieren kann, und ich mache mich auf alles gefasst. Am liebsten würde ich die Augen schließen und so abwarten, was er mir mitzuteilen hat, doch ich widerstehe dem Drang.

»Emily, da bist du ja«, sagt er leise, fast tonlos, schaut mich traurig an und greift nach meinem Arm.

Automatisch schüttle ich ihn ab und gehe einen Schritt zurück. Ich bin so überrascht, dass ich zuerst kein Wort herausbringe. Zwar habe ich mir alle möglichen Reaktionen von ihm bei unserem Aufeinandertreffen vorgestellt, nur eine solche war nicht dabei. Nein, ich lasse mich nicht beirren, denke ich, dann räuspere ich mich kurz.

»Ich hole nur meine Sachen«, kündige ich ihm an und schaue dabei auf den Boden, gleichzeitig sagt er: »Emily, es tut mir so leid!«

Ich schaue wieder auf und bin so perplex, dass mir nur ein »Was?« auskommt.

»Es tut mir so leid, was ich gesagt habe«, erklärt er mir reuig und will wieder meinen Arm anfassen und ich weiche ihm erneut aus.

»Und es tut mir auch leid, was ich getan habe, ich hätte ihn nicht schlagen und dann einfach abhauen sollen. Du hattest recht, ich habe mich absolut kindisch benommen«, gibt er zu und ich schaue ihn ungläubig an.

Er sieht ganz schön mitgenommen aus, so als hätte er nicht geschlafen. Michael trägt auch noch immer die Sachen von gestern und ich stelle mir vor, dass er die ganze Zeit über auf den Stufen gesessen ist und auf mich gewartet hat. Dabei hätte er jederzeit hineinkönnen, er hatte schließlich den Garagenöffner. Ich kann gar nicht fassen, was er da sagt.

»Nein«, antworte ich ihm, obwohl er nichts gefragt hat, einfach, weil ich nichts mehr hören will, und er schaut mich ungeduldig an.

»Nein!«, wiederhole ich, diesmal lauter und versuche, meine Gedanken in klare Worte zu fassen.

»Es ist aus, du hattest nämlich recht. Ich empfinde etwas für Milo und das schon seit einiger Zeit. Ich gehe jetzt meine Sachen packen und dann gehe ich wieder zu ihm«, teile ich ihm so deutlich wie möglich mit und es fällt mir schwer, ihm das ins Gesicht zu sagen.

Automatisch senke ich den Kopf wieder, dann gehe ich an ihm vorbei auf die Eingangstür zu. Von hinten schafft er es aber, mich festzuhalten, und ich drehe mich automatisch wieder um. Erneut reiße ich meine Hand von ihm los und fühle mich geschwächt und ausgepowert. Die paar Sätze haben mich fertiggemacht und ihn scheinbar auch. Panisch sieht er mir in die Augen, streckt seine Hände nach mir aus, ohne mich zu berühren.

»Was redest du denn da?«, fragt er wimmernd. »Wir haben doch nur gestritten. Das war ein Streit, sonst gar nichts. Du ziehst doch nicht aus!«

Finster und wütend schaue ich ihn an.

»Nur ein Streit? Du bist völlig durchgedreht, du hast Milo geschlagen!«, fahre ich ihn an. »Außerdem hast du gesagt, du willst dich scheiden lassen«, füge ich vorwurfsvoll hinzu.

»Aber das hab ich doch nur so gesagt«, jammert Michael und wippt nervös auf und ab. »Ich hab das doch gar nicht ernst gemeint!«

»Doch, das hast du. So etwas sagt man nicht einfach so«, behaupte ich stur, denn ich bin mir sicher.

»Ja, in dem Moment vielleicht, aber es tut mir leid! Ich will mich nicht scheiden lassen, bitte«, meint er jetzt und ich schüttle nur meinen Kopf und beiße mir auf die Lippen.

»Es ist zu spät«, erkläre ich bestimmt und mache wieder einen Versuch, zur Tür zu gelangen. Dieses Mal lässt er mich und ich hole schnell meinen Schlüssel aus der Tasche und sperre auf. Ich atme tief durch und merke, wie ich zittere, als ich das Haus betrete.

Hol jetzt schnell die Sachen, sage ich mir, und ich laufe zu der Treppe, um ins Schlafzimmer zu kommen. Ich höre, wie Michael mir folgt, und bevor ich die Zimmertür hinter mir abschließen kann, ist er schon da.

»Emily, jetzt beruhig dich doch«, bittet er und ich versuche, ihn auszublenden, und konzentriere mich auf das, was ich zu tun habe. Zielstrebig öffne ich den Schrank, hole wahllos Kleider und Blusen heraus und werfe sie auf das Bett. Ich brauche einen Koffer oder eine Tasche, im Notfall nehme ich einen Sack.

»Du kannst doch nicht einfach weglaufen«, versucht es Michael weiter. »Ich bitte dich, Emily, lass uns jetzt in Ruhe darüber reden.«

Automatisch schüttle ich wieder meinen Kopf und suche nun ein paar Röcke und Hosen zusammen. Dann öffne ich die Lade der Kommode und werfe meine Unterwäsche auf den Haufen.

»Du bist meine Frau, wir sind verheiratet. Glaubst du nicht, du bist mir ein paar Antworten schuldig?«, fragt er leise und ich weiß, dass er im Recht ist. Ich spüre, wie mir die Tränen kommen, und versuche, sie zu unterdrücken.

»Ich habe dir schon alles gesagt«, erwidere ich so entschlossen, wie ich kann, doch es klingt nach einem Wimmern.

Ich merke, dass er näherkommt und dann legt er seine Hand auf meine Schulter. »Emily, bitte, ich liebe dich doch«, murmelt er leise und seine Stimme ist belegt.

Ich kann es nicht mehr zurückhalten, beginne zu schluchzen und vergrabe mein Gesicht in den Händen.

»Hör auf, mach es mir nicht noch schwerer«, flehe ich ihn unter Tränen an und bin zu schwach, um seine Hand von mir zu lösen.

»Das mache ich doch gar nicht«, antwortet er sanft und streichelt meinen Rücken.

»Ich nehme die ganze Schuld auf mich, okay? Es ist überhaupt nicht zu spät! Es ist mir egal, dass du letzte Nacht bei ihm warst, ich verzeihe es dir. Was zählt, ist unsere Ehe. Wegen eines blöden Streits werden wir uns doch nicht scheiden lassen! Ich werde um dich kämpfen, wenn das notwendig ist«, kündigt er mir zuversichtlich an und ich bin sprachlos.

Diese Seite von ihm habe ich noch nie kennengelernt, er scheint das wirklich ernst zu meinen. Warum sonst würde er sich die Mühe machen, mich zu überreden? Ich zittere noch immer am ganzen Körper und weine hemmungslos, als das schlechte Gewissen in mir breit wird.

Wir sind verheiratet, ich kann nicht einfach so gehen, das wird mir jetzt klar. Ich bringe kein Wort heraus und weine umso lauter.

»Ich kann mich mehr bemühen, wir können öfter mal ausgehen oder ich kann dir im Haushalt helfen«, schlägt Michael flehend vor und ich bleibe weiter, mit dem Rücken zu ihm, stehen.

»Milo!«, rufe ich ihn im Stillen und es tut so weh, wenn ich sein Gesicht vor meinem inneren Auge sehe.

»Ich kann nicht!«, schluchze ich und mein ganzer Körper bebt.

»Doch Schatz, ich bitte dich«, ersucht er mit tränenerstickter Stimme und dreht mich dann zu sich um.

Als ich ihn schließlich ansehe, bemerke ich, dass auch er Tränen im Gesicht hat. Ehe ich reagieren kann, umarmt er mich und hält mich mit seinen Armen fest umschlossen. Ich versuche nicht, mich zu befreien, und lasse es zu. Jetzt vergrabe ich mein Gesicht in seiner Schulter und heule mich aus.

Nein, es ist alles meine Schuld. Es war mein Fehler, ich hätte nie zu Milo gehen dürfen. Als ich Gefühle für ihn entwickelt habe, hätte ich es sofort beenden müssen, ihn nicht mehr treffen dürfen. Ich hätte nicht auf seine Zuwendung reagieren dürfen, ihm keine Hoffnungen machen sollen.

Aber ich liebe ihn, fährt es mir durch den Kopf, und es tut so unendlich weh.

Das ändert nichts, sage ich mir bitter, und die Tränen fließen weiter. Mein Platz ist hier, an der Seite meines Mannes. Nicht nur er muss um unsere Ehe kämpfen, wir beide müssen das. Ich habe keine andere Wahl, als zu vergessen, was passiert ist, und mich endlich wieder zu besinnen. Wie konnte ich das bloß tun?

»Es tut mir leid«, bringe ich schließlich hervor und Michael streichelt meinen Hinterkopf.

»Mir tut es auch so leid«, meint er erleichtert und drückt mir dann einen Kuss auf die Stirn.

Er lässt mich noch immer nicht los und ich glaube auch nicht, dass ich alleine stehen könnte. Mir ist ganz schwindelig und ich sehe nichts vor lauter Tränen.

»Bleibst du?«, hakt er zögerlich nach und ich halte kurz inne, dann nicke ich.

»Ja«, antworte ich tonlos und meine Hände zittern, als ich sie wieder zu mir ziehe.

»Gut, dann lass uns das bitte einfach vergessen«, verkündet er und drückt mich noch einmal an sich.

»Und Emily«, sagt er unter Nachdruck, als sein Mund bei meinem Ohr ist. »Ich will, dass du ihn nie wiedersiehst.«

Ich presse die Augen zusammen, sodass noch mehr Tränen herauslaufen, und schlucke einmal, bevor ich ihm verspreche, was ich schon befürchtet habe. Sonst kann es nicht funktionieren, das steht fest.

»Okay«, erwidere ich plötzlich emotionslos und wische mir dann über die Augen. Wir lösen uns voneinander und er streicht mir über die Wange.

»Okay«, sagt er ebenfalls und lächelt dann unsicher.

Ich bringe kein Lächeln zustande, stattdessen suche ich mir ein Taschentuch und schnäuze mich. Langsam tupfe ich mein Gesicht damit ab und beiße die Zähne zusammen, damit nicht noch mehr Tränen kommen.

»Soll ich dir einen Kaffee machen?«, bietet Michael fürsorglich an und ich nicke, weil mir nichts Besseres einfällt.

»Gut. Ich lass dich alleine, komm runter, wenn du so weit bist«, sagt er leise, verlässt dann das Zimmer und schließt die Tür hinter sich.

Nicht weinen, befehle ich mir streng und starre aus dem Fenster, unfähig, mich zu bewegen. Nach einer Weile setze ich mich auf das Bett und schaue auf den kleinen Kastanienbaum, der in unserem Vorgarten steht.

Die Zeit vergeht und vergeht und ich denke an gar nichts mehr, beobachte lediglich, was sich auf der Straße tut und wie das Sonnenlicht schwindet, ohne dabei auch nur irgendetwas zu fühlen.

Ein Geräusch lässt mich dann plötzlich aufschrecken, es muss von unten kommen, und ich lausche, bis ich erkenne, dass der Fernseher läuft. Ich bin überrascht, dass es schon so dunkel draußen ist, und werfe dann einen Blick auf das ganze Zimmer.

Ein großer Berg von Kleidungsstücken liegt auf dem Bett und einige sind am Boden verstreut. Die Schranktüren und Laden sind offen, darin herrscht Chaos.

Ich erhebe mich und beginne, für Ordnung zu sorgen. Ohne Eile und ganz sorgfältig hebe ich jedes einzelne Kleidungsstück auf, falte es oder hänge es zurück auf einen Kleiderbügel. Dann ordne ich den Kleiderschrank komplett neu, vertausche die Röcke mit den Blusen, sortiere die Kleider nach ihrer Länge und hole jeden Pullover heraus, um ihn dann am Bett ordentlich zusammenzulegen. Als ich fertig bin, sieht der Schrank aus wie aus einer Möbelwerbung. Alles ist perfekt geschlichtet.

Mein Gesicht fühlt sich ganz seltsam an, als ich mit der Handfläche darüberfahre, dabei sind schon lange keine Tränen mehr gekommen. Ich schließe die Schranktüren, dann werde ich hinunter zu Michael gehen.

Doch zuvor muss ich Milo anrufen.

MILO

Im Laufe einer Beziehung erlebt man viele schöne Tage und Momente, doch die meisten davon vergisst man mit der Zeit. Nur die wichtigsten Augenblicke, die besten, aber auch die schlimmsten, die brennen sich für immer im Gedächtnis ein, wiederholen sich in unseren Träumen und zeichnen unser Leben aus.

Von meiner Zeit mit Emily weiß ich noch sehr viel, manchmal kommt es mir so vor, als hätte mein Leben überhaupt erst begonnen, als ich sie kennenlernte, und alles davor war unbedeutend. An einen der schönsten Momente kann ich mich noch ganz genau erinnern.

Es war in unserem Sommer, an einem schönen, warmen Tag. Wir trafen uns am Vormittag, ich holte sie von zu Hause ab und wir gingen zu unserem Teich. Jeder von uns hatte Badesachen dabei und einen Vorrat an Wasser, denn es war schon in den Morgenstunden drückend heiß. Nicht, dass es uns gestört hätte, im Gegenteil. Während sich alle anderen lieber in einem kühlen Gebäude verkrochen, wollten wir unbedingt hinaus, in die Sonne, den Sommer genießen.

Wie die Jahre zuvor waren wir beinahe täglich an dem abgelegenen Teich, der von keinem außer uns genutzt wurde.

Der Unterschied zu den letzten Sommern war, dass wir nun ein Paar waren und dort alleine sein konnten, da Katie bei einer Freundin blieb. Wir alberten im Wasser herum, lasen uns gegenseitig aus Büchern vor und küssten uns zärtlich. Unsere Freundschaft bestand schon lange, doch unsere Liebe war noch frisch und das war ein aufregendes Gefühl. Wir schienen immer auf einer Wellenlänge zu sein und uns auch ohne Worte zu verstehen.

An diesem Tag saßen wir im Schatten des einzigen Baumes neben dem Teich und Emily versuchte, sich einen Zopf mit ein paar Wiesenblumen zu flechten, die ich ihr gepflückt hatte. Ich kitzelte sie dabei und sie haute mir auf die Finger, wenn sie es schaffte. Plötzlich wurde es dunkler und dunkler und ein paar schwarze Wolken zogen auf.

»Es wird gleich regnen«, sagte ich und sie meinte nur: »Das kann nicht sein, das haben sie nicht angesagt!«

Doch es sah immer mehr nach Gewitter aus, also packten wir geschwind unsere Sachen zusammen und verließen die Wiese, als die ersten dicken Tropfen vom Himmel fielen. Innerhalb von zwei Minuten schüttete es dann so richtig und wir waren pitschnass, als wir zur Straße kamen. Wir rannten so schnell wie möglich, hielten uns dabei an den Händen und lachten, weil es irgendwie lustig war.

»Gehen wir zu mir«, schlug ich vor, weil es näher war als das Haus ihrer Eltern, und sie nickte nur.

Dort angekommen sperrte ich auf und wir huschten schnell hinein. Darin war es dunkel wie meistens und Emily wollte gleich in mein Zimmer gehen.

»Irgendwie fühle ich mich immer unwohl hier«, gestand sie mir fröstelnd, als wir die Treppen hochgingen, und ich wusste das bereits. Ich fühlte mich hier auch unbehaglich, obwohl es mein Zuhause war. Deshalb waren wir normalerweise immer irgendwo unterwegs oder bei Emily zu Hause.

In meinem Zimmer angekommen, schloss ich wie gewöhnlich die Tür hinter uns.

»Du brauchst keine Angst haben, mein Dad ist jetzt sicher in der Arbeit und kommt erst am Abend wieder«, beruhigte ich sie und sie nickte.

»Ich war schon lange nicht hier«, bemerkte sie dann und schaute sich in dem Zimmer um, ob sich etwas verändert hatte.

Ich zog die Vorhänge auf, weil es so finster war, doch von draußen kam auch nicht mehr Licht herein. Es regnete noch immer sehr stark und es waren auch Blitze zu sehen.

»Mir ist eiskalt«, jammerte Emily und meine nasse Kleidung klebte auch unangenehm an mir. Sie zog ihr Kleid aus, das sie beim Losgehen schnell über den Bikini angezogen hatte, und schmiss es auf den Boden. Danach legte sie sich schnurstracks in mein Bett und verschwand unter der Decke.

So sehr der Regen mich zunächst gestört hatte, gegen diese Wendung hatte ich plötzlich gar nichts mehr. Ich zog auch meine nassen Sachen aus und legte mich dann, nur mit der Badehose bekleidet, zu ihr.

Sie zitterte wie verrückt, für sie gibt es nicht bloß kalt, sie ist immer gleich am Erfrieren. Obwohl mein Körper sicherlich nicht wärmer war als ihrer, umarmte ich sie fest.

Der Anblick von ihr unter meiner Decke erfüllte mich mit Geborgenheit und Glück. Wir hatten schon oft nebeneinander im Bett gelegen, auch ganze Nächte lang, allerdings immer bei ihr und wir hatten dabei auch mehr an als jetzt. Außerdem waren wir nun zusammen, wir hatten das ganze Haus für uns und würden stundenlang ungestört sein.

»Was machen wir jetzt?«, wollte sie dann wissen, und ich gestand ihr, dass ich es so ganz schön fände.

Also blieben wir im Bett und nachdem wir uns zuerst nur umarmt hatten, legte ich mich seitlich hin, damit ich sie besser küssen konnte. Davon konnten wir wirklich nicht genug bekommen, wir hatten die letzten Wochen nichts anderes gemacht. Sie fuhr mit ihren Fingern durch meine Haare und ich hielt eine Hand an ihre Wange.

Als sie dann meinte, dass sie es hier mit mir auch schön fände, freute ich mich, war aber auch ein wenig nervös. Langsam legte ich mich auf sie und versuchte, sie dabei nicht zu erdrücken, und beobachtete währenddessen ganz genau ihre Reaktion.

Emily wirkte überrascht, sagte aber nichts, stattdessen küsste sie mich erneut und streichelte mich am Rücken und am Kopf.

Wir hatten uns, seit wir klein waren, berührt, waren immer zusammen schwimmen und das Gefühl von Haut auf Haut war theoretisch nichts Neues für uns. Aber seit wir zusammen waren, hatte sich die Art der Berührungen verändert und ich hatte sie bewusster gemacht und ganz anders wahrgenommen.

An diesem Tag tasteten wir uns langsam an uns heran, fassten uns an, wo wir uns zuvor nicht angegriffen hatten. Ich erkundete jede Stelle ihres Körpers, berührte mit meinen Lippen ihren Hals, die Schulter, dann das Schlüsselbein und ihren Bauch. Es schien ihr zu gefallen und ich wollte auf keinen Fall etwas tun, das ihr unangenehm war.

Erst wusste ich nicht genau, wie ich weiter vorgehen sollte, einfach machen oder vorher um Erlaubnis fragen? Ich entschied mich für die meiner Ansicht nach umsichtigere Variante und fragte nach einigen Minuten schließlich flüsternd, ob ich ihr Bikinitop ausziehen dürfe.

Sie zögerte kurz, dann hauchte sie Ja und setzte sich auf. Ich zog an den einzelnen Bändern, bis es sich löste und ich es ihr über den Kopf ziehen konnte.

Emily schaute ziemlich nervös drein, so kannte ich sie gar nicht, und ich war so aufgeregt, dass ich sie nur anstarrte. Auf einmal mussten wir dann beide lächeln und ich wusste, es war in Ordnung für sie. Langsam lehnte sie sich zurück, bis sie wieder im Bett lag, nahm meine Hand und zog mich auf sich.

»Komm«, lud sie mich ein und das musste ich mir nicht zweimal sagen lassen. Ich berührte ihre Brüste mit den Fingerspitzen, küsste sie sacht und war dabei schon komplett erregt. Emily hatte die Augen weit aufgerissen und ich schaute weiterhin ständig zu ihr, ob sie sich wohlfühlte.

Nach einer Weile fragte sie mich dann, ob ich mich auch ausziehen wolle, und ich vergewisserte mich, ob das für sie okay wäre. Ich fand es bis dahin schon sehr schön und wäre auch so zufrieden gewesen, war aber froh, als sie Ja sagte.

Ich sah ihr in die Augen, als ich meine Hose auszog, und gleichzeitig setzte sie sich auch auf und entledigte sich ihrer Bikinihose, ohne den Blickkontakt zu brechen. Dann legte ich mich hin, deckte mich zu, hob die Decke an und hoffte, dass sie zu mir darunter käme, was sie auch tat.

Zuerst küssten wir uns nur leidenschaftlich, irgendwie wollte keiner der Erste sein, der den anderen im Intimbereich berührte, und wir waren beide ganz schön aufgeregt, auf eine wundervolle Art und Weise. Als ich sie dann an der Hüfte streichelte, tat sie dasselbe bei mir und als meine Hand nach unten wanderte, glitt ihre auch bei mir weiter. Ich dachte, ich zerplatze vor Erregung, und fing an leise zu stöhnen.

Emily beobachtete mich neugierig, wie ich meine Augen schloss und meinen Kopf nach hinten drehte, und fragte dann, ob es mir denn so gut gefiele. Ich konnte ihr, glaube ich, gar nicht klarmachen, wie sehr ich das genoss, und dadurch bestätigt, berührte sie mich weiter, ganz zart und vorsichtig, und ich seufzte glückselig.

Bald brauchte ich eine Pause, wir legten uns wieder nebeneinander hin und ich hielt ihre Hände fest.

»Willst du nicht mehr?«, wollte sie erstaunt wissen und ich zögerte kurz, dann meinte ich, dass ich auch gerne weitermachen würde, wenn sie das möchte. Ich gestand ihr, dass ich Kondome hätte, und deutete zu meinem Nachtkästchen, in dem sie sich befanden. Sie wirkte nervös, trotzdem sagte sie »Okay« und wir machten weiter, wo wir aufgehört hatten.

Wieder legte ich mich auf sie, meine Hüfte auf ihrem Becken und meine Beine zwischen ihren. Mit meinen Armen stützte ich mich ab, um sie nicht zu erdrücken, und küsste sie fast pausenlos, während ich vorsichtig in sie eindrang.

Ich fragte sicher hundertmal, ob alles in Ordnung wäre und ob sie lieber aufhören wolle, aber sie lächelte und sagte dann nur noch, ich solle leise sein. Langsam und so zärtlich wie möglich bewegte ich mich und umarmte sie. Emily schlang ihre Arme um mich und fuhr mit ihren Fingerspitzen durch meine Haare.

Es war ein vollkommener Moment, es fühlte sich absolut perfekt an.

Danach blieben wir noch lange liegen. Als Erstes musste ich sie dann einfach fragen, ob es ihr wirklich gut ginge. Emily wirkte auch überglücklich und strahlte mich an.

»Es war wunderschön«, flüsterte sie mir ins Ohr und in meinem ganzen Körper kribbelte es noch immer. Bevor der Augenblick verstrich, drehte ich mich zu ihr um, um ihr in die Augen zu sehen.

»Ich liebe dich, Emily«, offenbarte ich ihr und es kam von Herzen. Sie antwortete lächelnd: »Ich liebe dich auch«, und eng umschlungen lagen wir da und ich weiß noch, ich dachte, ich könnte nie glücklicher sein als in diesem Moment.

Nach diesem bedeutsamen ersten Mal schliefen wir den ganzen Sommer lang miteinander. Wir hatten ja so viel Zeit, den ganzen Tag nichts anderes zu tun, als uns zu lieben.

An das erste Mal erinnere ich mich genau, dafür weiß ich nicht mehr, wann das letzte Mal war.

Als ich gekommen war, um mich von ihr zu verabschieden, weil Katie und ich zu meinem Onkel und seiner Familie ziehen mussten, war ich die ganze Nacht bei ihr. Ich umarmte und küsste sie und versuchte, sie zu beruhigen. Damals hätte ich auch gerne mit ihr geschlafen – ein letztes Mal für lange Zeit sozusagen – doch sie weinte so sehr und machte mich damit unendlich traurig. Ich fürchtete, sie würde mir nie verzeihen können, dass ich sie verließ, und streichelte ihre Haare so lange, bis sie schließlich mit dem Kopf auf meiner Brust einschlief.

EMILY

Mein Wecker läutet und ich fasse es nicht. Habe ich überhaupt geschlafen? Man könnte meinen, nach den Aufregungen und Anstrengungen der letzten Tage würde eine Nacht Schlaf gar nicht reichen, doch ich weiß nicht, ob ich auch nur einmal die Augen zugemacht habe.

Wir sind gestern gemeinsam so gegen zehn Uhr ins Bett gegangen, wo ich mir die Decke bis zum Hals hinaufgezogen und an die Decke gestarrt habe. Ständig habe ich die letzten Stunden, Tage und Wochen Revue passieren lassen und an meiner Entscheidung gezweifelt.

War es richtig, bei Michael zu bleiben und nicht zu Milo zurückzukehren? Ich habe keine Ahnung, es fühlt sich momentan alles schlecht an. Eigentlich habe ich gedacht, ich würde die ganze Nacht weinen müssen, aber ich habe gar nicht das Bedürfnis danach gehabt. Vielleicht habe ich schon genug Tränen vergossen und der Zustand der inneren Leere ist bereits eingetreten, sodass ich gar nichts mehr empfinde. Hoffentlich.

Langsam stehe ich auf. Michael ist durch das Geräusch des Weckers zwar kurz wach geworden, bemüht sich aber nach Kräften, wieder einzuschlafen, also schnappe ich mir leise Kleidung aus meinem Schrank und schleiche damit ins Badezimmer.

Zuerst wasche ich mein Gesicht und befinde, dass es grauenhaft aussieht. Irgendwie sehe ich verheult aus, obwohl ich doch gar nicht geweint habe. Ich schlüpfe als Erstes in frische Unterwäsche, dann ziehe ich meinen hellbraunen Rock in Lederoptik und dazu eine einfache weiße Bluse an. Die orangerote Strickjacke für darüber lasse ich noch liegen, die werde ich erst draußen brauchen.

Ich schminke mich heute mehr als gewöhnlich, um die seltsamen Flecken und die Augenringe verschwinden zu lassen. Wenn ich mich so ansehe, fühle ich mich das erste Mal in meinem Leben alt.

Beim Hinuntergehen werfe ich wieder einen Blick auf die Uhr, ob ich mich beeilen muss. In der Arbeit steht heute nichts Besonderes an, darum muss ich nicht zu einem bestimmten Zeitpunkt da sein. Bleibt also genug Zeit für Kaffee und Frühstück.

Während die Kaffeemaschine läuft, bereite ich mir ein Müsli vor und schneide mir dafür Erdbeeren in kleine Stückchen. Als Michael plötzlich neben mir auftaucht, erschrecke ich mich total und zucke zusammen. Normalerweise steht er erst auf, wenn ich schon weg bin.

»Hey, ich wollte dich nicht erschrecken«, meint er entschuldigend und ich antworte: »Kein Problem.«

Er ist noch gar nicht angezogen und steht barfuß an den Kühlschrank gelehnt. Ich habe erwartet, dass er etwas sagen wird, aber er bleibt da und beobachtet mich, wie ich alle Zutaten für mein Müsli in die Schüssel gebe.

»Hm, willst du auch etwas frühstücken?«, frage ich ihn dann, weil er an sich immer unterwegs zur Arbeit etwas isst.

»Ja, schon«, entscheidet er und nimmt sich auch eine Schale aus dem Kasten und mischt sich aus unseren verschiedensten Müslipackungen sein Frühstück zusammen.

»Erdbeeren?«, biete ich ihm an und halte die Packung hoch.

»Gerne«, erwidert er und ich wasche und schneide ihm ein paar klein.

Der Kaffee ist fertig und ich schalte die Maschine ab, bevor ich mir die dampfende Kanne nehme und uns in zwei Tassen eingieße. Da ich weiß, wie viel Milch Michael will, schenke ich ihm auch davon ein.

Wir setzen uns an den Esstisch im Wohnzimmer und beginnen schweigend zu essen.

»Alles in Ordnung bei dir?«, fragt mich Michael nach ein paar Minuten. Er sieht mich mitleidig an und streichelt meine Hand dabei.

»Alles okay so weit«, sage ich, doch er merkt, dass das nicht ganz der Wahrheit entspricht.

»Willst du heute zu Hause bleiben? Wir könnten uns ja beide krankmelden?«, schlägt er vor, doch das will ich absolut nicht. Der Gedanke daran, den ganzen Tag mit ihm zu verbringen, schockiert mich furchtbar. Ich will so schnell wie möglich das Haus verlassen.

»Mir geht es gut«, wiederhole ich und versuche dabei, nicht genervt zu wirken. Rasch trinke ich meinen Kaffee aus und trage dann mein Geschirr in die Küche.

»Stell es nur hin, ich räume dann den Geschirrspüler ein«, ruft mir Michael aus dem Wohnzimmer zu und ich platziere die Sachen etwas perplex auf der Arbeitsfläche.

Dann schlüpfe ich in meine Weste, kontrolliere kurz den Inhalt meiner Handtasche und mache mich daran, Schuhe auszuwählen, als Michael zu mir kommt.

Er umarmt mich lange, gibt mir einen Kuss und sagt dann: »Ich liebe dich.«

Ich bin viel zu überrascht und verwirrt, um zu antworten, doch es scheint ihn nicht zu stören.

»Ich weiß, ich sage das viel zu selten«, findet er und berührt meinen Arm. »Ich liebe dich, ich liebe dich, ich liebe dich!«, fügt er schnell hinzu und ich muss lächeln.

»Ich dich auch«, bringe ich hervor, dann nehme ich meine Schlüssel und gehe zur Tür.

»Bis zum Abend«, verabschiede ich mich, drehe mich noch kurz um und er winkt mir.

Draußen muss ich erst einmal durchatmen. Ich schaffe das, sage ich mir, wobei ich noch keine wirkliche Vorstellung davon habe, was genau ich damit meine. In die Kanzlei gehen, ja, das wird gehen, den Tag dort zu verbringen, wird auch nicht schwer sein. Am Nachmittag heimkommen, kochen und dann gemeinsam zu Abend zu essen, okay. Aber mit ihm reden, so als wäre nichts gewesen, am Abend mit ihm schlafen gehen, heute und den Rest unseres Lebens – das weiß ich nicht.

Einerseits will ich nicht vergessen, was passiert ist, aber andererseits glaube ich, es wäre vielleicht das Beste, wenn wir weitermachen würden wie bisher. Es würde sowieso nichts bringen, darüber zu reden, außer dass er sich aufregt und ich wieder traurig bin. Also wozu?

Zwar bin ich momentan unglücklich, aber das wird schon besser werden, die Zeit vergeht und wir kommen darüber hinweg.

Ich jedenfalls muss erst darüber hinweg, Michael erweckt den Eindruck, als hätte er das alles schon vergessen. Natürlich habe ich bemerkt, wie er sich um mich bemüht hat, gestern Abend schon und heute beim Frühstück. Das war das erste Mal, dass er mit mir aufgestanden ist.

Ich weiß auch, dass er mich liebt und es ernst mit uns meint. Das hat er mir gestern bewiesen und genau deshalb werde ich mich auch mehr anstrengen. Netter sein, fürs Erste. Mit ihm reden, an seinem Leben teilhaben. Irgendwann wird es dann auch wieder leichter für mich werden, zärtlich zu ihm zu sein und auch seine Küsse und Berührungen nicht nur einfach über mich ergehen zu lassen.

Langsam schlendere ich zur Busstation und bleibe dort unter demselben Baum stehen wie sonst auch. Mir ist egal, wann der Bus kommt, ich schaue weder auf den Fahrplan noch auf meine Uhr. Ich warte und mache mir weiter Gedanken.

Es geht natürlich nicht anders, ich muss auch an Milo denken. Eigentlich hatte ich damit gerechnet, dass er bei uns zu Hause auftaucht, und ich bin froh, dass er es nicht getan hat. An meiner Entscheidung hätte es nichts geändert, es hätte bloß alles schlimmer gemacht und danach wären wir alle noch viel unglücklicher gewesen.

Ich bin fest entschlossen, ihn nicht mehr wiederzusehen. Es würde lediglich in einem Desaster enden, seien wir ehrlich. Wir können nicht einfach nur Freunde sein und ich stimme Michaels Bedingung zu, ihn nicht mehr zu treffen, nicht nur, weil ich nicht mit ihm darüber streiten will, sondern, weil er wohl recht hat. Milo würde immer zwischen uns stehen.

Um diese Ehe zu retten, muss ich ihn komplett vergessen, was sehr, sehr schwierig ist. Sein Gesicht, sein Körper, die Berührungen und die Liebesgeständnisse, jedes Mal, wenn ich ihn vor meinen Augen sehe, sticht es in meiner Brust, und ich zwinge mich, an etwas anderes zu denken.

Wie war mein Leben, bevor Milo so plötzlich hier aufgetaucht ist? Was habe ich gemacht, worüber habe ich mir früher den Kopf zerbrochen? Es kommt mir so vor, als wäre da nur eine unendliche Leere gewesen und die einzigen Fragen, die ich mir stellte, waren »Soll ich heute den Braten machen oder lieber das Hähnchen?«, und »Mache ich die Arbeit jetzt oder hebe ich sie für morgen auf?«.

Mein Leben war so richtig langweilig und ich hatte nichts dagegen.

Der Bus kommt und ich steige ein, setze mich auf einen freien Platz beim Fenster und schaue hinaus. Heute wird wieder ein schöner Tag, es soll sogar richtig warm werden. Die Sonne scheint schon hell und der Himmel ist wolkenlos blau.

Eine Mutter bringt ihre Töchter zur Schule oder in den Kindergarten, beide haben wallende Sommerkleider an und drehen sich lachend, sodass die Röcke in die Höhe fliegen.

Als meine Station kommt, steige ich mit einer Gruppe von Menschen aus. Zielstrebig gehe ich auf das Kanzleigebäude zu, setze den Schuh auf die erste von vielen Stufen, da überkommt mich ein seltsames Gefühl.

Auf einmal bin ich mir sicher, dass Milo hinter mir steht, in dem Park, wo ich ihn nach all den Jahren wiedergesehen habe. Ganz langsam drehe ich mich um, die panischen Fragen »Was wird er tun? Was soll ich sagen?«, schwirren durch meinen Kopf und ich habe noch keine Antworten, als ich hinter mich blicke.

Viele Menschen gehen den Gehweg in beide Richtungen entlang, auf der Straße fahren vereinzelt Autos und die Äste der Bäume im Park wehen leicht im Wind. Die Parkbank ist leer. Kein Milo weit und breit. Der ganze Park ist menschenleer und ich bin erleichtert, aber auch traurig. Ich warte noch kurz und sehe einmal nach links und nach rechts, dann gehe ich weiter die Stufen zur Kanzlei hinauf und wünsche mir, dass jede Stufe, die ich hochsteige, mich ein bisschen stärker macht.

Oben angekommen bin ich erschöpft vor innerer Anstrengung und ich bemühe mich krampfhaft, an irgendetwas anderes zu denken, mich abzulenken von meiner Traurigkeit. Ich wünsche mir in dem Moment wirklich nichts anderes, als dass ich nichts mehr fühle. Absolut gar nichts, und das für immer.

Im Gebäude treffe ich auf eine Kollegin.

»Hey, wie war dein Wochenende?«, fragt sie gut gelaunt und ich zucke nur mit den Schultern, bemühe mich, wenigstens zu lächeln.

»Endlich kommt der Sommer, nicht wahr?«, sagt sie strahlend und ich antworte: »Stimmt.«

Ja, der Sommer ist da.

MICHAEL

Was ist Liebe?

Liebe ist, wenn du den Menschen gefunden hast, der dich komplett macht, der dich kennt; jemand, der alle deine Ecken und Kanten akzeptiert und schätzt. Eine Person, die du nicht mehr loslassen kannst und ohne die dein Dasein sinnlos erscheint. Du willst sie festhalten und das für den Rest deines Lebens.

Auf der Suche nach der Richtigen kann es sein, dass du den Glauben an die Liebe verlierst. Wir haben einfach zu viele Erwartungen, zu viele Anforderungen an einen perfekten Partner und oft finden wir nach ein paar Tagen oder Wochen schon heraus, dass es nicht passt. Sei es die Chemie oder der fehlende Funken, ob man an ihn glaubt oder nicht. Man spürt meistens bald, ob es funktioniert oder nicht.

Entscheidend ist, ob die Beziehung über die Phase des Verliebtseins halten kann. Wenn man sich auswendig kennt und es nichts Neues mehr gibt, das man erlebt, wenn die Routine einkehrt.

Ich finde, es ist wichtig, dass man immer ehrlich zueinander ist, dass man dieselben Ziele vor Augen hat und in eine gemeinsame Zukunft schaut. Es ist egal, wenn man nicht mehr so viel gemeinsam unternimmt wie vielleicht früher einmal.

Dass man sich nicht ständig berühren muss, jeden Tag dreimal »Ich liebe dich« sagt oder sich dauernd etwas Neues einfallen lässt, um den anderen zu überraschen.

Solange man es ernst meint, wenn man »Ich liebe dich« sagt, man immer liebevoll miteinander umgeht und dem anderen manchmal einfach seinen Dickschädel lässt, dann wird es auch gut gehen. Aber es gehören immer zwei dazu, es muss auf Gegenseitigkeit beruhen.

Manchmal ist Liebe grausam, sie tut weh und verletzt einen tiefer als jedes Messer es könnte. Doch so sehr sie uns quält, sie ist ein Teil vom Leben. Es gibt keinen Menschen, der nie geliebt hat.

Liebe macht uns zu Idioten, sie führt uns an der Nase herum und sie spielt uns etwas vor, aber sie bringt auch unseren wahren Charakter und auch unsere größte Stärke zum Vorschein.

Wenn man jemanden liebt, dann ist das Leben schöner, vieles ist leichter und manches ist schwerer. Doch wenn man zu zweit durch das Leben geht, kann man voll Freude und Zuversicht in die Zukunft schauen, sich gegenseitig Hoffnung geben, aneinander festhalten und gemeinsam Krisen bewältigen, so schlimm sie auch sein mögen.

EMILY

Ich war in der Badewanne und hatte gerade das Radio abgedreht, weil es zu laut und zu nervig war, denn schließlich war ich hier, um mich zu entspannen. Nun waren nur noch die Tropfen aus dem Wasserhahn zu hören, die ins Badewasser fielen. Das Wasser war so heiß, dass meine Haut gerötet war und mir ganz schummrig wurde. Ich musste mich deshalb auch etwas mehr aufsetzen, weil ich Angst hatte, sonst in Ohnmacht zu fallen.

Ich seufzte und versuchte, die Ruhe zu genießen.

Meine Beine waren frisch rasiert und in den Haaren hatte ich eine zusätzliche Spülung. Nur die Zehennägel waren noch nicht lackiert, das würde ich nach dem Bad erledigen. Die Gesichtsmaske hatte ich bereits gestern hinter mich gebracht, weshalb ich nun mit beiden Händen durch mein Gesicht fahren, meine Schläfen massieren und die Augen dabei schließen konnte.

So sehr ich mich bemühte zu relaxen und einmal an nichts zu denken, es gelang einfach nicht. Mein Kopf zersprang schon seit Stunden vor Gedanken und morgen würde es dann so weit sein, der große Tag. Meine Hochzeit.

Letzte Nacht hatte ich schon nicht schlafen können und ich war mir sicher, in der kommenden würde ich auch keinen Schlaf finden.

Ich hatte am Morgen begonnen, alle Termine bestätigen zu lassen, dann wurde ich angerufen, weil der Blumenlieferant blöderweise zu wenige Tulpen bestellt hatte und ich deshalb umdisponieren musste, und jemand vom Restaurant hatte mir mitgeteilt, dass die Tischordnung durcheinandergekommen wäre. Das konnte ich wenigstens sofort am Telefon klären, denn die Sitzordnung kannte ich in- und auswendig. Zum Blumenladen musste ich allerdings persönlich hin, also hatte ich nur schnell gefrühstückt und war dann gleich losgefahren.

Zusammen mit einer Angestellten, der das Ganze unheimlich leidtat, die aber gar nichts dafür konnte, überlegte ich ein neues Gesteck für die Kirche und eine Tischdekoration für nachher. Es dauerte wenigstens nicht lange, was daran lag, dass es mir nun ganz gleich war, welche Blumen wir nahmen. Dann eben keine Tulpen, auch egal. Wahrscheinlich würde ich sowieso keine Zeit haben, sie zu betrachten, und ob die Gäste die Dekoration so genau begutachten würden, bezweifelte ich.

Danach ging es gleich weiter zu dem Brautmodengeschäft, in dem ich die letzte Anprobe hatte.

Meine Eltern und meine Schwester waren zum Glück schon in Boston, sodass Ellie und meine Mutter mich zu dem Termin begleiten konnten.

Ausgesucht hatte ich das Kleid alleine. Obwohl ich einige Freundinnen in der Stadt hatte, wollte ich lieber niemanden mitnehmen, auch wenn sie mit Sicherheit gerne mitgekommen wären. Die meisten Frauen lieben so etwas. Ich wollte mir aber ein Kleid aussuchen, das nur mir gefiel, und wollte mich nicht von irgendjemanden beeinflussen lassen.

Bei der Anprobe musste meine Mutter ein paar obligatorische Tränen vergießen und ich sagte ihr, dass das kein Grund zum Weinen wäre, schließlich würde ich heiraten und nicht sterben.

Sie meinte nur, ich wäre auch gerührt, wenn ich meine Tochter in einem Hochzeitskleid sehen würde. Das bezweifelte ich, ließ sie aber in Frieden.

Tatsächlich fand ich mein Kleid wunderschön. Es war nicht ganz weiß, sondern eher elfenbeinfarben, enganliegend und unten ausgestellt mit einer kleinen Schleppe. Als Verzierung hatte es ein dezentes, gesticktes Blumenmuster mit eingearbeiteten Perlen und die Ränder waren mit Spitze versehen. Eine dünne Schärpe, die hinten zu einer Masche mit langen Bändern gebunden war, betonte meine Figur und streckte mich so ein wenig.

Die letzten Wochen hatte ich mich bemüht und war fast jeden Tag laufen oder hatte zumindest ein paar Gymnastikübungen gemacht, damit ich ganz schlank sein würde, und mit dem Ergebnis war ich zufrieden. Das Kleid passte, der Schleier war gebügelt, also konnten wir alles mitnehmen und verließen das Geschäft.

Wir trafen meinen Vater zum Mittagessen in einer Pizzeria in der Stadt, in der ich noch nie zuvor gewesen war, und es war wirklich gut. Ich wollte mir vornehmen, irgendwann wieder dorthin zu gehen, aber da wir bald nach Hartford umziehen würden, war das hinfällig.

Nach dem Essen waren die drei noch bei uns in der Wohnung, wir tranken Kaffee und quatschten über alles Mögliche, bis sie dann am frühen Abend Richtung Hotel aufbrachen.

Mit meiner Schwester und meiner Mutter hatte ich am nächsten Vormittag einen Friseurtermin, bei dem wir stundenlang verschönert werden würden. Make-up, Haare und Nägel, alles was dazugehört, und dann würden sie mich zur Kirche fahren.

Michael war das ganze Wochenende mit seinen Freunden unterwegs gewesen, ich wusste gar nicht genau wo, denn es war auch für ihn eine Überraschung zum Junggesellenabschied, und er hatte bis zum Schluss keine Ahnung, was sie mit ihm vorhatten. Ich war schon gespannt, was er mir darüber berichten würde, wobei ich mir nicht sicher war, ob ich überhaupt alles hören wollte.

Da ich keinen Junggesellinnenabschied machen wollte, hatte ich die Wohnung an diesem Abend für mich. Die Einzige, die ich unbedingt dabeihaben wollte, wäre meine Schwester gewesen, die konnte erst heute Morgen anreisen, und am Abend vor der Hochzeit wollte ich nicht mehr ausgehen, weil ich am nächsten Tag topfit sein wollte. Darum feierte ich meine letzten Stunden als unverheiratete Frau gar nicht besonders. Da ich nicht viel Alkohol trank und erst recht nichts von Strippern oder blöden Spielen in der Öffentlichkeit hielt, störte mich das kein bisschen, und ich war froh, die Ausrede mit Ellie zu haben.

Ich hatte am Abend keinen großen Hunger und weil ich nicht wusste, was ich tun sollte, legte ich mich in die Badewanne, um die aufsteigende Nervosität zu besänftigen.

Mein Gesicht hatte ich in den Händen vergraben und rieb sie von den Wangen bis zum Haaransatz, eine angenehme Massage.

Nun erinnerte ich mich daran, als Michael mir den Heiratsantrag gemacht hatte. In dem Moment, als er mir die Frage stellte, sagte eine Stimme fragend in meinem Kopf nur ein Wort, seinen Namen: »Milo.« Obwohl ich ihn so lange nicht gesehen hatte und die Chancen auf ein Wiedersehen gleich null standen, musste ich unweigerlich an ihn denken.

Wir hatten uns damals, als wir Teenager waren, versprochen, dass wir, wenn er zurückkäme, immer zusammenbleiben würden. Unsere Liebe, unsere Beziehung war nicht vergleichbar mit denen anderer Gleichaltriger. Wir kannten uns praktisch unser ganzes Leben lang, hatten keine Geheimnisse voreinander und ich fühlte mich immer so wohl in seiner Nähe und er in meiner, dass es so schön, so leicht war, mit ihm zusammen zu sein.

Nur war das schon viele Jahre her und es hatte sich so viel getan. Seit Michael in mein Leben getreten war, war ich sehr, sehr glücklich mit ihm.

Und trotzdem, am Tag vor meiner Hochzeit, als ich in der Badewanne lag, musste ich wieder an Milo denken.

Was wäre, wenn er damals nicht weggegangen wäre, wären wir dann jetzt noch zusammen? Würde er mich fragen, ob ich seine Frau werden wollte, und würde ich ihm mit demselben Kleid zum Altar entgegenkommen?

Eine Traurigkeit erfüllte mich und ich zwang mich sofort, fröhlich zu sein und mich auf die Hochzeit und meine Zukunft mit Michael zu freuen. Niemand konnte sagen, was unter anderen Umständen passiert wäre, das würde ich nie erfahren, und es half nichts, ständig deswegen zu grübeln. Ich bemühte mich, von jetzt an nicht mehr an ihn zu denken, doch man kann Gedanken nicht steuern oder einschließen. Nur noch heute, beschloss ich, und ließ sie zu.

Ich dachte an den Sommer in St. Bastian, an die Zeit, die wir am Teich verbrachten hatten. Wir waren den ganzen Tag dort, alleine, kuschelten uns auf unseren Badetüchern aneinander und küssten uns. Er hatte immer eine Hand bei mir, an meiner Wange, wenn er sie streichelte, in den Haaren, wenn er durch sie durchstrich, auf meinem Bauch, wo er mit meinem Bauchnabel spielte oder auf meinem Rücken, wo er sie ablegte, wenn er mich umarmte. Es war so schön, wie er mich streichelte und meinen ganzen Körper küsste, und wir stundenlang nichts anderes taten, als uns unsere Zuneigung zu zeigen. Die Hitze, die uns zwang, im Schatten unter dem Baum zu bleiben, die Sonne, die mich blendete, wenn ich ihm in die Augen sehen wollte, und die Wärme, die die Wassertropfen auf der Haut sofort trocknen ließ, das sind meine Erinnerungen an diesen Sommer.

Zwar kannten wir uns schon viele Jahre und hatten auch im Winter allerlei gemeinsam erlebt, aber immer, wenn ich an Milo denke, ist es Sommer.

Ich überlegte, wo ich meine Briefe von ihm hatte, und nahm mir vor, sie heute Abend noch einmal zu lesen. Wegschmeißen würde ich sie nie, aber danach würden sie sicher, für einige Zeit zumindest, wieder gut aufgehoben gemeinsam mit Fotos und Erinnerungsstücken in einer Mappe bleiben.

Auf meinem letzten Bild, das ich von ihm hatte, war er circa sechzehn Jahre alt, und ich überlegte, wie er wohl heute aussähe. Ob seine dunklen Haare nun kurz oder ein bisschen länger wären und ob er nun größer als ich wäre?

Milo war eher klein und auch immer recht dünn, ich konnte mir nicht vorstellen, dass er jetzt über ein Meter achtzig groß oder dick wäre. Ich dachte an seine Augen, braun und mandelförmig, und an den Tag, an dem ich das letzte Mal in sie hineingesehen hatte.

Ich stellte mir vor, er würde mit dem Rücken zu mir stehen, in einem schwarzen Anzug, und sich langsam umdrehen und wenn seine Augen mich erblickten, würde er mich anlächeln. Dann würde er eine Hand zu mir ausstrecken.

Da öffnete ich die Augen, nahm die Hände vom Gesicht und seufzte leise. Nun schloss ich sie erneut, lehnte mich an die Rückwand der Badewanne und ließ mich hinuntergleiten, bis mein Gesicht komplett unter Wasser war. Ich fuhr mit den Fingern durch meine Haare und blieb so lange unten, bis ich keine Luft mehr hatte. Danach setzte ich mich wieder auf, ließ das Badewasser aus und begann, mich abzuduschen.

MILO

Das Telefonat hat nicht einmal fünf Minuten gedauert, vielleicht waren es auch keine drei, ich weiß es nicht. Als sie aufgelegt hat, habe ich mein Handy auf den Boden fallen lassen. Einfach nur die Hand aufgemacht, abgesenkt und schon lag es auf dem Parkett.

Drei Minuten und alles hat sich geändert. Ich kann es nicht fassen, komplett aufgebracht gehe ich Kreise durch mein Wohnzimmer und versuche, sie zu verstehen.

Emily wird ihren Mann nicht verlassen, sie bleibt bei Michael. Sie könne ihre Ehe nicht aufgeben, das sei sie ihm schuldig. Es tue ihr unendlich leid, aber wir würden uns nie wieder sehen können.

Ich fühle mich, als hätte mir jemand mit einem Hammer auf den Schädel geschlagen, ich habe jetzt einen konstanten Schmerz und höre ein Rauschen in meinem Kopf, das verhindert, dass ich klar denken kann.

Wäre ich doch nur mit ihr mitgegangen, oder nachgekommen, als sie nicht aufgetaucht ist, ich habe so ein schlechtes Gefühl bei der Sache gehabt.

Ich habe schon vermutet, dass Michael daheim sein würde, aber dass er sie zum Bleiben überredet, daran habe ich eigentlich nicht gedacht. Eher, dass er sie anschreit, ihr Vorwürfe macht und wegen der Habseligkeiten und dem Haus zu streiten beginnt. So, wie Emily die gestrige Situation nach meinem Abgang beschrieben hat, deutete nichts darauf hin, dass er sie zurückhaben will.

Und Emily ist bereit gewesen, sich scheiden zu lassen. Sie ist die Nacht über bei mir gewesen, ist in meinen Armen gelegen und hat mir ihre Liebe gestanden. Ich weiß, dass das echt gewesen ist, ich bin mir sicher, dass sie mich liebt.

Wir haben schon über die Zukunft gesprochen, also sie wollte wirklich mit mir zusammen sein. Aber Michael muss sie beeinflusst haben, ihre Entscheidung zu revidieren, ich habe keine Ahnung wie. Vielleicht hat er ihr gedroht, an ihr schlechtes Gewissen appelliert, ihr etwas versprochen oder sie angefleht.

So wie ich Emily kenne, immer treu und ehrlich, hat sie zweifelsohne Pflichtgefühle Michael gegenüber. Wenn er sie also an ihr Eheversprechen erinnert hat und ihr eingeredet hat, dass sie nicht einfach so abhauen kann, dann glaube ich schon, dass sie eingeknickt ist.

Wäre ich nur da gewesen, denke ich bitter. Mit mir an der Hand wären wir da gemeinsam wieder herausgekommen, da bin ich mir sicher.

So verzweifelt ich bin und so traurig mich das macht, ich kann ihr kaum böse sein. Ich weiß, wie sie ist, sie ist ein absolut gewissenhafter Mensch und es ist ihr unangenehm gewesen, als verheiratete Frau einen anderen zu küssen und zu berühren, auch wenn es aus Liebe gewesen ist und obwohl sie vorgehabt hat, sich scheiden zu lassen.

Aber dass sie mich so verletzt, das tut weh. Und wir würden uns nicht mehr wiedersehen, hat sie gesagt. Ihr Mann würde sonst die Polizei rufen und mich vom Grundstück jagen.

Eigentlich will ich jetzt trotzdem zu ihr, ich kann sie doch sicherlich dazu bringen, mit mir mitzugehen. Wir würden gemeinsam von dort weglaufen und nie wieder zurückkommen. Wir könnten uns ins Auto setzen und einfach losfahren, solange wir zusammen sind, wäre alles andere egal. Ich will mir schon meine Schuhe anziehen und greife nach dem Wohnungsschlüssel, da muss ich innehalten.

Würde sie wirklich mit mir mitkommen? Ihr Mann ist mir egal, soll der machen, was er will, wir wären in ein paar Minuten schon verschwunden.

Sie hat gesagt, und das ganz emotionslos, ich solle auf keinen Fall herkommen. Schließlich hätte sie mich auch anrufen und sagen können: »Hilfe, ich weiß nicht, was ich machen soll.« Oder: »Ich brauche Zeit, um nachzudenken.« Aber das hat sie nicht.

Emily schien sich sicher, sie hat auch nicht geweint, jedoch hat sie traurig gewirkt. Sie hat eine Entscheidung getroffen, und vielleicht ist das der Punkt, an dem ich das akzeptieren muss. Auch wenn ich finde, dass sie einen riesigen Fehler begangen hat und ich derjenige bin, der sie glücklich macht, bin ich nicht in der Lage, das zu bestimmen. Sie weiß, wie ich fühle, dass ich jahrelang auf der Suche nach ihr gewesen bin und sie mein ganzes Leben lang, jeden Tag, geliebt habe – trotzdem hat sie sich gegen mich entschieden.

Es wird nichts nützen, jetzt hinzufahren, und ich will sie auch nicht überreden müssen, dass ich besser für sie bin als ihr Mann.

Ich bin komplett erschöpft, diese Erkenntnis ist in mir eingeschlagen wie eine Bombe und hat mich so geschwächt, dass ich wie von selbst zu Boden sinke, wo ich gerade bin.

Es ist aus. Ich habe sie gesucht und gefunden, ich habe gekämpft, damit wir wieder zusammenkommen, aber es hat nicht funktioniert. Das muss ich mir jetzt eingestehen.

Ich habe nie einen anderen Plan für mein Leben gehabt, als es mit Emily zu verbringen, ganz egal wo, welcher Job, das alles ist Nebensache. Auch wenn ich früher schon ein paar Mal am Aufgeben war, konnte ich es nicht, ich musste sie einfach wiedersehen. Das habe ich nun und ich weiß nicht, ob es so nicht schlimmer ist, als jede andere mögliche Situation.

Ich hätte bei Phil und Louisa, bei Katie bleiben können, hätte vielleicht studiert und hätte jetzt irgendeinen gut bezahlten Job. Oder ich hätte in Miami meine Zeit verbracht, in der Bar gearbeitet und weiter Musik gemacht, Konzerte gespielt.

Stattdessen bin ich hier und habe nichts, genau wie am Beginn der Reise, nur die Gewissheit, dass alles umsonst gewesen ist.

Ich will es nicht wahrhaben, aber ich spüre, dass es so ist. Mein Leben hat überhaupt keinen Sinn und keinen Inhalt mehr. Eine trostlose Bedeutungslosigkeit macht sich in mir breit und schnürt mir die Kehle zu. Ein paar einzelne, bittere Tränen laufen mein Gesicht hinunter und ich bemühe mich nicht, sie aufzuhalten oder wegzuwischen.

Die Zeit steht für mich still und ich weiß nicht, weshalb ich plötzlich doch wieder aufstehe. Draußen ist es dunkel geworden, ich sehe auf die Uhr und stelle nüchtern fest, dass ich schon vor über einer Stunde in der Arbeit hätte sein sollen.

Ich gehe in die Küche, sehe die ganzen Lebensmittel stehen, mit denen ich vor einer gefühlten Ewigkeit kochen wollte, und schlage aus Verzweiflung mit der Faust auf den Tisch. Dann schließe ich die Augen, während sich der Schmerz in meiner Hand ausbreitet.

Bevor ich wieder in mein Unglück versinke, bemühe ich mich, einen vernünftigen Gedanken zu fassen.

Zwar kann ich momentan nicht sagen, wohin ich will, aber ich muss auf jeden Fall hier weg, und das so schnell wie möglich. Also packe ich meine Sachen, zuerst die Kleidung, danach die CDs und die paar Bücher, die mir etwas bedeuten. Ich ziehe das Bett ab, räume das Badezimmer leer und stelle die Dinge aus der Küche zusammen, die ich mitnehmen will. Da ich mir sicher bin, dass ich die Matratze alleine nicht in den Kofferraum bekomme, versuche ich es erst gar nicht. Ich muss nur zweimal gehen, dann habe ich alle Sachen ins Auto gebracht und verstaut.

Bei meinem letzten Rundgang durch die Wohnung finde ich noch das T-Shirt, das Emily getragen hat. Die schönen Erinnerungen daran sind nun bitter und ich will gar nicht mehr daran denken, wie es war, als sie gestern Abend bei mir gewesen ist.

Ich zerknülle das Shirt in meinen Händen, aber hier lassen kann ich es nicht. Es ist das Einzige, das ich noch aus der Wohnung mitnehme. Dann bringe ich den Schlüssel zu dem Vermieter und unterschreibe schnell die Kündigung. Zum Glück ist er da und es ist gleich erledigt. Es bleibe hier nie jemand für länger, sagt er mir. Da ich für den laufenden Monat schon bezahlt habe, bin ich ihm nichts mehr schuldig, und ich gebe ihm zum Abschied die Hand.

Von einem Münztelefon aus rufe ich in dem Pub an und kündige dort meine Arbeit. Dort ist auch niemand überrascht und da ich im Probemonat bin, brauche ich mich um nichts mehr zu kümmern. Das Gehalt für die letzten Wochen bekomme ich wahrscheinlich am Ende des Monats auf mein Konto ausbezahlt und es ist mir ganz gleich.

Es ist kurz vor Mitternacht, als ich mich schließlich ins Auto setze und losfahre. Mein Geld wird für Benzin und Essen reichen und ich kann auf der Rückbank schlafen, wenn ich müde werde. Immerhin weiß ich jetzt schon, wo ich hinwill.

Ich habe eine lange Reise Richtung Westen vor mir und je näher ich Kalifornien komme, je mehr Meilen ich zwischen Emily und mich bringe, desto besser geht es mir, und ich kann mich darauf einstellen, ein neues Leben zu beginnen.

EMILY

Was ist Liebe?

Es gibt viele Arten von Liebe, etwa so, wie man seine Eltern und Geschwister liebt, sein Haustier, einen jahrzehntelangen Freund, die eigenen Kinder, den Partner und Ehemann. Für jeden empfindet man etwas, das man mit Worten kaum beschreiben kann, aber wenn man sich auf ein einziges Wort einigen müsste, das alle Eigenschaften und Aspekte umfasst, dann wäre das Liebe.

Deshalb kann man auch nicht behaupten, nur einen Menschen zu lieben, das wäre im Grunde nicht richtig. Es wäre ebenfalls naiv zu glauben, dass da nur eine einzige Person auf der Welt ist, die zu einem passt und mit der man bis ans Lebensende glücklich ist. Ich kenne keine Statistik dazu, aber es muss mehr geben, sicher ein paar Tausend. So, dass wir die Möglichkeit haben, im Lauf der Zeit, allein in der Stadt, in der wir wohnen, mehreren davon über den Weg zu laufen.

Natürlich trifft man nicht immer gleich den Richtigen, im Gegenteil, die meisten begegnen ihm wohl nie. Aber ich denke, wenn man ihn gefunden hat, dann weiß man das auch.

Die Sache ist nur so, was ist, wenn man gleich zwei perfekte Partner gefunden hat? Was ist, wenn man die Liebe seines Lebens trifft, wenn man schon verheiratet ist?

Man kann sich nicht aussuchen, in wen man sich verliebt, es passiert einfach. Es lässt sich nicht steuern und man kann auch nichts dagegen tun.

Wenn man verliebt ist, kann man an nichts anderes mehr denken und glaubt, man kann ohne denjenigen nicht glücklich sein. Doch in Wahrheit kann man nicht erwarten, dass ein anderer einen glücklich macht.

So wichtig die Vernunft ist, manchmal muss man auch auf sein Herz hören. Wer nichts riskiert, der lebt gar nicht richtig, oder?

Liebe ist für mich kein Hirngespinst oder etwas Nebensächliches, ich habe immer schon an die wahre Liebe geglaubt. Auch wenn sich meine Ansichten leicht verändert haben und ich in den letzten Jahren viele Eindrücke dazugewonnen habe, glaube ich noch immer daran, dass ein Leben ohne Liebe für mich wertlos wäre.

Ich wollte nicht sehr viel vom Leben, ich wünschte mir weder eine steile Karriere noch großen Reichtum, nur, dass ich mit dem Mann zusammen bin, den ich liebe und der mich liebt.

MILO

Ich bin mir nicht sicher, ob es irgendetwas gibt, das die Bezeichnung perfekt verdient. Etwas, das absolut richtig ist, an dem nichts zu bekritteln ist. Ein Leben kann nicht durch und durch makellos sein und es wird auch keinen Menschen geben, der vollkommen ist. Aber ein einziger Tag, an dem einfach alles stimmt, gehört zu den Erinnerungen, die meine Existenz ausmachen.

Mein perfekter Tag war in unserem Sommer, wann sonst.

Der Morgen begann für mich früh und ich blieb im Bett, voller Vorfreude auf Emily. Wie immer warteten Katie und ich, bis unser Dad das Haus verlassen hatte, und kaum, dass er die Haustür geräuschvoll hinter sich zugeschmissen hatte, standen wir auf und zogen uns an. Wir frühstückten gemeinsam und ich versuchte, mir zu merken, dass die Milch aus war und wir mehr brauchten.

Katie war wie immer still, doch ich stellte fest, dass sie ebenfalls gut gelaunt war. Ich war froh, dass sie eine Freundin gefunden hatte und sie jeden Tag besuchen konnte, so kam sie aus dem Haus und ich war glücklich, weil ich mit Emily auch alleine sein konnte.

Nachdem ich das Frühstücksgeschirr schnell abgewaschen hatte, lief ich noch mal nach oben, um meine Zähne zu putzen und meinen Rucksack zu packen. Katie tat es mir gleich und sie lachte sogar, als ich sie dabei überholte.

Ich schloss die Tür ab, ermahnte mich selbst, dass ich meine Schwester nicht mehr bei der Hand nehmen sollte, dann spazierten wir zu dem Haus ihrer Freundin. Eigentlich hätte sie auch alleine gehen können, aber ich begleitete sie gern.

Wie an fast jedem Tag in den letzten Wochen lieferte ich sie bei ihrer Freundin ab, wartete bei der Haustür, bis sie im Haus war, und bedankte mich bei der Mutter des Mädchens, dass Katie hierbleiben dürfe.

Dann lief ich weiter zu Emily, widerstand dem Wunsch, gleich über den Gartenzaun zu springen und durch ihr Fenster hineinzuklettern, und klopfte deshalb an die Tür.

Diesmal öffnete ihr Dad und sagte: »Guten Morgen, Milo.« Er winkte mich hinein und setzte sich an den Tisch, um neben dem Frühstück Zeitung zu lesen, so wie jeden Morgen.

»Sie schläft noch, glaube ich, aber du kannst sie gerne aufwecken«, informierte mich Emilys Dad, ohne von seiner Zeitung aufzusehen, und ich ging durch das Vorzimmer bis zu ihrer Tür und lauschte. Kein Geräusch. Also öffnete ich die Zimmertür ganz leise und fand sie tatsächlich schlafend vor.

Ich schlich mich an, überlegte kurz, ob ich sie nicht erschrecken sollte, wenn ich schon die Gelegenheit dazu hatte, doch ich ließ es. Stattdessen kniete ich mich zum Kopfteil ihres Bettes hin, beugte mich über sie und gab ihr einen sanften Kuss auf den Mund. Davon ist sie selbstverständlich aufgewacht und nach dem ersten Schreck war sie auch glücklich, mich zu sehen. Sie umarmte mich und zog mich zu ihr ins Bett.

»Na komm«, lud sie mich ein und rückte zur Wand, um mir Platz zu machen, doch ich küsste sie nur ein paar Mal und setzte mich dann neben sie.

»Deine Eltern sind doch da«, flüsterte ich ihr ins Ohr und strich ihr die Haare aus dem Gesicht.

»Die kommen bestimmt nicht herein«, behauptete Emily und versuchte, mich zu sich herunterzuziehen.

Ich ließ sie machen und streichelte sie. Sie war noch ganz warm vom Schlafen. Wir küssten uns und gerade als ich mich doch zu ihr hinlegen wollte, wurde die Tür geöffnet.

»Ah, gut, dass du schon wach bist, Emily. Du hast deine Wäsche im Bad vergessen und besonders gut zusammengelegt hast du sie auch nicht«, bemerkte ihre Mom, als sie eintrat.

Wir sprangen auseinander und ich setzte mich wieder brav hin, während Emily sich zudeckte.

Aber ihre Mom hatte einen riesigen Stapel Wäsche in der Hand gehabt und uns dahinter gar nicht gesehen.

»Milo, du bist ja schon da«, stellte sie überrascht fest. Ich sagte, ich sei gerade erst gekommen und hätte Emily aufgeweckt. Als sie uns wieder alleine ließ, mussten wir lachen, dann ging ich in die Küche, damit sie sich umziehen und ins Bad konnte.

Wie jeden Tag, wenn ich da war, bot mir ihre Mutter etwas von dem Frühstück an, ich sagte, dass ich nichts brauchen würde, und sie packte uns etwas für später ein.

Emily rannte von Zimmer zu Zimmer, um ihre Sachen zusammenzusuchen, und als sie fertig war, kam sie zu mir, hielt mich an der Hüfte fest und gab mir einen schnellen Kuss, was mir direkt vor ihren Eltern schon unangenehm war, aber für sie war das selbstverständlich.

Sie schnappte sich irgendwas vom Frühstückstisch, dann rief sie: »Bis später!« Emily winkte ihren Eltern kurz und wir verließen Hand in Hand das Haus.

Ihre Eltern fragten nie, wann sie wiederkommen würde, wo sie hinginge oder was sie mache, das war angenehm. Ich mochte die beiden wirklich sehr.

Zusammen gingen wir zu unserem Teich, da mussten wir gar nicht überlegen oder es uns ausmachen, wir verbrachten unsere Tage immer dort. Am Weg dorthin unterhielten wir uns und ich fragte mich, ob uns irgendwann der Gesprächsstoff ausgehen würde, da wir praktisch kaum getrennt voneinander waren und uns somit nichts Spannendes erzählen konnten, doch so weit kam es nie.

Emily sprach von der Schule und unseren Mitschülern, ihren Träumen der letzten Nacht und von allem, was sie gerne einmal machen würde. Es gefiel mir, dass sie immer so gut gelaunt und optimistisch war. Sie konnte in allem etwas Gutes finden und sie schaffte es, andere mit ihrem Lachen anzustecken.

Beim Teich angekommen, legten wir unsere Badetücher in die Wiese und zogen uns bis auf die Badesachen aus. Wir rückten eng aneinander und umarmten uns, während die Sonne uns wärmte.

Obwohl es noch früher Vormittag war, schien sie kräftig, und uns war wohlig warm. Wir küssten und streichelten uns, unterbrachen nur, wenn einem von uns irgendwas einfiel, dann machten wir wieder weiter. Ihre Finger fuhren ständig durch meine Haare und ich mochte das so gern. Wir mussten gar nicht mehr machen und ich war schon glücklich.

Wenn uns zu warm war, sprangen wir ins Wasser, schwammen eine Runde und alberten herum. Dann kamen wir auf unsere Handtücher zurück, um uns wieder zu lieben.

Über Mittag legten wir uns dann in den Schatten des einzigen Baumes, der in der näheren Umgebung des Teiches stand. Ich habe keine Ahnung, was das für ein Baum war, habe auch nie darüber nachgedacht, aber ich sehe ihn noch genau vor mir.

Emily jammerte wieder ein bisschen, dass es hier zu kalt wäre, aber da sie sich weigerte, sich mit Sonnencreme einzureiben, bestand ich darauf, dass wir wenigstens die Mittagshitze mieden.

Sie las mir aus ihrem aktuellen Buch vor, ich glaube, es war Robinson Crusoe, und ich hörte ihr zu und kitzelte sie leicht mit meinen Fingerspitzen. Dann tauschten wir und während ich weiter vorlas, schloss sie die Augen.

Als sie sie wieder öffnete, lächelte sie zufrieden, und ich fragte, was los wäre.

»Es ist einfach so schön hier mit dir«, fand sie, und ich fühlte genau wie sie. Ich legte meinen Arm um sie und sie grub ihren Kopf hinein.

»Immer, wenn wir hier sind, habe ich das Gefühl, dass die Zeit stehen bleibt. Dass diese Stunden hier nur uns gehören«, offenbarte mir Emily und ich verstand es nicht ganz.

»Das ist, weil wir Ferien haben und sonst nichts zu tun haben. Deshalb kommen dir die Tage so lange vor. Und weil es so lange hell ist«, meinte ich und sie fügte hinzu: »Ja und weil du mich heute extra früh geweckt hast!«, und ich streichelte sie liebevoll.

»Ist dir langweilig?«, fragte ich unsicher und sie widersprach: »Absolut nicht!« Dann nahm sie mir das Buch aus der Hand, legte es zur Seite, rückte ganz nah an mich heran und küsste mich lange und zärtlich.

Sie versuchte, mich auf den Rücken zu drehen, und ich grinste, weil sie sich so anstrengte. Schließlich gab ich nach. Emily legte sich auf mich und ihre Beine umschlangen mich. Ihr nasser Bikini fühlte sich kalt auf meiner Haut an und sie küsste mich weiter. Ich griff nach ihrem Hintern und drückte sie an mich, dann suchte ich am Rücken den Verschluss ihres Oberteils und öffnete ihn.

Vorsichtig setzte ich mich auf und hielt sie dabei fest, sah in ihre Augen und strich mit meiner Wange an ihre. Dann zog ich ihr das Bikinitop aus und warf es neben uns in die Wiese. Ich berührte ihre Brüste, seufzte und fragte mich, ob ich je genug davon kriegen würde. Anschließend umarmte ich sie fest und legte sie nun mit dem Rücken auf das Badetuch. Sie begann meine Badehose auszuziehen und ich erledigte den Rest, danach zog ich ihre Hose aus und begab mich auf sie.

»Ich spüre gerne dein Gewicht auf mir«, hatte sie einmal gesagt und ich konnte ihr gar nicht nah genug sein.

Wir liebten uns langsam und innig, genossen jede Berührung, jeden Kuss, wälzten uns in der Wiese herum, einmal war sie oben, einmal ich, und blieben dann eng umschlungen liegen.

»Ich könnte das den ganzen Tag machen«, gestand ich ihr und strich durch ihre Haare, die so gut rochen.

»Tun wir doch eh, oder?«, meinte sie schmunzelnd und berührte mit ihrem Zeigefinger meine Lippen.

»Stimmt«, gab ich zu. »Gut, dass die Stunden hier nicht vergehen!«, bemerkte ich und sie lachte wieder.

»Ich liebe dich, Milo«, sagte sie und sah mich mit ihren großen Augen an. In dem Moment war ich unbeschreiblich glücklich und wünschte, es würde jeden Tag so weiter gehen.

»Ich liebe dich noch mehr«, behauptete ich und musste auch lächeln.

Eine Weile lagen wir schweigend so da, Emily hatte ihre Augen geschlossen und ich schaute nach oben.

Die dünnen Äste und die kleinen Blätter des Baumes verdeckten meine Sicht auf den wolkenlosen, strahlend blauen Himmel. Ich lauschte, nahm das Rascheln der Blätter wahr, wenn eine der seltenen Brisen durchzog und schaute zu, wenn ein Sonnenstrahl ein Loch in der Baumkrone fand. Das war irgendwie beruhigend. Die Farben der Blätter, die von der Sonne angestrahlt wurden, mit dem starken Blau des Himmels, waren dermaßen schön, dass ich sie beobachten musste. Dadurch, dass kaum ein Laut zu hören war und es so drückend heiß war, dass wir freiwillig im Schatten blieben und auf den nächsten Luftzug warteten, schien es wirklich so, als würde die Zeit gerade stillstehen.

»Emily?«, flüsterte ich und wollte sehen, ob sie schlief, doch sie öffnete ihre Augen.

»Ja?«, antwortete sie und schmiegte sich gleich an meinen Oberkörper.

»Heiratest du mich, wenn wir älter sind?«, fragte ich sie und es war mir ganz ernst.

Sie richtete sich auf, verdutzt von meiner Frage, schaute mir in die Augen und als sie »Ja« sagte, wusste ich, dass sie es auch ernst meinte. Wir küssten uns und es fühlte sich diesmal ganz besonders an.

Danach wollte sie wissen, ob ich ihr dann auch einen richtigen Antrag machen würde, was ich bejahte, und sie sagte mir, sie würde sich einen hübschen Ring wünschen. Ich versprach, ihr den schönsten Ring überhaupt zu schenken, und sie strahlte und sagte, sie freue sich schon darauf.

Wir blieben den ganzen Nachmittag am Teich, zogen unsere Badesachen gar nicht mehr an und genossen den behaglichen Tag zu zweit.

Irgendwann stellte Emily traurig fest, dass in wenigen Wochen die Schule wieder anfangen würde und ich meinte, das würde nicht viel ändern und wir würden mit Sicherheit jede freie Minute miteinander verbringen. Wenn wir Glück hätten, würde es im September auch noch so warm sein und wir könnten nach dem Unterricht auch zum Teich schwimmen gehen. Im Winter müssten wir uns dann bei mir oder bei ihr treffen.

»Das ist aber nicht dasselbe! Ich mag den Winter nicht«, erklärte sie trotzig. »Es wird nie mehr genauso schön sein wie jetzt.«

Ich hielt sie fest und prophezeite ihr, dass wenn wir zusammen wären, immer alles gut werden würde, und sie ließ sich beschwichtigen.

»Außerdem wird der Sommer vielleicht gar nicht enden«, fügte ich zwinkernd hinzu, »denn, wenn wir einfach hierbleiben und die Zeit stillsteht, dann haben wir den ewigen Sommer.«

»Das wäre wirklich wunderbar«, schwärmte sie und drückte sich an mich.

Ich lächelte und beschloss: »Na dann machen wir das so«, als ob das tatsächlich möglich wäre.

»Für uns wird dieser Sommer nie zu Ende gehen!«, verkündete ich und Emily stimmte mir zu: »Ganz bestimmt. Wir müssen nur fest daran glauben.«

Natürlich sind wir dann doch irgendwann nach Hause gegangen. Ich musste Katie abholen und für uns Essen machen und Emily wurde stets gebeten, wenigstens zum gemeinsamen Abendessen zu erscheinen, was sie unter Murren auch immer tat.

Ich aß mit meiner kleinen Schwester in der Küche, wir ignorierten unseren Dad, der heimkam und sich, ohne ein Wort zu sagen, vor den Fernseher setzte, und wir räumten beide das Geschirr weg. Dann suchte ich noch unsere Schmutzwäsche zusammen und schaltete die Waschmaschine ein, bevor ich mit meiner Gitarre auf die Veranda ging.

Unser Garten hätte sehr schön sein können, aber mein Dad hatte sich schon lange nicht darum gekümmert. Ich mähte zwar den Rasen und räumte die Äste und Blätter von der Wiese weg, doch ich wollte eigentlich auch gerne Blumen einsetzen oder einen kleinen Teich anlegen, aber ich hatte mich wegen meines Dads nicht getraut. Außerdem wollte ich dann doch kein Geld dafür ausgeben.

Auf der Veranda hatten wir neben Gartenwerkzeug und alten Farbeimern eine Bank und ein paar Sessel, die bloß von mir genutzt wurden. Ich saß gerne da, weil ich hier die letzten Sonnenstrahlen ausnutzen konnte und weil ich das Vogelgezwitscher so beruhigend fand.

Mittlerweile konnte ich schon ganz gut Gitarre spielen, doch ich wünschte mir oft, mein Grandpa wäre noch hier und könnte mir mehr zeigen. Ein paar Noten und Aufzeichnungen waren alles, was ich hatte, und sonst bemühte ich mich, mir selbst etwas beizubringen oder das zu perfektionieren, was ich schon konnte.

An diesem Abend war ich sehr zufrieden, mit mir, mit meinem Gitarrenspiel und mit meinem Leben. Beim Sonnenuntergang wurde mir bewusst, wie wundervoll der Tag gewesen war.

Als es dunkel wurde, ging ich hinein, hängte die Wäsche auf der Leine im Badezimmer auf und schaute dann zu Katie. Sie malte gerade und war ganz glücklich über ein paar Stifte, die sie von ihrer Freundin ausgeliehen hatte. Später ging ich ins Bad und legte mich ins Bett, doch ich war viel zu munter, um zu schlafen.

Ich überlegte nicht lange, was ich tun sollte, versicherte mich, dass Katie schlief, und schlich mich dann aus dem Haus zu Emily.

Eigentlich ließ ich Katie nicht gerne alleine mit meinem Dad, aber da sie sowieso schon schlief, hielt ich es für unwahrscheinlich, dass sie aufwachen und Angst haben würde.

Ich lief die Straßen entlang bis zu ihrem Haus, kletterte über den Zaun in den Garten und klopfte dann ganz leise an ihre Fensterscheibe. Sie hörte mich sofort, öffnete das Fenster und ich stieg hinein.

Emily trug ein Nachthemd und meinte, sie hätte ohnehin noch nicht geschlafen, und ich sah, dass ihr kleines Licht brannte. Ich zog mich bis auf die Boxershorts aus und setzte mich mit ihr unter die Decke.

Ich legte meinen Arm um sie und gemeinsam lasen wir noch in ihrem Buch, bis es uns zu anstrengend wurde. Wir drehten das Licht ab und kuschelten uns gemütlich hin. Sie sagte: »Ich habe gehofft, dass du heute noch kommst. Bleibst du bis morgen früh?«, und ich bejahte es.

Dann liebten wir uns wieder und der Tag endete für mich, als wir schließlich eng umschlungen einschliefen.

EMILY

Ein Jahr. Genau dreihundertfünfundsechzig Tage. Genau so lange habe ich es versucht.

Ich strengte mich auch wirklich an, ich war freundlich, kochte ihm seine Lieblingsspeisen, backte ab und zu sogar Brownies und gab ihm täglich einen Gutenachtkuss, so als ob nichts wäre.

Wir bemühten uns beide mehr, er bot mir an, mehr im Haushalt zu übernehmen, was gar nicht notwendig war. Er brachte mir manchmal Blumen oder Schokolade mit und wir schafften es, zumindest alle zwei Wochen ins Kino oder Essen zu gehen. Zunächst lief wirklich alles gut und ich dachte, wir hätten die schwierige Zeit hinter uns.

Für mich war das nicht einfach, ich überlegte wirklich jeden Tag, ob ich mich richtig entschieden hatte, und ich konnte nicht aufhören, an Milo zu denken. Wo war er jetzt, was machte er gerade?

Einmal war ich sogar in dem Pub, wo er gearbeitet hatte, um zu sehen, ob er noch da war.

Michael wusste nichts davon, er war an dem Abend mit Freunden unterwegs und ich musste es einfach wissen. Ich war dann extrem deprimiert, als ich erfuhr, dass er schon lange weg war. Sein ehemaliger Kollege meinte, er hätte von einem Tag auf den anderen gekündigt und die Stadt verlassen wollen, keine Ahnung wohin. Ich hätte zu seiner alten

Wohnung schauen und mit dem Vermieter reden können, doch das wollte ich nicht. Der hätte mir wahrscheinlich auch nicht mehr sagen können. Außerdem weiß ich gar nicht, ob ich es hätte wissen wollen.

Ich lebte also ein ganzes Jahr irgendwie vor mich hin, am Anfang noch überzeugt, meine Ehe wäre harmonisch und ich würde schon wieder glücklich werden, wenn sich alles beruhigt hätte, doch irgendwann glaubte ich einfach nicht mehr daran. Erneut stellte sich Routine ein, wir gingen immer seltener aus, machten nichts gemeinsam und alle unsere guten Vorsätze waren dahin. Jeder Tag war genau gleich, jede Woche wie die letzte und die nächste. Arbeit, Essen, am Abend sah er fern und ich las, dann gingen wir schlafen. Und wieder von vorn.

Ich wollte mich mehr in der Arbeit engagieren, hatte mir überlegt, nun doch die Beförderung anzustreben, um eine neue Aufgabe zu haben, doch ich bemerkte, dass mich die neue Stelle gar nicht interessierte. Außerdem stellte ich fest, dass alles, was ich bisher gemacht hatte, komplett bedeutungslos war. Plötzlich kam ich mir so unwichtig vor, meine Arbeit fand ich sinnlos, sodass ich oft in der Kanzlei saß, stundenlang aus dem Fenster sah oder einfach den Bildschirm anstarrte und mich viel weniger bemühte, als je zuvor. Und trotzdem blieb ich den ganzen Tag dort, da ich auch nicht gerne daheim war.

Das Seltsame war nur, dass für Michael alles in Ordnung zu sein schien. Es war wirklich so, als hätte er Amnesie gehabt und alles mit Milo vergessen. Von sich aus sprach er nicht darüber, er erwähnte seinen Namen auch nie oder machte eine Bemerkung wie: »Ich bin so froh, dass du bei mir geblieben bist.« Gar nichts.

Einmal musste ich ihn dann fragen, da wir an und für sich ganz offen und ehrlich miteinander umgehen wollten und ich schon das Bedürfnis hatte, darüber zu reden, ob er mir deshalb vielleicht noch böse sei. Michael war total erstaunt, meinte gleich, dass wir damit doch abgeschlossen hätten und dass doch alles in Ordnung sei, er wäre überhaupt nicht wütend oder traurig deshalb.

»Ich denke gar nicht mehr daran«, meinte er und ich traute mich nicht, ihm zu sagen: »Ich eigentlich schon.«

Wir sprachen auch nicht mehr darüber, ein Kind zu bekommen. Er fragte kein einziges Mal, ob ich schon dazu bereit sei, oder sagte, dass er sich eines wünschen würde, und ich verriet ihm nicht, dass ich das absolut nicht wollte.

Dann passierte es wieder, dass ich nicht schlafen konnte, die ganze Nacht wach war und mit offenen Augen im Bett lag oder mich ins Wohnzimmer setzte und auf den Sonnenaufgang wartete, dass ich manchmal grundlos zu weinen anfing und mich nicht beruhigen konnte. Ich wünschte mir, dass ich ganz alleine wäre.

Als das mit dem nächtelangen Wachbleiben begann, beschloss ich, mir selbst ein Jahr zu geben, genau dreihundertfünfundsechzig Tage ab jenem Tag, als ich mich entschieden hatte, bei ihm zu bleiben. Ich wollte mich bemühen und das habe ich auch, bis zum letzten Tag. Vielleicht hätte ich mich noch mehr anstrengen können, ich weiß es nicht, aber ich konnte dann einfach nicht mehr.

Das ganze Jahr über war ich unglücklich, teilweise richtig depressiv, so kannte ich mich gar nicht. Mir war klar, dass es in gleicher Weise nicht weitergehen könne, und ich wartete bald nur darauf, dass die zwölf Monate um waren.

Am Abend jenes letzten Tages suchte ich dann das Gespräch mit Michael. Ich setzte mich zu ihm aufs Sofa und fragte ihn ohne Umschweife, ob er glücklich wäre.

»Ja, natürlich«, antwortete er sofort und das schmerzte mich.

»Ich bin es nicht«, gestand ich ihm. »Ich bin schon seit Monaten nicht mehr glücklich gewesen.«

Er war komplett fertig, er sagte, er verstehe gar nicht, wovon ich rede. Es gäbe schließlich keinen Streit oder so zwischen uns und es laufe doch alles in bester Ordnung.

Ich fing an zu weinen, erzählte ihm, dass ich seit dem Tag, als ich ihn verlassen wollte, nicht mehr dieselbe wäre, dass ich wirklich versucht hätte, unsere Ehe zu retten, eine gute Ehefrau zu sein und ihn zu lieben, wie er es verdienen würde, doch es ging leider nicht.

Zuerst war er wütend, er dachte, es wäre alles wegen Milo, doch ich schwor ihm, dass ich seit diesem Tag keinen Kontakt zu ihm gehabt hätte. Dann versuchte er, mich zu überreden, er sagte, er würde sich wieder mehr anstrengen und wir würden das schon machen, aber ich erklärte ihm, dass ich das nicht mehr wolle. Es würde nicht funktionieren. Ich würde ihn verlassen.

Es tat mir leid, ihm so wehzutun, denn er ahnte wirklich gar nichts. Wir saßen beide heulend auf dem Sofa und haben so ehrlich miteinander gesprochen wie nie zuvor. Nach einer Weile versuchte er nicht mehr, mich umzustimmen. Er machte mir klar, er wäre sehr enttäuscht und komplett am Boden zerstört.

So schlimm und schwierig das für mich war, umso besser ging es mir danach. Ich hätte es kaum erwartet, aber mit jedem Satz, den ich herausbrachte, bekam ich mehr Mut und war mir sicherer denn je, dass ich das Richtige tat.

Am nächsten Morgen zog ich aus und reichte die Scheidung ein. Das Verfahren dauerte eine Weile und ich wohnte währenddessen in einem Hotel, obwohl Michael mir auch das Haus überlassen hätte. Noch einmal flehte er mich an, ich solle es mir überlegen, aber ich blieb dabei.

Als die Papiere dann endgültig unterschrieben waren, fühlte ich mich wie ein neuer Mensch. Nach dem Gerichtstermin spazierte ich durch die Innenstadt, setzte mich auf eine Parkbank und schloss die Augen, um die Sonnenstrahlen zu genießen.

Dann holte ich mein Handy raus und rief Milo an.

Ich wusste nicht, was ich ihm sagen sollte, wie er reagieren würde, ob er mir verzeihen würde. Es war auch egal, denn er hob nicht ab. Ich probierte es wieder und wieder, jeden Tag mindestens einmal, doch sein Handy war immer ausgeschaltet. Später versuchte ich es mit SMS, schrieb ihm, er solle bitte abheben, aber es kam keine Antwort.

Doch ich wollte ihn nicht aufgeben. Ich dachte daran, wie er jahrelang nach mir gesucht hatte. Nun wollte ich nichts anderes, als ihn zu sehen, und mir wurde klar, um mein Glück zu finden, müsste ich mein Leben endlich selbst in die Hand nehmen.

Nun bin ich in meinem alten Haus. Michael hat mich hineingelassen, damit ich meine Sachen packen kann, und ist dann zur Arbeit gefahren. Wir haben uns kurz unterhalten und sind betont freundlich miteinander umgegangen. Er wird mir wohl nie verzeihen und ich kann mir momentan auch nicht vorstellen, dass wir jemals Freunde sein können.

Ich sortiere die Kleidung in meinem ehemaligen Schlafzimmer, bereite Säcke für die Altkleidersammlung vor und schmeiße alles in meine Taschen, was mir noch gefällt. Ein paar Bücher packe ich in Kisten, die anderen lasse ich im Regal stehen. Aus dem Badezimmer nehme ich mir nur das Nötigste mit, die restlichen Dinge werfe ich in den Mülleimer.

Ich gehe durch das ganze Haus, es ist so seltsam still an diesem Nachmittag, und ich finde nur wenige Dinge, die ich unbedingt mitnehmen muss. Man kann sagen, dass doppelt so viel in den Mülltonnen gelandet ist wie in den Taschen und Kisten.

Es ist gut, dass ich Sachen zurücklasse, es ist ein echter Neubeginn, und obwohl es mir große Angst macht, bin ich mir zum ersten Mal in meinem Leben sicher, dass es so richtig ist.

Ich habe meinen Job gekündigt, das ist mir erstaunlich leichtgefallen. In der Kanzlei schien auch niemand überrascht oder betrübt gewesen zu sein, so unentbehrlich war ich nicht und es warteten bestimmt genug andere auf diesen Posten. Statt mir eine Wohnung zu suchen, habe ich mir ein Auto gekauft, einen kleinen Gebrauchtwagen, ein paar Jahre alt und mit Charakter.

Nachdem ich mich noch einmal umgesehen habe, werfe ich die Tür hinter mir ins Schloss und atme tief durch. Ein Lächeln entkommt mir und ich weiß gar nicht, wieso.

Ich verstaue die letzten Taschen und Kisten im Auto und viel mehr hätte es nicht sein dürfen, denn es ist bis nach oben voll. Es ist so warm, dass ich meine Weste ausziehe, bevor ich mich an das Steuer setze.

Milo hat sein Handy seit Wochen nicht aufgedreht, wahrscheinlich hat er es gar nicht mehr. Ich habe keine Ahnung, wo er ist, und auch keine Idee, wie ich nach ihm suchen soll. Doch fürs Erste ist nur wichtig, dass ich jetzt losfahre.

Ich komme auf die Autobahn und die Sonne scheint so hell, dass ich meine Sonnenbrille aufsetzen muss. Da ich weder Durst noch Hunger habe, fahre ich gelassen weiter, bis der Tag zu Ende geht und es Abend wird. Im Radio beginnt ein Lied und ich schalte es lauter. Dabei denke ich an Milo und muss lächeln.

Ich bin zuversichtlich, dass ich ihn wiedersehen werde.

MILO

Was ist Liebe?

Wenn du jemanden wirklich liebst, dann ist dir alles andere egal. Es gibt nur diesen einen besonderen Menschen, zu dem du dich hingezogen fühlst, den du vergötterst wie keinen anderen und der dich berührt wie niemand sonst. Am Ende des Lebens zählt nicht, was du erreicht hast, wo du gewesen bist oder wie viel Geld auf deinem Konto ist. Wenn du zurückschaust, denkst du lediglich an die Momente, die dich am glücklichsten gemacht haben, und an die Personen, die du liebst. Die Liebe gehört nicht bloß zum Leben, sie ist das Leben.

Wenn du die Frau gefunden hast, die du liebst, dann weißt du es. Mit jedem Lachen von ihr, jedem Augenaufschlag und jeder noch so kleinen Berührung wird dir klar, dass sie es ist, die du willst.

Du kennst sie in- und auswendig, weißt, warum sie gerade lächelt und warum sie traurig ist, willst mit ihr lachen, bis keiner mehr kann, und sie im Arm halten, wenn sie weint, und ihre Tränen trocknen.

Ich glaube, es gibt nur eine Liebe des Lebens. Vielleicht ist es kitschig, das zu behaupten, denn die wahre Liebe wird in der heutigen Zeit oft als eine Illusion dargestellt, als Märchen, als Hollywoodfilm, der uns manchmal ein völlig falsches Bild vermittelt, doch Liebe passiert. Nicht jedem von uns, aber sicher manchen. Und diejenigen sollten das zu schätzen wissen und das Beste daraus machen.

Liebe ist ein Geben und Nehmen, es sollte ein Gleichgewicht sein und genauso einfach wie atmen. Man fühlt sich gut, so wie man ist, braucht sich nicht zu verstellen und sich nicht zu bemühen, dem anderen zu gefallen.

Für die Liebe muss man bereit sein, alles zu geben, zu kämpfen, wenn es notwendig ist. In schwierigen Zeiten ist es oft so, dass die Liebe einen zusammenhält und zwei Menschen verbindet. Das bestätigt einem auch, dass man alles schaffen kann, wenn man einander hat.

Nichts ist so schön, wie zu lieben und selbst geliebt zu werden.

Liebe ist, wenn man angekommen ist und nicht mehr suchen muss.

EPILOG

Und sie hat mich gefunden.

Ich gab gerade ein Konzert, in einem recht angesagten Lokal, und ich war wahnsinnig froh, dass ich die Chance bekommen hatte, dort zu spielen. So viele Leute waren noch nie zuvor zu einem meiner Auftritte gekommen und es war wirklich unglaublich – und dann erst sah ich sie in der Menge.

Mein Handy von damals hatte ich nicht mehr und auch sonst schien ich eher schwer zu finden gewesen sein. Doch Emily folgte ihrem Instinkt und vermutete, dass ich bei Katie oder zumindest in Kalifornien sein könnte, und fuhr nach Anaheim. Da sie nicht mehr wusste, wo Phil und Louisa wohnten, und auch keine Ahnung hatte, dass ich zurzeit dort lebte, trieb sie sich eine Weile umher, suchte mich im Internet und fand schließlich eine Werbung von dem Lokal, wo ich das Konzert abhielt, bei der ich erwähnt wurde.

Sie ging hin, hörte die ganze Zeit zu und gegen Ende kam sie dann immer weiter nach vorne, bis ich sie schließlich entdeckte.

Emily lächelte und ich starrte sie nur an, weil ich nie damit gerechnet hätte, sie je wiederzusehen, geschweige denn an diesem Abend. Sicher, ich wusste nicht genau, was es bedeutete, dass sie hier auftauchte, aber ich hatte ein gutes Gefühl.

Das Konzert interessierte mich ab diesem Zeitpunkt nicht mehr, ich ließ einfach meine Gitarre auf der Bühne stehen, sprang zum Publikum hinunter und ging zu ihr hin.

Ich weiß nicht genau, was wir redeten, es war so laut und wir waren total bedrängt von den Leuten. Jedenfalls fragte ich, was sie hier mache, und sie sagte, sie hätte mich gesucht. Sie bat mich, ob ich ihr verzeihen könne, und erzählte, dass sie jetzt geschieden sei. Ich konnte es wirklich kaum fassen. Emily lachte und weinte irgendwie gleichzeitig und ich küsste sie. Natürlich verzieh ich ihr.

Ich nahm sie bei der Hand, sagte meinem Freund an der Bar, er solle auf meine Gitarre aufpassen, und dann liefen wir davon.

Es war Nacht und in den Straßen war fast nichts los. Wir rannten lachend wie zwei Kinder, Hand in Hand, zu dem Hotel, wo sie wohnte. Dann mussten wir uns endlich nicht mehr zurückhalten.

Wir verließen das Hotelzimmer zwei Tage lang nicht, lebten sprichwörtlich nur von Luft und Liebe. Ich dachte, ich würde zerspringen vor Glück, und wir konnten nicht genug voneinander kriegen. Emily und ich liebten uns praktisch ohne Ende, dazwischen lagen wir schlicht und einfach da, küssten und streichelten uns, erzählten uns von unserem letzten Jahr oder schliefen eng umschlungen. Damals wusste ich, von jetzt an konnte alles nur noch gut werden.

Ich stellte sie Louisa und Phil vor und sie sah auch Katie nach all den Jahren wieder. Eine Zeit lang blieben wir bei meinen Verwandten, dann kauften wir uns ein eigenes kleines Haus ganz in der Nähe von ihnen.

Mein Dad war gestorben, als wir es erfuhren, war er schon lange eingeäschert worden.

Katie und ich hatten das Haus in St. Bastian geerbt und ich flog hin, um es zu verkaufen. Keiner von uns wollte es, ich nahm nur ein paar Erinnerungsstücke mit und blieb dort, bis ich einen Immobilienmakler mit dem Verkauf beauftragt hatte.

Mit dem Geld vom Verkauf finanzierte Katie ihr Studium und ich verwendete es für Emily und mein Haus. Es ist wunderschön, mit einem Garten voller Blumen und Bäumen und einer gemütlichen Sitzcouch, wo wir abends sitzen und den Sonnenuntergang beobachten.

Ich habe begonnen, in der Stadtbibliothek zu arbeiten, zu vernünftigen Zeiten und mit gutem Gehalt. Die Arbeit hat mir auf Anhieb gefallen und ich kann auch nach einigen Jahren dort noch immer nicht genug von Büchern bekommen.

Zwar spiele ich nach wie vor leidenschaftlich gerne Gitarre und gebe auch ab und zu kleine Konzerte, doch der große Wunsch, ein professioneller Musiker zu werden, ist in den Hintergrund gerückt.

Emily hat einen Job in einer kleinen Anwaltskanzlei gefunden, sie ist eine der drei Anwälte, die sich vor allem für jugendliche Straftäter einsetzen. Sie findet, dass sie hier in einer Woche viel Sinnvolleres macht, als all die Jahre bei ihrer alten Arbeit in Hartford zusammen.

Irgendwann habe ich sie dann überredet, mich zu heiraten. Schließlich hatte sie mir es ja einmal versprochen, wenn auch vor sehr langer Zeit.

Es war eine kleine Feier, nur mit unseren Familien, und ich war der glücklichste Mann überhaupt, als ich zusah, wie sie auf mich zukam.

Obwohl es vielleicht nicht entscheidend ist, fand ich es schön, dass Emilys Eltern sich freuten und mich trotz allem als Schwiegersohn akzeptierten, schließlich hätten sie auch böse sein können, dass ich Emilys Ehe zerstört hatte.

Doch sie nahmen mich in den Arm und ihre Mom meinte, sie hätte ihre Tochter schon lange nicht mehr so glücklich gesehen. Ihr Dad legte die Hand auf meine Schulter und nannte mich Sohn. Ich war unbeschreiblich gerührt.

Es kommt mir vor wie gestern, als wir eines Abends draußen auf der Terrasse saßen, Emily häkelte angestrengt und ich spielte Gitarre für sie, wie ich es versprochen hatte.

Unser Hundewelpe rannte fröhlich durch den Garten, grub Löcher und bellte jeden Vogel an, der sich auf einem Ast niederlassen wollte. Als die Sonne schon fast untergegangen war, legte ich die Gitarre weg und setzte mich zu ihr.

»Siehst du überhaupt noch etwas?«, fragte ich sie und sie antwortete, sie höre sowieso gleich auf.

»Was meinst du, wie sieht das aus?«, wollte sie wissen und hielt ein unförmiges Gebilde hoch.

»Toll«, behauptete ich. »Was ist es denn?«, und sie sagte beleidigt: »Hey!«

Ich rutschte näher zu ihr und küsste sie, dann legte ich einen Arm um sie und wir lehnten uns gemeinsam zurück an die Lehne.

»Es könnte noch so ziemlich alles werden«, befand ich und streichelte sie zärtlich, als sie die Handarbeit weglegte.

»Eine Haube, ein Schal, ein kleines Tier, …«, zählte ich auf und sie erklärte schmunzelnd: »Eigentlich soll das ein Söckchen werden«, und kuschelte sich an mich.

»Und es sieht sehr süß aus!«, bestätigte ich ihr und sie lachte. Liebevoll fuhr ich mit meinen Händen über ihren Bauch und sie schmiegte ihre Wange an meine.

»Willst du schon hineingehen?«, erkundigte ich mich, doch sie schüttelte den Kopf.

»Noch nicht«, sagte sie, »es ist noch so schön!«, und sie hatte recht.

»Ich liebe dich«, murmelte ich ihr zu und sie erwiderte: »Ich liebe dich mehr!«

Es war so warm, dass wir noch immer in den kurzen Sachen sitzen konnten, obwohl es schon längst Herbst war. Ich genoss den Blick in unseren Garten, die Ruhe und die Farben der letzten Sonnenstrahlen am Himmel.

Jeden Abend, wenn die Sonne am Horizont verschwindet und wieder ein schöner Tag zu Ende geht, denke ich daran, wie gut es mir geht, und bin unendlich zufrieden.

Wir haben Glück, unser Sommer dauert wirklich ewig. Und alles ist gut.

Isabelle Klemen wurde am 2. November 1989 in Wien geboren. Nach Abschluss des AHS-Gymnasiums absolvierte sie die Ausbildung zur Elementarpädagogin und arbeitet seitdem mit Leidenschaft als Kindergärtnerin. Neben dem Schreiben liebt sie es zu reisen; außerdem macht sie gerne Yoga und Makramee. Sie lebt mit ihrem Mann und ihren zwei Kindern in Wien.